환영의 도시

...

*Ursula Le Guin*

환상문학전집 ● 7

# 환영의 도시
### City of Illusion

어슐러 K. 르귄

이수현 옮김

황금가지

CITY OF ILLUSIONS
*by Ursula K. Le Guin*

Copyright © by Ursula K. Le Guin 1967, 1995
All rights reserved.

Korean translation edition is published by arrangement with
Ursula K. Le Guin Estate c/o Curtis Brown Ltd. through KCC.

Korean Translation Copyright © Minumin 2005, 2023

이 책의 한국어판 저작권은 KCC를 통해
Curtis Brown Ltd.와 독점 계약한 ㈜민음인에 있습니다.
저작권법에 의해 한국 내에서 보호를 받는 저작물이므로 무단 전재와 무단 복제를 금합니다.

## 차례

| | |
|---|---|
| 제1장 | 7 |
| 제2장 | 33 |
| 제3장 | 60 |
| 제4장 | 82 |
| 제5장 | 105 |
| 제6장 | 129 |
| 제7장 | 156 |
| 제8장 | 177 |
| 제9장 | 206 |
| 제10장 | 232 |

## 제1장

어둠을 떠올려보라.

태양의 반대 편을 향한 어둠 속에서 언어를 잃은 영혼 하나가 깨어났다. 완전한 혼란에 휩싸인 그는 어떤 패턴도 알지 못했다. 그는 언어를 몰랐고 이 어둠이 밤이라는 것도 알지 못했다.

기억에 없는 빛이 주위를 밝히자 그는 움직였다. 때로는 네 발로 기거나 달리기도 하고, 때로는 똑바로 서서 걷기도 했지만 특별히 어딘가로 향하는 것은 아니었다. 그에게는 지금 자신이 속해 있는 세상을 뚫고 나갈 길이 없었다. 길은 시작과 동시에 끝을 의미했다. 주위의 모든 것이 뒤엉켜 있었고 그에게 대항했다. 혼란에 빠진 그는 두려움, 허기, 갈증, 고통 같은 이름도 알지 못하는 힘들에 따라 움직일 수밖에 없었다. 그는 어두운 숲 속을 머뭇머뭇 걸어가다가 밤이라는 더 거대한 힘에 가로막혀 멈췄고, 다시 빛이 보이자 더듬더듬 길을 찾았다. 갑자기 햇빛 비치는 널찍한 개척지로 튀어 나간 그는 몸을 바로 세우고 잠시 동안 서 있다가 눈에 손을 올리고 큰 소리로 울부짖었다.

양지바른 정원에서 베를 짜던 파스가 숲 언저리에 선 그를 보았다. 그녀는 마음에 빠른 진동을 일으켜 다른 이들을 불렀다. 그러나 두려움을 느끼지는 않았고, 다른 사람들이 집 밖으로 나왔을 무렵에는 이미 개척지를 가로질러, 잘 자란 키 큰 풀밭 한가운데 웅크린 기묘한 사람 곁에 가 있었다. 다가가던 사람들은 파스가 그의 어깨에 손을 올리고 몸을 구부린 채 부드럽게 말을 거는 모습을 볼 수 있었다.

파스는 놀란 얼굴로 그들을 돌아보면서 말했다.

"이 사람 눈 좀 보세요."

확실히 기이한 눈이었다. 커다란 눈동자에 흐린 호박색의 홍채는 세로로 긴 타원형이었으며 흰자위가 전혀 보이지 않았다.

"고양이 같잖아."

가라의 말에 카이는 그 작으면서도 본질적인 차이에 불편하고 약간은 혐오스러운 기색을 보이며 말했다.

"온통 노른자위뿐인 달걀 같군."

이방인도 그 밖에 다른 면에서는 그저 한 남자로만 보였다. 무작정 숲을 뚫고 나오면서 벗은 몸과 얼굴이 진흙과 오물, 생채기에 뒤덮인 남자. 기껏해야 지금 그를 둘러싸고 선 갈색 피부의 사람들보다 살빛이 약간 옅을 뿐이었다. 그들이 의논하는 동안 그는 두려움과 피로로 위축되어 떨면서 햇빛 속에 쭈그려 앉아 있었다.

파스는 그의 기묘한 눈을 똑바로 들여다보았지만 그녀를 알아보는 인식의 빛은 전혀 찾을 수 없었다. 그는 그들의 말을 알아듣지 못했고, 그들의 몸짓도 알아보지 못했다.

조브가 말했다.

"마음이 없거나 제정신이 아닌 모양이다. 그런데 굶주리고 있군. 그런 문제는 해결해 줄 수 있지."

이 말에 카이와 어린 투로가 어물거리는 이방인을 반쯤 끌다시피 하며 집 안으로 데리고 들어갔다. 그들과 파스와 벅아이는 그에게 먹을 것을 주고 씻어준 다음, 수면제를 놓아 침상에 뉘었다.

파스가 아버지에게 물었다.

"그는 '싱' 인가요?"

조브가 대답했다.

"그럼 너는? 나는? 세상을 너무 모르는구나, 얘야. 내가 그 질문에 대답할 수 있다면 지구를 자유롭게 할 수도 있을 게다. 하지만 나 역시 이 친구가 미친 건지 제정신인지 아니면 정신박약인지, 그리고 어디에서 왔으며 어떻게 저런 노란 눈을 하고 있는지 알아내고 싶구나. 인류가 예전 상태로 뒷걸음쳤다지만 고양이와 매와 섞일 정도란 말인가? 크레티얀에게 이리 좀 올라오라고 해다오."

파스는 눈이 보이지 않는 사촌 크레티얀을 앞세워 이방인이 잠들어 있는 그늘지고 선선한 발코니로 올라갔다. 조브와 대개 벅아이(사슴 눈)라고 불리는 조브의 누이 카렐이 기다리고 있었다. 두 사람 다 허리를 곧게 펴고 책상다리로 앉아 있었으며, 벅아이는 패턴 틀을 조작했고, 조브는 아무것도 하지 않았다. 수십 년 간 의좋게 지내온 오누이의 넓적한 갈색 얼굴은 둘 다 빈틈없으면서도 대단히 차분했다. 소녀들은 편안한 침묵을 깨뜨리지 않고 가까이 앉았다. 파스는 길고 빛나는 검은 머리카락을 늘어뜨린 적갈색 살빛의 소녀로, 헐렁한 은색 반바지만 입은 채였다. 몇 살 많은 크레티얀은 가무잡잡하고 가냘팠으며, 붉은 띠로 보이지 않는 눈을 덮고 숱 많은 머리카락을 뒤로 묶고 있었다. 어머니와 마찬가지로 크레티얀도 정교하게 무늬를 짜 넣은 천으로 만든 튜닉 차림이었다. 더웠다. 한여름 오후는 발코니 밑 정원과 울퉁불퉁한 바깥 개척지를 지글지글 태웠다. 어느 쪽이나 숲으로 둘러싸여 있었다. 건물 이쪽은 잎사귀와 빼곡한 가지로 그늘을 드리워줄 만큼 가까이, 다른 쪽은 아지랑이처럼 푸르스름해 보일 만큼 멀리.

네 사람은 한참 동안 조용히 앉아 있었다. 함께이면서 따로따로, 말은 하지 않으면서 연결된 채로.

"호박 구슬이 계속 광야 부분에서 미끄러지는걸."

벅아이가 보석 달린 실들이 교차하는 틀을 내려놓으며 미소 지었다.

"누이의 구슬은 모두 광야에서 끝나잖아. 억압된 사고 때문이야. 텅 빈 틀에서 패턴을 볼 수 없다면 어머니 짝이 날걸."

조브의 말에 벅아이가 대꾸했다.

"억압되긴 뭐가. 난 살면서 아무것도 억누른 적이 없어."

조브가 말했다.

"크레티얀, 이 남자 눈꺼풀이 움직이는구나. 꿈을 꾸고 있는지도 모르겠다."

눈 먼 소녀는 침상 가까이 다가갔다. 크레티얀이 손을 뻗자 조브는 천천히 그 손을 이방인의 이마에 대주었다. 다시 모두가 침묵에 잠겼다. 모두 귀를 기울였다. 그러나 실제로 들을 수 있는 것은 크레티얀뿐이었다.

크레티얀은 한참 만에 겨우 고개를 들었다.

"아무것도 없어요."

목소리가 약간 긴장되어 있었다.

"아무것도 없다니?"

"뒤범벅이에요. 텅 비어 있기도 하고요. 그에겐 마음이 없어요."

"크레티얀, 그가 어떤 모습인지 알려주마. 걸어본 적이 있는 발에 일을 해본 적이 있는 손을 가지고 있다. 잠든 데다가 약을 먹어서 얼굴에 긴장이 풀리기는 했지만 생각을 할 줄 아는 이가 아니라면 얼굴에 이런 선이 생기진 않아."

"깨어 있을 때는 어땠죠?"

파스가 대답했다.

"두려워하고 있었어. 어쩔 줄을 몰라 하고."

조브가 다시 말했다.

"테라 인이 아니라 외계인일지도 모른다. 왜 그런지는……. 하지만 그렇다면 우리와 다르게 생각할지도 몰라. 다시 한 번 시도해 보려무나. 아직 꿈꾸고 있는 동안에."

"해볼게요, 외삼촌. 하지만 제겐 아무런 생각도, 제대로 된 감정이나 방향 하나도 잡히질 않아요. 아기의 마음도 두려움에 차 있기는 하지만 이건……, 더 나빠요. 어둠과 텅 빈 혼란뿐……."

조브는 편하게 대답했다.

"그래. 그렇다면 그만두어라. 마음이 없는 곳은 사람의 마음이 머물기엔 지독한 곳이지."

소녀가 말했다.

"그의 어둠은 제 것보다 심해요. 여기, 손에 반지가 있네요……."

동정심 때문인지 아니면 그의 꿈을 엿들은 데 대해 무의식적으로 용서를 구하고 싶었는지 크레티얀은 잠시 동안 남자의 손에 제 손을 얹었다.

"그렇구나. 표시도 무늬도 없는 금반지야. 몸에 걸친 것이라곤 이것 하나뿐이었다. 게다가 마음 역시 살갗 못지않게 벌거벗겨진 채로구나.

이 불쌍한 친구는 숲에서 우리에게로 왔지……. 누가 보낸 걸까?"

그날 밤 활짝 열린 높직한 창문들을 통해 물기 머금은 밤공기가 들어오는 아래층 큰 홀에 어린아이들만 빼고 조브의 일가 전원이 모였다. 희미하게 불 밝힌 방 안으로 별빛과 나무들의 존재감, 시냇물 소리가 들어왔고 그래서 각각의 사람들 사이마다, 그들이 하는 말들 사이마다 그림자와 밤바람, 침묵이 비집고 들어왔다.

가장인 조브가 울림 있는 목소리로 말했다.

"언제나 그렇듯 이방인은 가까이하지 말아야 할 존재다. 이 이방인은 우리에게 있을 법하지 않은 몇 가지 가능성을 제시한다. 이자는 우연히 여기까지 오게 된 저능아일 수도 있다. 하지만 그렇다면 누가 그를 잃어버린 것일까? 혹은 사고로 뇌 손상을 입었거나 의도적으로 뇌 간섭을 당한 사람일지도 모른다. 혹은 정신박약아처럼 보이는 겉모습 뒤에 본래의 마음을 숨긴 싱일지도 몰라. 혹은 인간도 싱도 아닐지 모르지. 그렇다면 대체 무엇일까? 이런 의견 중에 어느 것 하나도 증명하거나 반증할 수가 없는 상황이다. 우리가 어떻게 해야 할까?"

조브의 아내인 로사가 대답했다.

"가르칠 수 있는지 한번 보죠."

조브의 맏아들 메톡이 말했다.

"가르칠 수 있는 존재라면 믿을 수 없는 존재이기도 한 법입니다. 어쩌면 우리의 방식과 통찰력, 비밀을 배우기 위해 이리로 보내진 것일지도 몰라요. 친절한 쥐들이 고양이를 기르는 꼴이죠."

조브는 다시 말했다.

"나는 친절한 쥐가 아니다, 아들아. 그러면 너는 그가 싱이라고 생각하는 게냐?"

"싱이거나 아니면 놈들의 도구겠지요."

"우린 모두 싱의 도구다. 그래서 너는 어찌했으면 좋겠느냐?"

"깨어나기 전에 죽이지요."

별이 빛나는 습기 찬 개척지를 채찍질하듯 휘몰아치는 바람 소리가 희미하게 들려왔다.

가장 나이가 많은 여인이 말했다.

"나는 이 사람이 도구가 아니라 피해자일지도 모른다고 생각한다. 어쩌면 싱이 뭔가 그가 한 일, 혹은 생각한 것에 대한 벌로 그 마음을 파괴했을지도 몰라. 우리가 그들의 벌을 마무리해야 할까?"

메톡이 대꾸했다.

"그 편이 더 자비로울지도 모르지요."

"죽음은 그릇된 지비야."

나이 많은 여인은 씁쓸하게 말했다.

그들은 그런 식으로 한참 동안 그 문제를 논의했다. 차분하기는 했지만, 도의적인 염려와 더불어 누군가 '싱'이라는 말을 꺼낼 때마다 말은 안 해도 넌지시 비치는 무겁고 불안한 근심 때문에 착 가라앉은 분위기였다. 이제 겨우 열다섯인 파스는 논의에 끼어들지 못했지만 열심히 귀를 기울였다. 파스는 이방인에게 동정심을 느꼈고 그가 살 수 있기를 바랐다.

란야와 크레티얀이 합류했다. 란야는 정신 반응을 감지할 수 있도록 크레티얀을 곁에 세운 채 이방인에게 해볼 수 있는 모든 생리학 검사를 시행해 보던 참이었다. 아직까지 보고할 내용이라곤 이방인의 육체 반응과 운동 기능이 한 살배기 어린아이에게나 비견될 정도고, 언어 영역의 어떤 부분을 자극해도 응답이 돌아오지는 않지만 신경 체계와 두뇌의 감각 영역, 기본적인 운동 능력은 정상이라는 사실뿐이었다. 란야는 말했다.

"성인 남자의 힘에 어린 아기의 조정 능력, 그리고 텅 빈 마음이라는 거죠."

그러자 벅아이가 말했다.

"야생 동물처럼 죽이지 않는다면 야생 동물처럼 길들여야 한다는 얘기군."

크레티얀의 오빠 카이가 나섰다.

"시도해 볼 가치는 있을 것 같은데요. 좀 어린 축들이 맡아보죠. 무슨 일을 할 수 있나 보자고요. 어쨌든 '내면의 경전'을 바로 가르쳐야 하는 건 아니니까요. 우선 침대에 오줌을 싸지 않도록 하는 것부터 가르쳐보면……. 전 그가 인간인지 알고 싶어요. 어떻게 생각하세요?"

조브는 큼지막한 손을 펼쳐 보였다.

"누군들 알겠느냐? 란야의 혈액검사 결과를 보면 알게 될지도 모르지. 나는 한 번도 싱이 노란 눈을 가졌다거나 뭐든 테라 사람과 눈에 띄게 다른 점이 있다는 말을 들어보지 못했다. 하지만 싱도 인간도 아니라면 대체 무엇일까? 바깥 세상에서 온 존재가 지구의 땅을 밟은 일은 1200년간 없었지. 카이, 너와 마찬가지로 나도 오로지 호기심 때문에 위험을 무릅쓰고 그를 이곳에 두게 될 것 같구나……."

그렇게 해서 그들은 손님을 살려두었다.

처음에는 그를 돌봐주는 젊은이들에게 그는 골칫거리였다. 그는 많은 시간 자고, 깨어 있는 동안에는 대개 가만히 앉거나 누워 있으면서 서서히 힘을 되찾았다. 파스는 그의 노르스름한 피부와 젖빛 눈을 생각하여 그에게 '팔크'라는 이름을 붙여주었다. 동쪽 숲 말로 "노랑"이라는 뜻이었다.

팔크가 도착하고 며칠이 지난 어느 날 아침, 짜고 있던 옷감에서 무늬 없이 길게 이어지는 부분이 나오자 파스는 태양열 베틀이 정원에서 혼자 덜컥이며 천을 짜게 놓아두고 팔크가 있는 칸막이 진 발코니로 올라갔다. 그는 파스가 들어오는 모습을 보지 않았다. 그는 이부자리에 앉아 아지랑이에 흐려진 여름 하늘을 열심히 바라보고 있었다. 햇빛 때문에 눈물이 흐르자 그는 손으로 거칠게 닦아냈고, 문득 손을 보며 손등과 손바닥을 뚫어져라 들여다보았다. 그는 찌푸린 얼굴로 손가락을 구부렸다 폈다. 그리고 다시 새하얀 태양 빛을 향해 얼굴을 들더니 주저하며 천천히 손바닥을 그쪽으로 올렸다.

파스가 말했다.

"태양이야. 팔크. 태양······."

"태양."

그는 태양을 응시하며 집중한 채 그 말을 되풀이했다. 텅 빈 그의 존재를 태양의 빛과 그 이름이 내는 소리가 가득 채웠다.

교육은 그렇게 시작되었다.

파스는 지하실에서 올라와 옛 부엌을 지나가다가 혼자 내닫이창으로 몸을 구부리고 먼지 묻은 유리창 밖으로 내리는 눈을 보고 있는 팔크의 모습을 보았다. 그가 로사를 때리는 바람에 얌전해질 때까지 가둬두기로 한 지 벌써 열 밤이 지났다. 그 후로 그는 뚱해져서 입을 열지 않았다. 얼굴은 어른인데 삐친 어린아이의 표정으로 앵돌아져 있는 모습을 보니 기분이 이상했다.

"불 옆으로 들어와, 팔크."

파스는 그렇게 말했지만, 걸음을 멈추고 기다리지는 않았다. 큰 홀의 불 가에서는 잠시 기다렸지만, 결국 포기하고 가라앉은 그의 기분을 북돋아줄 만한 게 없나 찾아보았다. 할 만한 일이 없었다. 눈은 내리고, 온통 너무 잘 아는 얼굴들에, 책이란 책은 모두 더 이상 사실이 아닌 멀고 먼 옛날에 대해서만 이야기했다. 고요한 집과 집에 딸린 밭은 끝도 없이 단조로이 펼쳐지는 무심하고 조용한 숲에 둘러싸여 있을 뿐. 겨울이 가고 또 겨울이 오고 그녀는 이 집을 떠난 적이 없었다. 떠난들 어디로 간단 말이며, 무엇을 한단 말인가……?

빈 탁자 하나에 란야가 두고 간 티아느브가 있었다. 티아느브는 원래 헤인의 것이라는 납작한 현악기였다. 파스는 동쪽 숲 특유의 음울한 계단식 음계로 음을 잡았다가 악기 본래의 음계로 돌아가서 새로 연주하기 시작했다. 티아느브에는 익숙지 않았고, 그래서 그녀는 한 음의 선율이 맴도는 동안에 다음 음을 찾아가며 천천히 노래를 불렀다.

    숲 속에 부는 바람 소리 너머
    폭풍 드리운 바다 너머
    햇빛 비치는 돌계단 위에
    아름다운 아이릭의 딸이 서 있네…….

그녀는 음을 놓쳤다가 다시 가다듬었다.

    ……서 있네,
    고요히, 텅 빈 손으로.

까마득히 먼 세상에서 전해진, 얼마나 오래되었는지 아무도 알지 못하되 그 가사와 곡조만이 몇 백 년 동안 인간의 유산으로 구전되어 온 곡이었다. 파스는 눈과 어스름이 창문을 어둡게 물들이는 가운데 불이 타오르는 큰 방에서 혼자 나직이 노래를 불렀다.

뒤쪽에서 무슨 소리가 나서 돌아보니 팔크가 서 있었다. 그의 기묘한 눈에 눈물이 고여 있었다.

"파스…… 그만……."

"팔크, 왜 그래?"

"마음이 아파."

그는 얼굴을 돌려 무방비에 뒤죽박죽으로 엉클어진 마음을 적나라하게 드러내며 말했다.

"내 노래에는 어울리지 않는 칭찬인걸."

파스는 그를 놀리듯 대꾸했지만 사실 그 말에 감동받았고, 더 이상 노래를 부르지 않았다. 그날 밤 늦게 파스는 티아느브가 놓인 탁자 옆에 선 팔크를 보았다. 그는 손을 들어올렸지만 감히 악기를 만지지는 못했다. 파스의 손 아래 흐느끼며 그녀의 목소리를 노래로 바꾸어놓았던 달콤하고 잔인한 악마가 악기 안에서 풀려나올까 봐 두렵기라도 한 것처럼.

파스는 사촌 언니 가라에게 말했다.

"내 아이가 언니 아이보다 빨리 배워. 하지만 언니 아이가 더 빨리 자라지. 다행스럽게도 말이야."

"네 아이는 이미 다 컸잖니."

가라는 채마밭 건너편 시냇가에서 가라의 한 살배기 딸아이를 무동 태우고 서 있는 팔크를 내려다보며 맞장구쳤다. 초여름 오후에 귀뚜라

미와 각다귀의 새된 노랫소리가 울려 퍼졌다. 베틀 손잡이를 돌려 앞에서부터 다시 움직이는 파스의 뺨에 머리카락이 착 달라붙었다. 무늬를 짜내는 베틀북 위로 줄줄이 회색 바탕에 은색 실로 그려진 춤추는 왜가리들의 머리와 목이 나타났다. 열일곱 살의 파스는 여자들 중에서 최고로 천을 잘 짰다. 겨울이면 파스의 손은 늘 실을 만들고 물들이느라 화학물질과 염색 약으로 얼룩졌고, 여름이면 파스는 늘 태양열 베틀을 움직여 섬세하고 다양하게 상상의 나래를 펼쳤다.

가까이 있던 파스의 어머니가 말했다.

"작은 거미야. 농담은 농담일 뿐이지만 사내는 어디까지나 사내란다."

"그리고 엄마는 내가 메톡을 따라 카톨의 집에 가서 왜가리 무늬 태피스트리와 남편감을 맞바꿔 오길 바라시죠. 전 다 알아요."

"난 그런 소리 안 했다. 안 그러니?"

파스의 어머니는 그렇게 묻고 계속 잡초를 뽑으며 양상추 밭 사이로 멀어져 갔다.

팔크가 어깨에 아이를 태운 채 오솔길을 따라 올라왔다. 햇빛에 눈을 찡그리면서도 온화하게 웃는 얼굴이었다. 그는 아기를 풀밭에 내려놓고 어른에게 하듯 "여기가 더 따뜻하지?"라고 말하더니, 특유의 진지하고 솔직한 얼굴로 파스에게 물었다.

"숲에 끝이 있어, 파스?"

"그렇다고들 하지. 지도마다 달라. 하지만 저쪽으로 가면 결국에는 바다가 나와. 저쪽에는 대초원이 나오고."

"대초원?"

"열린 땅이야. 풀이 가득한. 개척지와 비슷하지만 산맥까지 수천 마일이나 이어지지."

"산맥?"

그는 여느 어린아이처럼 천진난만하게 물었다.

"일 년 내내 꼭대기에 눈이 남아 있는 높은 산들이야. 이렇게 생긴."

파스는 베틀북을 멈추고 길고 둥근 갈색 손가락으로 산봉우리 모양을 만들었다.

팔크의 노란 눈이 갑자기 반짝이더니 얼굴이 긴장되었다.

"흰색 아래로 파랗고, 그 아래로는, 선이, 멀리 산들이……."

파스는 말없이 그를 쳐다보았다. 거의 언제나 그를 가르칠 수 있는 사람이 그녀였기 때문에 그가 아는 것은 대부분 그녀에게서 배운 것이었다. 그의 삶을 다시 만드는 것은 그녀의 성장의 결과이자 일부이기도 했다. 그들의 마음은 아주 가깝게 얽혀 있었다.

"보여……. 본 적이 있어. 기억이 나."

남자는 더듬더듬 말했다.

"투사체 말이야?"

"아니야. 책에서 본 게 아니야. 내 마음속에서 봤어. 기억나. 때로 자면서 그걸 봐. 이름을 몰랐지. 산이었다는 걸."

"그려볼 수 있어?"

그는 파스 곁에 무릎을 꿇고 흙바닥에 잽싸게 울퉁불퉁한 원뿔 윤곽을 그린 다음 그 밑에 두 개의 낮은 언덕을 그려 넣었다. 가라가 목을 길게 빼고 그림을 들여다보더니 물었다.

"그리고 눈이 덮여 하얗단 말이지?"

"그래요. 마치 뭔가를 통해서 보는 것 같아……. 커다란 창문, 크고 높은……. 이거 당신에게서 온 거야, 파스?"

그는 조금 불안해하며 물었다.

"아니. 이 집에선 아무도 높은 산맥을 본 적이 없어. '내륙의 강' 이쪽에는 아무도 없을 거야. 먼 곳에 있거든. 아주 먼 곳에."

파스는 오한에 떠는 사람처럼 말했다.

귀에 거슬리는, 아니 소름 끼치는 톱니바퀴 소리가 꿈의 가장자리를 가로질렀다. 팔크는 몸을 일으켜 파스 옆에 앉았다. 둘 다 졸음을 떨치지 못한 채 긴장된 눈으로 진동 소리가 멀어져 가는 북쪽 하늘을 쳐다보았다. 새벽빛에 검은 나무 그림자들 위로 하늘이 어슴푸레했다. 파스가 속삭였다.

"에어카야. 오래전에 한 번 저 소릴 들은 적이 있어······."

파스는 몸을 떨었다. 팔크는 낮 햇살의 가장자리에서 북쪽 하늘을 통과해 가는, 멀고 이해할 수 없으며 사악한 존재를 생각하며 똑같이 불편한 마음으로 그녀의 어깨에 팔을 둘렀다.

소리는 잦아들었다. 광막한 숲의 고요 속에서 몇 마리 새가 때때로 가을의 새벽 합창곡을 지저귀었다. 팔크와 파스는 따뜻하고 한없이 편안한 서로의 팔 안에 누웠다. 반쯤밖에 깨지 않았던 팔크는 다시 잠에 빠져들었다. 파스가 입을 맞추고 하루 일과를 위해 품 안을 벗어나자 그는 중얼거렸다.

"아직 가지 마······. 내 작은 매······."

그러나 그녀는 웃으며 빠져나갔고, 그는 달콤하고 나른한 즐거움과 평화의 기운에서 헤어날 수 없어 잠시 동안 꾸벅꾸벅 졸았다.

태양이 밝고 한결같은 빛으로 눈을 찔렀다. 그는 몸을 뒤척이다가 하품을 하며 일어나 앉아, 베란다 침실 옆으로 솟아오른 떡갈나무의 붉은 잎이 풍성하게 뒤덮인 가지들을 보았다. 그는 파스가 나가면서 베개 옆에 수면 학습기를 틀어놓았음을 깨달았다. 학습기는 부드러운 목소리로 중얼중얼 세티 정수론을 개관하고 있었다. 그는 웃음을 터뜨렸고, 쾌청한 11월 아침의 한기에 잠기운을 완전히 떨쳤다. 그는 파스가 짜고 벅아이가 자르고 재단한 무겁고 부드러운 검은색 셔츠와 반바지를 꿰입고 베란다 나무 난간에 기대어 서서 개척지 너머로 끝없이 이어지는 갈색, 붉은색, 금색 나무들을 바라보았다.

  마치 최초의 사람들이 허름한 뾰족 지붕 아래에서 깨어나 어두운 숲에서 풀려나는 태양을 보기 위해 밖으로 걸어 나갔을 때처럼 산뜻하고 감미로운 아침이었다. 아침은 모두 하나요, 가을은 언제나 가을이되 사람이 헤아리는 햇수는 많다. 이 땅에 최초의 송족이 있었고…… 두 번째로 정복자들이 왔다. 정복된 이들과 정복한 이들 모두, 수백만의 생명이 지난 시간의 흐릿한 지평선 아래로 끌려 내려갔다. 별들이 모였다가 다시 길을 잃었다. 여전히 세월은 계속 가고, 수많은 세월이 흘러 인간이 역사를 일구고 유지하던 시대에 완전히 파괴되었던 고대의 숲은 다시 자랐다. 한 행성의 광대한 역사 속에서조차도 숲이 생기는 데 걸리는 시간은 셈에 넣을 만하다. 그만큼 긴 시간이 걸린다는 뜻이다. 게다가 아무 행성에서나 일어나는 일도 아니다. 헤아릴 수 없이 많은 가지들이 바람에 흔들리는 그림자 속으로 첫 햇살이 엉켜드는 것은 흔히 볼 수 있는 장면이 아니다…….

  팔크는 숲의 아침을 한껏 향유하며 서 있었다. 어쩌면 그에게는 이날 아침 이후에 남은 아침이 거의 없기에, 어둠 이외에 기억할 수 있는 날이 너무나 짧기에 더욱 몰두하는지도 몰랐다. 그는 떡갈나무에서 우는 박새 소리에 귀를 기울이다가 몸을 쭉 펴고 거칠게 머리를 긁은 다음, 식구들과 하루 일과에 합류하기 위해 밖으로 나갔다.

　조브의 집은 돌과 나무로 지은 산장과 저택, 농가의 복합체로, 위로나 사방으로나 무질서하게 뻗어나가 짓다 만 듯한 느낌이 들었다. 어떤 부분은 지어진 지 한 세기나 되었고 그보다 더 오래된 부분도 있었다. 외관은 원시적인 느낌이었다. 새까만 계단이며 돌 화덕과 지하실, 타일이나 나무만 깔린 맨바닥. 하지만 실제로 미완성이라 할 부분은 없었다. 이 집은 완벽한 내화성, 내수성을 갖추었으며 구조와 기능 중에는 고도로 정교한 장치나 기계가 여럿 포함되어 있었다. 기분 좋은 노란색 핵융합 등, 음악과 언어와 이미지를 보존한 여러 도서실, 집 안 청소와 요리, 설거지, 농장 일에 이용하는 다채로운 자동 공구나 장치들, 동쪽 부속 건물에 있는 작업실에서만 돌아가는 좀 더 섬세하고 특화된 기기들. 이 모든 것이 집의 일부분이었다. 집 내부에 붙박이로 만들어진 경우도 있고 바깥에 부속된 경우도 있었으며, 이 집에서 만든 것이 있는가 하면 숲 속의 다른 집에서 만든 것도 있었다. 기계는 육중하고 단순했으며 수리하기도 쉬웠다. 그 원동력을 뒷받침하는 지식만이 정교하고 바꿀 수 없는 것일 따름이었다.

　한 가지 유형의 기술 장치가 없는 것만이 눈에 띄었다. 사람들은 도서실을 통해 사라져버린 것이나 다름없는 전기 관련 기술 한 가지를 알 수 있었다. 그래서 사내아이들은 방에서 방으로, 서로에게로 연락할 작은 원격 장치를 즐겨 만들었다. 그러나 텔레비전도, 전화도, 라디오도, 개척지 너머로 소식을 전하거나 받을 수 있는 전신도 없었다. 그러니까 원거리 통신 수단은 하나도 없었다. 동쪽 부속 건물에는 수제 에어쿠션 슬라이더가 몇 대 있었지만 이것 역시 주로 사내아이들의 놀이에나 쓰였다. 슬라이더는 숲 속에서, 거친 황야에서는 다루기 힘들었다. 사람들은 다른 집에 방문하여 거래할 일이 있으면 걸었고, 먼 길일 때는 말을 탔다.

집 안과 농장에서 하는 일은 손쉬웠고, 아무도 심한 부담을 지지 않았다. 안락함보다는 따뜻함과 청결함이 우선이었고, 음식은 건강식이되 단조로웠다. 집에서의 삶이란 단조롭고 평탄한 공동생활이었으며 깨끗하고 평온하며 검소했다. 그 평온함과 단조로움은 고립으로부터 나왔다. 이곳에 마흔네 명이 함께 살았다. 제일 가까운 곳에 있는 카톨의 집도 남쪽으로 30마일 가까이 떨어져 있었다. 개척지 주위로는 아무도 개척이나 탐험을 한 적이 없는 무심한 숲이 몇 마일이고 이어졌다. 야생의 숲, 그리고 그 위로 펼쳐진 하늘. 이곳에는 비인간의 세계를 차단하는 것, 이전 시대의 도시들에서 그랬듯 인간의 삶을 인간의 시야 안에만 한정시키는 것이 존재하지 않았다. 이곳의 극소수 사람들 사이에 복잡한 문명 전체를 고스란히 보존한다는 것은 유별나고 대단히 위험한 작업이었지만 대부분은 그것을 자연스러운 일로 받아들였다. 사람들은 그런 식으로 살아왔고, 다른 방식은 알지 못했다. 팔크는 이 집의 아이들과는 조금 다른 시각을 가질 수 있었다. 언제나 자신이 광활한 비인간의 황무지에서 배회하는 야생 동물처럼 불길하게, 홀로 튀어나왔다는 사실을 의식해야 했으므로. 그리고 조브의 집에서 배운 모든 것이 너른 어둠의 땅에서 타오르는 촛불 같다는 사실도 알고 있었으므로.

빵과 염소 젖 치즈, 그리고 갈색 맥주로 이루어진 아침 식사 때 메톡은 그에게 사슴잡이 매복을 하러 함께 가지 않겠느냐고 물었다. 팔크에게는 기꺼운 일이었다. 메톡은 아주 솜씨 좋은 사냥꾼이었고, 팔크 자신도 그렇게 되어가고 있었다. 어쨌든 사냥은 그와 메톡에게 공통분모가 되어주었다. 그런데 가장인 조브가 끼어들었다.

"오늘은 카이를 데려가거라. 팔크와 이야기를 좀 나누고 싶다."

집안 식구들은 모두 서재 혹은 작업실과 추운 날에 잘 방을 따로 갖고 있었다. 조브의 방은 작지만 천장이 높았으며 창문이 서쪽, 북쪽, 동쪽에 나 있어 밝았다. 가장은 그루터기만 남은 밭과 휴경지 너머 숲을 쳐다보며 말했다.

"저곳에서 파스가 처음 자넬 보았지. 저 구릿빛 너도밤나무 옆이었을 거야. 벌써 5년 반 전의 일이네. 오랜 시간이지! 우리가 시간 이야기를 했던가?"

"그런 것 같습니다."

팔크는 숫기 없이 대답했다.

"딱 잘라 말하긴 어렵지만 처음 왔을 때 자네는 스물다섯 정도였을 거야. 지금 자네가 그 25년의 무엇을 가지고 있나?"

팔크는 잠깐 왼손을 들었다.

"반지 하나지요."

"그리고 산에 대한 기억이던가?"

"기억에 대한 기억이라는 편이 정확하겠지요."

팔크는 어깨를 으쓱했다.

"그리고 말씀드렸다시피 종종 마음속에서 어떤 목소리, 어떤 동작의 느낌, 몸짓, 거리 같은 것을 느낄 때가 있습니다. 아버님과 함께 보낸 이곳에서의 기억에는 들어맞지 않는 것들이지요. 하지만 모두 파편일 뿐, 아무 의미도 없습니다."

조브는 창턱에 붙인 의자에 앉고는 고갯짓으로 팔크도 앉게 했다.

"더 성장할 부분은 남아 있지 않았네. 자네의 운동 기능 자체는 손상되지 않았지. 그런 바탕을 생각하더라도 자네는 놀라우리만큼 빠르게 배웠어. 난 혹시 싱이 지난날 인간 유전을 통제하고 거류지 개척자를 숨아내면서 온순하고 멍청하다는 이유로 우리를 골라낸 건 아닌지, 그리고 자네가 어느 정도 통제에서 벗어난 돌연변이종으로부터 나온 건 아닌지 궁금했네. 자네가 어떤 존재였는지는 몰라도 대단히 지적인 사람이었던 것만은 확실해……. 그리고 지금은 또다시 지적인 남자가 되었지. 그리고 나는 자네 스스로가 자네의 알 수 없는 과거에 대해 어떻게 생각하는지 알아야만 하네."

팔크는 잠시 동안 말이 없었다. 그는 여위고 작달막하지만 균형 잡힌 몸의 소유자였다. 어린아이처럼 감정을 그대로 드러내는 생기 넘치고 표정도 풍부한 얼굴이 지금은 근심에 찬 것 같기도 하고 침울해 보이기도 했다. 그는 한참 만에 눈에 띄게 단호한 대노로 말했다.

"지난여름 란야와 공부하면서 제가 인간 유전의 표준형과 얼마나 다른지 볼 수 있었습니다. 나선 하나의 꼬임 한둘밖에 다르지 않았습니다……. 아주 작은 차이죠. '외'와 '오'의 차이 정도."

조브는 팔크가 매료되어 있는 '경전'을 인용하자 웃으며 눈을 들었지만, 팔크는 웃고 있지 않았다.

"그러나 제가 인간이 아니라는 데에는 반론의 여지가 없어요. 변종인지도 모릅니다. 의도적으로 만들어졌거나 우연히 태어난 돌연변이일지도 몰라요. 그도 아니면 외계인일지도 모르지요. 사실 저는 제가 실패한 유전 실험의 결과물이며 실험자들에게 버려진 존재라고 생각하는 편입니다만, 알 수 없지요. 어딘가 다른 행성에서 온 외계인이라고 생각하는 편이 더 좋기는 합니다. 최소한 이 우주에서 저와 같은 부류의 생물이 저 하나만은 아니라는 뜻이니까요."

"사람이 사는 다른 행성들이 있다는 건 어떻게 확신하지?"

팔크는 순진한 어린아이처럼 깜짝 놀라며 고개를 들어 입을 열었지만 결론은 성인의 논리로 이끌었다.

"연맹의 다른 행성들이 파괴되었다고 생각할 만한 이유가 있습니까?"

"여전히 존재한다고 생각할 이유는 있나?"

"아버님도 제게 그렇게 가르치셨고, 책도, 역사도……."

"그것들을 믿나? 우리가 말해 준 것을 다 믿어?"

"달리 뭘 믿을 수 있단 말입니까?"

팔크의 얼굴이 시뻘겋게 달아올랐다.

"식구들이 뭐 하러 거짓말을 하겠어요?"

"밤낮으로 모든 것에 대해 거짓말을 했을지도 모르는 이유가 두 가지 있지. 우리가 싱이라서일 수도 있고, 자네가 싱을 위해 일한다고 생각해서일지도 몰라."

잠시 침묵이 흐르고 팔크는 고개를 떨어뜨리며 말했다.

"그리고 제가 그들을 위해 일하면서도 그걸 모를 수도 있지요."

"가능한 일이지. 팔크, 자네는 그런 가능성에 대해 생각해야만 해. 우리 중에서도 메톡은 언제나 자네가 이른바 프로그램된 마음의 소유자일 거라고 믿었지. 하지만 그러면서도 녀석은 자네에게 결코 거짓말을 하지 않았어. 우리 중에 일부러 자네에게 거짓말한 사람은 없는 것으로 아네. 천 년 전에 강의 시인은 이렇게 읊었지. '인간성이란 진실 안에 있나니…….'"

조브는 웅변 조로 천천히 말을 뱉다가 소리 내어 웃고 말았다.

"시가 다 그렇듯 이 시도 이중의 의미를 갖지. 팔크, 우리는 자네에게 우리가 아는 진실과 사실들을 말해 주었네. 하지만 어쩌면 사실 이전에 존재하는 것들, 추측과 전설들까지 모두 말해 주지는 않았을지도 몰라……."

"그런 것들을 어찌 가르쳐주실 수 있었겠습니까?"

"가르칠 수 없었지. 자네는 어딘가 다른 세계를 보고 자랐네. 어쩌면 다른 행성일지도 모르지. 우리는 자네가 다시 인간으로, 성인 남자로 돌아오도록 도와줄 수는 있었지만 자네에게 진짜 유년기를 줄 수는 없었어. 그건 한 사람이 단 한 번밖에 가질 수 없지……."

"이곳에서는 충분히 어린아이 같은 느낌인데요."

팔크는 침울하고 애처롭게 말했다.

"자네는 어린아이 같지 않아. 경험이 없는 성인일 뿐이지. 팔크, 자네 안에 어린아이가 존재하지 않는 한 자네는 불구자나 다름없네. 자네의 뿌리, 원천으로부터 잘려 나온 셈이지. 여기가 자네의 고향이라고 말할 수 있겠나?"

"아니요."

팔크는 주춤하며 대답하고 다시 말했다.

"전 여기에서 무척이나 행복했습니다."

조브는 잠시 말을 멈췄다가 다시 물었다.

"여기 우리의 삶이 좋다고 생각하나? 우리가 사람의 도리를 따르고 있다고 생각해?"

"예."

"다른 이야기를 해보게. 우리의 적이 누구지?"

"싱이지요."

"어째서 그런가?"

"그들은 '모든 세계의 연맹'을 무너뜨리고, 사람의 선택권과 자유를 빼앗았으며, 모든 사람의 일과 기록을 파괴하고, 종의 진화를 막았습니다. 그들은 폭군이요, 거짓말쟁이입니다."

"하지만 우리가 여기에서 잘 살아가게 내버려 두고 있지."

"우린 숨어 삽니다. 놈들이 내버려 두도록 따로 떨어져 살고요. 우리가 대규모의 기계를 만들려 한다면, 우리가 뭔가 큰일을 하려고 모이거나 마을이나 국가를 만든다면 싱이 침투해서 일을 망치고 우리를 흩어놓을 겁니다. 아버님, 아버님에게 듣고 믿은 것만을 이야기하는 겁니다!"

"아네. 난 자네가 혹시 사실 뒤에 숨은…… 전설과 추측, 희망을 감지했을지 궁금했지……."

팔크는 대답하지 않았다.

"우린 싱에게서 숨어 살지. 또한 예전의 우리로부터도 숨어 살아. 알겠나, 팔크? 우린 따로 떨어진 집에서 잘 살고 있네. 아주 잘 살고 있지. 하지만 우리는 공포에 지배당하네. 한때는 배를 타고 별 사이를 날아다녔는데 지금 우린 집에서 100마일 떨어진 곳에도 가지 못해. 얼마 안 되는 지식을 품고 그걸로 아무것도 안 하지. 하지만 한때 우린 그 지식을 써서 밤과 혼돈을 가로지르는 태피스트리 같은 삶의 패턴을 자아냈어. 삶의 기회를 확장했지. 사람다운 일을 했던 거야."

조브는 다시 한참 입을 다물었다가 밝은 11월 하늘을 올려다보며 말을 이었다.

"여러 세계를, 그 위에 사는 다양한 사람과 동물들을, 그 하늘의 별자리들과 그들이 지은 도시들을, 그들의 노래와 방식들을 생각해 보게. 우린 그 모든 것을 잃어버린 거야. 자네의 유년기처럼 완전히. 우리가 강대했던 시절에 대해 제대로 아는 게 뭐지? 세계와 영웅들의 이름 몇 개, 역사 속에 기워 넣으려 애써온 사실 찌꺼기 몇 개뿐. 싱의 법은 살해를 금하지만, 그들은 지식을 죽였고, 책을 불태웠으며, 더 지독한 일이지만 어쩌면 남아 있는 것마저 위조했는지도 모르네. 그들은 늘 그렇듯 거짓으로 미끄러져 들어갔지. 우린 연맹이 있던 시대에 관한 어떤 것도 확신할 수 없네. 문서들 중에 얼마나 많은 수가 위조되었을까? 자네는 싱이 어떤 점에서 우리의 적인지 기억해야만 해. 그들을 하나도 만나지 않고 평생을 사는 것은 쉬운 일이지. 일부러 피한다면, 기껏해야 멀리 지나가는 에어카 소리만 듣게 될 뿐. 그들은 이곳 숲 속에 있는 우리를 내버려 두고 있고, 알 수는 없지만 어쩌면 지구 전역에서 똑같이 하고 있는지도 모르네. 그들은 우리가 이곳에 머무는 한 가만히 놓아두지. 무지와 황야의 감옥에 얌전히 들어앉아 놈들이 머리 위로 지나갈 때면 고개를 숙이는 한에는 말이야. 하지만 그렇다고 우리를 믿지는 않아. 1200년이나 지났는데 어떻게 그럴 수가 있을까? 왜냐하면 그들에게는 믿음이라는 것이 없기 때문이지. 그들에게는 진실이라는 것이 존재하지 않으니까. 그들은 어떤 계약도 지키지 않으며, 어떤 약속이라도 깨뜨리고, 위증하고, 배신하고, 지칠 줄 모르고 거짓말을 늘어놓네. 그리고 연맹의 몰락기로부터 전해지는 기록들이 암시하는 바에 따르면 그들은 마음으로 거짓말을 할 수 있어. 연맹의 모든 종족을 패배시키고 우리를 싱의 지배하에 들게 만든 것이 바로 거짓말이었네. 그 점을 기억하게나, 팔크. 적이 말하는 것은 무엇 하나 믿지 말아야 해."

"적을 만나게 되면 기억하겠습니다."

"자네가 직접 찾아가지 않는 한 만날 일은 없지."

뭔가를 우려하는 듯하던 팔크의 얼굴이 가만히 귀를 기울이는 표정으로 변했다. 기다리던 문제가 불거져 나온 것이다. 그는 말했다.

"집을 떠나라는 말씀이시군요."

조브는 조용히 대답했다.

"자네도 생각했을 텐데."

"예. 했지요. 하지만 제겐 떠날 이유가 없습니다. 여기 살고 싶어요. 파스와 저······."

그는 머뭇거렸고, 조브는 온화하지만 날카롭게 그 틈을 찔렀다.

"자네와 파스 사이에 자라난 사랑은 존중하네. 두 사람의 행복과 충절도. 하지만 팔크, 자네는 어딘가 다른 곳으로 가는 도중에 여기에 들른 거야. 우리는 기꺼이 자네를 받아들였고, 지금도 그래. 필시 자네와 내 딸과의 결합에서 아이는 없겠지만 그렇다 해도 난 기쁘게 받아들이겠네. 그러나 난 자네의 존재와 이곳에 온 이유가 가볍게 밀어놓을 수 없는 중대한 수수께끼라 믿네. 자네에겐 해야 할 일이 있고, 자네가 걷고 있는 길의 종착지는 여기가 아니라고 말일세······."

"무슨 일 말입니까? 누가 제게 말해 줄 수 있겠어요?"

"우리에게 금지하고 자네에게서 훔쳐낸 것, 그것은 싱이 가지고 있을 걸세. 그것만은 확실해."

조브의 목소리엔 팔크가 한 번도 들은 적 없는 아픈 쓰라림이 도사리고 있었다.

"그들이 제가 묻는다고 진실을 이야기해 줄까요? 그리고 진실을 찾는다 한들 그걸 어떻게 알아보겠습니까?"

조브는 잠시 동안 말이 없다가 평소대로 여유 있고 잘 억제된 목소리로 말했다.

"나로서는 자네에게 희망이 있다는 생각을 떨칠 수가 없어. 그 믿음을 포기하고 싶지 않네. 하지만 자네의 진실을 찾을 수 있는 건 오직 자네뿐이지. 그리고 자네의 길이 이곳에서 끝나는 것처럼 여겨진다면, 아마도 그게 진실일 걸세."

팔크는 돌연 말했다.

"떠난다면, 파스도 함께 가게 해주실 겁니까?"

"그럴 수는 없네."

정원에서 아이가 노래를 부르고 있었다. 이제 네 살이 된 가라의 딸이었다. 아이는 오솔길에서 서툴게 재주를 넘으며 새된 소리로 뜻이 닿지 않지만 감미로운 노래를 불렀다. 하늘 높이 엄청난 수의 야생 기러기 떼가 길고 흔들리는 V자를 그리며 남쪽으로 날아갔다.

팔크가 말했다.

"투로의 신부감을 데려오러 가는 길에 메톡과 투로와 함께할 작정이었습니다. 곧, 날씨가 변하기 전에 갈 예정이었지요. 떠난다면 란시펠 가(家)까지 간 김에 계속 가겠습니다."

"겨울에 말인가?"

"분명 란시펠 서쪽에도 필요하다면 피난처가 될 집은 있겠지요."

그는 왜 굳이 서쪽으로 가야 하는지 말하지 않았고 조브도 묻지 않았다.

"그럴지도 모르겠군. 모르겠네. 그들도 우리처럼 이방인들에게 피신처를 제공할지 알 수 없어. 떠난다면 자네는 혼자 떠날 것이고 계속 혼자 가야 하네. 이 집 밖 어디에도 자네에게 안전한 곳은 없어."

조브는 늘 그렇듯 진실 그대로를 말했다……. 그리고 자기 억제와 고통으로 그 진실의 대가를 치렀다. 팔크는 재빨리 말했다.

"압니다, 아버님. 제가 유감스러운 건 안전이 아니라……."

"내가 자네에 대해 믿는 바를 말해 주지. 난 자네가 잃어버린 세계에서 왔다고 생각하네. 자네가 지구에서 태어나지 않았다고 생각해. 자네가 1000년 만에 메시지를, 혹은 신호를 가지고 이곳으로 돌아온 첫 번째 외계인이라고 생각하네. 싱이 자네의 입을 막고, 아무도 자넬 죽였다고 말할 수 없도록 숲 속에 풀어놓았겠지. 자네는 우리에게 왔어. 자네가 떠난다면 난 자네가 얼마나 외로울지 알고 슬퍼하고 두려워할 걸세. 그러나 또한 자네와 우리를 위한 희망을 품겠어! 인류에게 전할 말이 있었다면 자네는 결국 그 말들을 기억해 낼 거야. 희망이, 신호가 있어야만 해……. 영원히 이런 식으로 해나갈 수는 없어."

팔크는 노란 눈으로 조브를 바라보며 말했다.

"어쩌면 제 종족은 인류의 친구였던 적이 없는지도 모릅니다. 제가 무엇을 하러 여기에 왔는지 누가 알겠습니까?"

"자넨 그걸 아는 이들을 찾을 거야. 그러고 나서 그 일을 수행하겠지. 난 두렵지 않네. 설령 자네가 적을 위해 일한다 해도 그건 우리 모두가 마찬가지거든. 모든 것을 잃었고 더 이상은 잃을 것도 없어. 만일 적을 위해 일하는 게 아니라면 자넨 우리 인류가 잃어버린 것을 가지고 있겠지……. 운명을. 그리고 그 운명을 따라가면서 자넨 우리 모두에게 희망을 가져다줄지도 몰라……."

# 제2장

조브는 60년을 살았고, 파스는 스무 살이었다. 그러나 추운 오후 '긴 밭'에 선 그녀는 어느 누구보다도 늙어 보였다. 불로의 존재가 보여주는 것 같은 늙음……. 그녀는 머나먼 훗날 궁극적으로는 승리할 것이라거나 진실은 널리 퍼질 것이라는 생각에서 위안을 찾지 못했다. 아버지에게서 물려받은 예지력은 환상만 앗아갔다. 파스는 팔크가 떠나리라는 것을 알았다. 그리고 이 말밖에 하지 않았다.

"당신은 돌아오지 않아."

"돌아올 거야, 파스."

그녀는 그를 끌어안았지만 그의 약속에는 귀 기울이지 않았다.

그는 그녀에게 마음으로 말하려 해보았다. 텔레파시 소통의 기술은 부족했지만, 어차피 이 집에 '듣는 이'는 눈먼 크레티얀뿐이었고 초언어 소통, 즉 마음의 대화에 숙달된 사람도 없었다. 마음의 대화를 배우는 기술 자체는 실전(失傳)되지 않았으나 연습이 부족했다. 이 가장 강하고 완전한 형태의 의사소통이 지닌 최고의 미덕은 이제 인간에게는 두려움이 되어버렸다.

지성을 지닌 두 사람 사이에 이루어지는 마음이야기는 미치광이 같거나 조리가 서 있지 않을 수도 있었고, 물론 실수와 불신을 수반할 수도 있었다. 그러나 오용은 불가능했다. 생각과 입 밖에 낸 말 사이에는 긴장과 노력이 끼어들고, 상징이 곡해되고, 거짓말이 들어갈 틈새가 있다. 생각과 다른 이에게 보낸 생각 사이에는 그런 틈이 없다. 그것은 하나의 행위이고, 거짓말이 들어설 자리는 없다.

팔크가 공부한 단편적인 기록들과 설화에 따르면 마음이야기는 연맹 후기에 이르러 널리 퍼졌고 텔레파시 기술도 고도로 발달한 듯했다. 지구는 다른 종족에게서 그 기술을 배웠다. 비교적 늦게 입문한 셈이었다. 어떤 책은 그것을 '마지막 기술'이라 불렀다. 모든 세계의 연맹 정부에서 그로 인해 말썽과 격변이 일어났다는 암시도 있었다. 아마도 거짓말이 불가능한 소통 방법이 보급된 데서 온 혼란이었으리라. 하지만 모든 인간 역사가 다 그렇듯 이것도 모호하기만 했고 반쯤은 전설에 가까웠다. 싱이 오고 연맹이 몰락한 이후 뿔뿔이 흩어진 사람들이 서로 신뢰를 잃고 입으로 하는 말만 사용한 것은 확실했다. 자유인은 자유로이 말할 수 있지만 노예나 탈주자는 진실과 거짓을 숨길 줄 알아야 하는 법. 팔크는 조브의 집에서 그렇게 배웠고, 그래서 마음을 조율하는 방법을 별로 연습하지 못했다. 하지만 지금 그는 거짓말이 아니라는 점을 알리기 위해 파스에게 마음으로 말하려 했다.

"믿어줘, 파스. 난 당신에게 돌아올 거야!"

그러나 파스는 듣지 않았다. 그녀는 큰 소리로 말했다.

"아니, 난 마음으로 말하지 않을 거야."

"내게 생각을 감추고 있군."

"그래. 왜 내가 당신에게 나의 비탄을 전해 줘야 해? 진실이 좋을 게 뭐지? 당신이 어제 거짓말을 했더라면 난 아직도 당신이 란시펠까지만 갔다가 열흘 후면 돌아오리라 믿고 있겠지. 열흘 낮과 열흘 밤을 그렇게 믿을 것이고. 지금 내겐 단 하루도, 단 한 시간도 남지 않았어. 전부 끝났어. 희망이 사라졌다고. 그래서 진실이 좋을 게 뭐야?"

"파스, 1년 동안 날 기다려주겠어?"

"아니."

"1년만……."

"1년과 하루. 그러면 은빛 말을 타고 돌아온 당신이 날 당신 왕국으로 데려가 왕비로 삼겠지. 아니. 난 당신을 기다리지 않을 거야, 팔크. 왜 내가 숲 속에서 시체가 되거나, 대초원에서 '방랑자'들의 총에 맞거나, 싱의 도시에서 뇌를 잃어버리거나 몇백 년이나 떨어진 다른 별로 떠날 남자를 기다려야 하지? 뭘 기다리라는 거야? 다른 남자를 얻지 않을까 생각할 필요는 없어. 그러지는 않을 테니까. 나는 이곳 내 아버지의 집에 머물 거야. 검은색 실을 물들이고 검은색 천을 짜서, 검은 옷을 입고 살다 죽을 거야. 하지만 아무도, 아무것도 기다리지는 않을 거야. 절대로."

"내가 그런 걸 요구할 권리는 없지."

팔크가 고통스레 자신을 낮추며 말하자 파스는 외쳤다.

"아, 팔크, 당신을 비난하는 게 아니야!"

그들은 긴 밭 위로 살짝 비탈이 진 땅에 함께 앉아 있었다. 그들과 숲 사이에는 울타리를 친 방목지가 있어 염소와 양이 풀을 뜯었다. 한 살배기 망아지들이 깡충거리며 텁수룩한 암말들 주위를 맴돌았다. 11월의 잿빛 바람이 불었다.

두 사람의 손이 겹쳐졌다. 파스는 그가 왼손에 끼고 있는 금반지를 건드렸다.

"반지는 주어지는 거야. 그거 알아? 난 가끔 당신에게 아내가 있을지도 모른다는 생각을 했어. 생각해 봐. 만일 그녀가 당신을 기다리고 있다면……."

파스는 몸을 바르르 떨었다.

그는 말했다.

"그게 뭐? 그랬을지도 모르는 일. 내 과거가 무슨 상관이지? 내가 왜 이곳을 떠나야 하지? 지금 나는 전부 당신 것이야, 파스. 당신에게서 온 것, 당신의 선물……."

파스는 눈물이 고인 눈으로 말했다.

"대가 없이 그냥 준 거야. 가지고 가. 갈 길을 가……."

두 사람은 서로를 안았고, 팔을 풀려 하지 않았다.

집은 서리 덮인 검은 나무줄기와 얽히고설킨 헐벗은 나뭇가지들 뒤로 멀리 서 있었다. 오솔길 뒤를 나무들이 메웠다.

흐리고 쌀쌀한 날이었고 나뭇가지들 사이로 윙윙거리는 바람 소리 외에는 잠잠하기만 했다. 어느 한 곳에 머물지도 않으며 멈추는 법도 없는 무의미한 속삭임. 메톡이 성큼성큼 앞장을 섰고 팔크가 그 뒤를 따르고 어린 투로가 맨 뒤에서 걸었다. 셋 다 두건이 달린 셔츠에 짧은 바지로 가볍고 따뜻하게 차려입고 있었다. 베틀로 짠 천이 아니라 겨울감이라고 하는 물건으로 만든 옷이어서 이렇게만 입으면 눈이 오더라도 위에 외투를 걸칠 필요가 없었다. 각자 선물과 거래할 상품, 침낭, 한 달의 눈보라도 견딜 만한 건조 농축 식량이 든 가벼운 배낭을 하나씩 짊어지고 걸었다. 태어나서 한 번도 집을 떠나본 적이 없는 벅아이는 숲 속에 도사린 위험과 걸음을 늦출 상황들을 끔찍이도 무서워했고, 그에 걸맞게 짐을 쌌다. 세 사람 다 레이저 총을 한 자루씩 찼고 팔크에게는 몇 가지 짐이 더 있었다. 1~2파운드 정도의 식량이 더 들었고, 약품과 나침반, 여벌의 총, 갈아입을 옷, 밧줄 한 묶음, 그리고 2년 전에 조브에게 받은 책한 권까지. 이렇게 다해서 15파운드 정도의 짐이 이 세상에서 그가 가진 모든 것이었다. 메톡은 지치지 않고 성큼성큼 앞서서 걸었고, 팔크는 10야드쯤 뒤에서 따라갔으며, 그 뒤를 투로가 따랐다. 그들은 거의 소리를 내지 않고 가볍게 걸어갔고 그들이 지나간 뒤에 잎이 깔린 희미한 흔적 위를 움직임 없는 나무들이 메웠다.

사흘이면 란시펠이었다. 이튿째 날 저녁에 그들은 조브의 집 주변과는 사뭇 다른 땅에 들어섰다. 숲은 좀 더 훤히 트였고 땅은 울퉁불퉁했다. 잡목에 막힌 개울 위 사면을 따라 잿빛 습지가 이어졌다. 북에서 부는 바람이 겨울을 머금고 한층 강해졌기에 남쪽을 면한 경사면 위 공터한 곳에 캠프를 쳤다. 투로가 마른 나무를 한 아름 모아오는 사이 다른 두 사람은 잿빛 풀을 쳐내고 돌을 쌓아 대충 화덕을 만들었다. 메톡은 화덕을 만들면서 말했다.

"우린 오늘 오후에 분수령을 지났다. 그 개울은 서쪽으로 흐르지. 내륙의 강을 향해서 말이야."

팔크는 허리를 펴고 서쪽을 보았지만, 야트막한 구릉 지대가 솟아오른 위에 낮은 하늘이 내려앉아 멀리까지 내다보이지가 않았다.

그는 말했다.

"메톡, 난 굳이 란시펠까지 갈 필요가 없다는 생각을 하고 있었어. 내 갈 길을 가는 편이 나을지도 몰라. 오후에 건넌 큰 개울을 따라 서쪽으로 이어지는 길이 있었던 것 같아. 돌아가서 그 길을 따라가겠어."

메톡은 흘긋 그를 쳐다보았다. 마음으로 말하지는 않았어도 무슨 생각을 하는지가 얼굴에 뻔히 드러났다.

'집으로 도망칠 생각인가?'

팔크는 마음이야기를 쓰지 않고 대답했다.

"아니야. 망할, 아니라고!"

"미안하군."

큰형은 엄하고 성실한 평소 태도대로 커다랗게 말했다. 그는 팔크가 떠나는 모습을 보아 기쁘다는 사실을 숨기려고도 하지 않았다. 메톡에게는 집의 안전 외에 어떤 것도 중요하지 않았다. 이방인은 누구나 위협적인 존재였다. 설령 5년 동안 알고 지냈고 사냥을 같이 다닌 동료이며 누이의 연인이라 해도 말이다. 그러나 메톡은 계속해서 말했다.

"란시펠에선 자넬 따뜻하게 맞아줄 텐데. 왜 그곳에서 출발하지 않고?"

"왜 여기서 출발하면 안 되는데?"

"자네 마음이지."

메톡은 마지막 돌멩이를 올렸고, 팔크는 불을 지피기 시작했다.

"우리가 건넌 길 말이라면, 그게 어디에서 어디로 가는 길인지 알 수가 없군. 내일 아침이면 제대로 된 길을 지날 거야. 오래된 하이랜드 길이지. 하이랜드 가(家)는 서쪽으로 한참 떨어져 있다네. 최소한 일주일은 걸어야 닿을 거리지. 6,70년 동안 아무도 그리로 가지 않았어. 이유는 모르겠고. 그래도 지난번에 이쪽으로 가면서 봤을 때까지는 길이 평탄했거든. 자네가 말한 길은 동물들이 다닌 흔적일 수도 있고, 길을 잃거나 늪으로 빠질 수도 있으니까 말이야."

"좋아. 하이랜드 길로 가보지."

메톡은 잠시 말이 없다가 물었다.

"왜 서쪽으로 가나?"

"에스토치가 서쪽에 있으니까."

거의 입 밖에 내는 법이 없는 그 이름은 이곳 하늘 아래에서 무미건조하고 이상하게 울렸다. 장작을 한 아름 들고 온 투로가 불편한 듯 주위를 흘긋거렸다. 메톡은 더 이상 묻지 않았다.

팔크에게는 구릉 중턱에 지핀 화톳불 옆에서 보낸 그날 밤이 형제들, 가족들과 함께한 마지막 밤이었다. 그들은 다음 날 해가 뜨고 얼마 지나지 않아 다시 길을 떠났고, 정오가 한참 남은 시각에 란시펠로 가는 길 왼쪽으로 이어지는 잡초 우거진 넓은 길에 맞닥뜨렸다. 큰 소나무 두 그루가 출입문 비슷한 형태를 이루고 서 있었다. 걸음을 멈춘 소나무 가지 밑은 어둡고 고요했다.

"우리에게 돌아와. 손님이자 형제로서."

새신랑이 된다는 사실에만 정신이 팔려 있던 앳된 투로는 팔크가 가야 할 어둡고 희미한 길을 보고 마음이 어수선해진 듯 그렇게 말했다. 메톡은 "물통 좀 줘봐."라고만 말하고 은으로 돋을새김을 한 자기 물통을 대신 건네주었다. 그리고 그들은 헤어졌다. 메톡과 투로는 북으로, 팔크는 서로.

팔크는 한참 걸어가서 발을 멈추고 뒤를 돌아보았다. 두 사람은 시야에서 벗어난 뒤였다. 란시펠로 가는 길은 이미 하이랜드 길을 뒤덮은 어린 나무와 잡목들 뒤로 모습을 감췄다. 자주는 아니더라도 사람이 지나다니기는 한 것 같은데 풀을 베거나 정리를 한 지는 까마득한 옛날이었다. 주위로 보이는 것이라곤 숲과 황야뿐이었다. 그는 끝없이 이어지는 나무 그림자 아래 홀로 섰다. 땅은 1000년 동안 내린 눈과 비로 부드러웠다. 거대한 소나무와 전나무들로 하늘이 어둡고 고요했다. 진눈깨비 흔적 같은 얼룩 한두 개가 잦아든 바람 속에 춤을 추었다.

팔크는 배낭 끈을 조금 늦추고 계속 걸었다.

한밤중이 되자 집을 떠난 이후 무척이나 긴 시간이 흘렀고, 그곳에서 헤아릴 수 없이 멀어졌으며, 늘 혼자였던 것 같은 느낌이었다.

낮은 매일 똑같았다. 잿빛 겨울 햇살, 불어대는 바람, 숲으로 덮인 언덕과 계곡, 긴 비탈, 풀숲에 감춰진 개울, 질퍽한 저지대. 마구잡이로 풀이 우거지기는 했어도 하이랜드 길은 길게 쭉 이어지거나 완만한 곡선을 그렸으며 그렇게 높아지지도 않고 낮아지지도 않았으므로 따라가기 수월한 길이었다. 팔크는 구릉 지대로 접어들어 길이 언덕 사이를 뚫고 똑바로 이어지는 것을 보고서야 이 길이 커다란 옛날 고속도로를 끼고 달린다는 사실을 깨달았다. 2000년의 세월도 그 흔적을 완전히 지우지는 못했지만, 그 길 위로 옆으로 사방으로 나무가 자라났다. 소나무와 전나무, 비탈에 넓게 뒤엉킨 호랑가시나무 덤불, 끝없이 늘어선 너도밤나무, 떡갈나무, 히코리, 오리나무, 물푸레나무, 느릅나무가 있었고, 그 주위를 온통 감싸다시피 솟아오른 당당한 밤나무들은 누르스름한 마지막 잎을 떨어뜨리며 길 위에 통통한 갈색 밤송이를 떨어뜨렸다. 해가 지면 이곳 나무들의 왕국 안을 종종걸음 치며 뛰어다니는 수많은 작은 사냥감 중에서 그날 잡힌 다람쥐나 토끼, 야생 닭 따위를 요리했고, 너도밤나무 열매와 호두를 줍고 화톳불에 밤을 구웠다. 그래도 밤을 보내기는 힘들었다. 매일 두 가지 악몽이 그를 쫓아왔고 언제나 한밤중이면 그를 사로잡았다. 하나는 한 번도 본 적이 없는 사람이 어둠 속에 숨어 몰래 뒤따라오는 꿈이었다. 또 하나의 꿈은 더 지독했다. 그는 아주 중요하고 없어서는 안 될 무엇인가를, 잃은 줄도 모르면서 잊어버리고 가져오지 않은 꿈을 꾸었다. 이 꿈에서 깨어날 때마다 그는 그게 진실이라는 사실을 되새겼다. 잃어버렸다는 것, 자기 자신을 잊어버렸다는 사실을. 그렇게 깨고 나면 그는, 비만 오지 않으면 불을 피우고 그 옆에 쪼그리고 앉아 졸음에 겨운 멍한 상태로 책을, '옛 경전'을 집어 들고 모든 길을 잃었을 때 '길'은 선명해진다는 내용이 담긴 말들 속에서 평온을 구했다. 홀로 선 한 사람은 비참한 존재다. 그리고 그는 스스로가 한 사람조차 못 되고 기껏해야 목적도 없이 냉담한 별들 아래 육지를 가로지르며 전체를 찾으려 애쓰는 반쪽짜리 존재에 지나지 않는다는 사실을 알고 있었다. 낮은 늘 똑같았지만 그래도 밤을 지내고 나면 마음이 놓였다.

 그는 아직까지 날씨를 헤아리고 있었고, 하이랜드 길 끄트머리에 다다른 것은 갈림길에서부터 열하루, 여행을 떠나고부터는 열사흘째 되는 날이었다. 곧 개척지가 나왔다. 들장미 덤불과 자작나무로 이루어진 넓은 이차림*을 뚫고 가다 보니 가시덤불과 덩굴과 바싹 마른 엉겅퀴 사이로 부서진 검은 탑이 네 개 솟아올라 있었다. 무너진 집의 굴뚝이었다. 하이랜드는 이제 이름뿐, 아무것도 남아 있지 않았다. 길은 폐허로 끝났다.

 그는 쓸쓸하기만 한 인간의 흔적에 붙들려 무너진 집 주위에 몇 시간을 머물렀다. 그는 녹슨 기계 부품 몇 조각, 사람 뼈보다 더 오래 살아남은 도자기 조각들, 손 안에서 먼지로 스러져버린 썩은 옷감 한 조각을 발굴해 냈다. 그리고 마침내 마음을 추스르고 개척지를 벗어나 서쪽으로 이어지는 길을 찾았다. 그러던 그는 이상한 곳을 가로질렀다. 반 마일 정

---

\* 처녀림 벌채 후 자라는 숲.

도에 걸친 네모난 땅으로 짙은 보라색에, 흠 한 점 없는 유리 같은 재질이 덮여 평평하고 매끈했다. 가장자리는 흙에 덮였고 잎사귀며 나뭇가지가 흩어지기는 했어도 긁힌 자국 하나 없이 완전했다. 마치 넓고 판판한 땅 위에 녹은 자수정이 쏟아진 것 같은 모습이었다. 무엇이었을까. 생각해 내기도 힘든 어떤 탈것을 위한 착륙장이었을까, 아니면 다른 세계에 신호를 보내기 위한 거울? 아니면 어떤 역장(力場)의 기단부? 정체는 알 수 없지만 그것이 하이랜드에 파멸을 불러왔을 것이다. 싱이 인간에게 허용한 수준보다 뛰어난 것이었으니.

팔크는 걸음을 재촉하여 그 땅을 벗어났고, 이제 길도 없는 숲 속으로 들어갔다.

사이를 넓게 두고 위풍당당하게 선 낙엽수들로 이루어진 깨끗한 숲이었다. 그는 그날 남은 시간과 다음 날 아침 최상의 속도를 유지했다. 땅은 다시 가팔라졌고 능선은 그가 갈 길을 가로질러 남북으로 달렸다. 그는 정오 무렵 한쪽 융기선에서 다음 융기선의 아랫자락으로 보이는 곳을 향해 가던 중에 개울물이 가득한 축축한 계곡에 휩쓸리고 말았다. 그는 차고 거센 비를 맞으며 강의 범람으로 축축해진 목초지에서 버둥버둥 건널 만한 여울을 찾았다. 겨우 이 음침한 계곡에서 빠져나갈 길을 찾아내자 날이 개기 시작했고, 능선을 올라갈 즈음에는 구름 아래로 태양이 얼굴을 내밀고 헐벗은 나뭇가지 사이로 황량하지만 눈부신 햇살을 내려 보냈다. 가지는 물론이고 굵은 나무둥치와 땅이 온통 젖은 금빛으로 환하게 빛났다. 덕분에 기분이 좋아졌다. 그는 해가 지고 캠프를 칠 때까지 걸어야겠다고 생각하고 기운차게 걸음을 재촉했다. 이젠 사방이 밝았고 잔가지에서 떨어지는 물방울 소리와 멀리에서 지저귀는 그리운 박새 소리 외에는 잠잠하기만 했다. 그러다 문득 팔크는 꿈속에서처럼 몽롱하게 왼쪽 뒤편으로 따라오는 발소리를 들었다.

장애물이었던 쓰러진 떡갈나무 둥치가 갑자기 방어벽으로 돌변했다. 그는 그 뒤에 몸을 숨기고 총을 뽑으며 큰 소리로 말했다.

"썩 나와라!"

한참이 지나도록 아무것도 움직이지 않았다.

"나와!"

팔크는 마음의 언어를 써서 말한 다음 마음을 닫았다. 전해지는 말을 받아들이기는 두려웠다. 뭔가 이상한 느낌이었다. 바람에 희미하지만 고약한 냄새가 실려왔다.

멧돼지 한 마리가 나무 사이에서 걸어나와 팔크가 걸어온 길을 가로지르더니 멈춰서서 땅에 코를 대고 킁킁거렸다. 강인한 어깨에 날카로운 등, 날렵하고 빠르며 지저분한 다리를 지닌 기괴하고 몸집 큰 돼지였다. 주둥이와 엄니와 억센 털 위에서 반짝이는 작은 눈이 팔크를 쳐다보았다.

"아, 아아, 아, 인간, 아아."

녀석은 킁킁거리며 말했다.

긴장해 있던 팔크의 근육이 펄쩍 튀어올랐고, 레이저 총을 쥔 손에 힘이 들어갔다. 쏘지는 않았다. 상처 입은 멧돼지는 무시무시하게 빠르고 위험하다. 팔크는 웅크려 앉아서 꼼짝도 하지 않았다.

야생 돼지는 흉터 있는 주둥이로 굵고 탁한 목소리를 냈다.

"인간, 인간, 나에게 생각해라. 생각해라. 말은 어렵다."

총을 쥔 팔크의 손이 떨렸다. 그는 불쑥 큰 소리로 말했다.

"그럼 말하지 마. 난 마음의 언어를 쓰지 않을 거다. 가라. 너희 돼지들의 길을 가."

"아, 아아, 인간, 나에게 마음으로 말해라!"

"가지 않으면 쏘겠다."

팔크는 총구를 똑바로 겨누고 몸을 일으켰다. 반짝이는 작은 돼지 눈이 총을 바라보았다. 돼지는 말했다.

"생명을 빼앗는 것은 나쁘다."

팔크는 정신을 차리고 이번에는 아무 대답도 하지 않았다. 이 짐승은 언어를 이해하지 못하는 게 분명했다. 그는 총을 약간 움직여 조준을 하며 말했다.

"가!"

멧돼지는 주저하며 고개를 떨어뜨리더니, 줄이 끊어진 것처럼 빠른 속도로 돌아서서 왔던 방향으로 달려갔다.

팔크는 잠시 동안 가만히 서 있었고, 몸을 돌려 걸어가면서도 손에 총을 쥔 채였다. 다시 손이 조금 떨렸다. 말을 할 줄 아는 동물들에 대한 옛이야기가 있긴 했지만 조브의 집에선 그것을 꾸며낸 이야기로만 생각했다. 잠깐이지만 속이 메슥거렸고 동시에 큰 소리로 웃어젖히고 싶기도 했다. 대화를 나눌 사람이 없었기에 그는 혼자 속삭이듯 말했다.

"파스, 방금 난 멧돼지에게 윤리 교육을 받았어……. 아, 파스, 내가 숲을 빠져나가게 될까? 이 숲에 끝이 있긴 한 걸까?"

그는 가파르고 덤불진 비탈길을 올랐다. 산마루에 오르자 숲이 성글어지며 나무 사이로 햇빛과 하늘이 보였다. 몇 발짝 더 걸어가자 나뭇가지 밑을 벗어났다. 완만하게 비탈진 과수원과 경작지로 이어져 내리다 마침내는 넓고 투명한 강에 이르는 초록색 비탈 가장자리였다. 강 저편에선 쉰 마리가 넘는 소 떼가 길게 울타리를 친 목초지에서 풀을 뜯었고, 그 너머로 풀밭과 과수원이 비탈져 올라가다가 나무를 띠처럼 두른 서쪽 산마루로 이어졌다. 강줄기는 팔크가 선 자리에서 약간 남쪽으로 낮은 둔덕을 끼고 방향을 조금 틀었고, 그 둔덕 위로 솟아오른 붉은 굴뚝에 늦은 오후 햇살이 금빛을 더했다.

마치 그 계곡에서만 다른 시대, 황금 시대의 일부가 붙들려 수세기의 시간과 황폐하고 고독한 숲의 크고 거친 혼돈으로부터 보호받은 것만 같았다. 그곳엔 피난처가, 동지애가, 그리고 무엇보다도 질서가 있었다. 인간의 업적이었다. 빨간 굴뚝에서 오르는 연기를 보는 순간 나약한 안도감 같은 것이 팔크의 마음을 채웠다. 벽난로 불이라니……. 그는 긴 비탈을 달려 내려가서 제일 키 작은 과수원을 통과, 강둑을 따라 오리나무 숲과 금빛 버드나무 사이로 꾸불꾸불 이어지는 오솔길에 들어섰다. 강 건너편에서 풀을 뜯는 적갈색 소 떼 말곤 살아 움직이는 것이라곤 보이지 않았다. 평화로운 침묵이 햇볕 드는 겨울 계곡을 가득 채웠다. 팔크는 걸음을 늦추어 채마밭 사이로 제일 가까운 문을 향해 걸어갔다. 둔덕 가까이 다가가자 눈앞에 집이 성큼 솟아올랐다. 굽이치며 빨라지는 강물에 붉은색 벽돌과 돌로 쌓은 벽이 비쳤다. 그는 더 이상 다가가기 전에 큰 소리로 인사부터 하는 게 좋지 않을까 생각하며 주춤 걸음을 멈췄다. 깊숙한 현관 바로 위에 달린 창문에서 무엇인가가 움직였다. 반쯤 머뭇거리며 서서 위를 올려다보던 그는 갑자기 가슴뼈 바로 아래를 가늘게 꿰뚫는, 불에 덴 듯한 깊은 고통을 느꼈다. 그는 비틀거리다 파리채에 맞은 거미처럼 몸을 반으로 접고 쓰러져버렸다.

고통은 한순간뿐이었다. 정신을 잃지는 않았지만 움직이거나 말을 할 수는 없었다.

사람들이 모여들었다. 파도치듯 흐려지는 눈으로 그들의 모습은 볼 수 있었지만 목소리는 전혀 들을 수 없었다. 마치 귀가 먹고 몸이 완전히 마비된 것 같았다. 그는 감각을 빼앗긴 와중에도 생각을 해보려 몸부림 쳤다. 그는 어딘가로 옮겨졌는데, 몸을 들어 옮기는 손의 감촉은 느낄 수 없었다. 끔찍한 현기증이 밀어닥쳤고, 그 현기증이 지나고 나자 생각에 대한 통제력을 잃어버렸다. 생각이 제멋대로 날뛰며 횡설수설을 해댔다. 마음속에서 여러 목소리가 종알거리고 윙윙거리는 한편 세상은 표류하며 흐릿해졌고 잠잠하기만 했다. 너는 누구냐 누구냐 어디에서 왔느냐 팔크 어디로 어디로 가느냐 나는 모른다 너는 인간이냐 서쪽으로 간다 나는 길을 모른다 인간이되 인간이 아닌 눈……. 참새처럼 질주해 날아가는 말과 메아리와 파도가 묻고 대답하고 범위를 좁혔다가 겹쳐지는가 하면 열심히 귀를 기울이다가 소리를 지르고, 마침내는 잿빛 침묵으로 사그라졌다.

눈앞에 캄캄한 면이 놓여 있었다. 가장자리는 밝았다.

탁자였다. 탁자 모서리였다. 등불을 밝힌 어두운 방 안.

앞이 보이고 감각이 돌아오기 시작했다. 그는 캄캄한 방 안, 등불을 올려놓은 긴 탁자 옆 의자에 앉아 있었다. 정확히는 의자에 묶여 있었다. 몸을 조금 움직이자 가슴과 팔의 근육을 쥔 끈이 느껴졌다. 움직임. 한 남자가 왼쪽에, 또 한 남자가 오른쪽에 있었다. 두 사람은 팔크와 마찬가지로 탁자 가까이 당겨놓은 의자에 앉아 있었다. 그들은 몸을 앞으로 내밀고 팔크 건너편으로 서로에게 말을 했다. 그 목소리는 한참 떨어진 높은 벽 뒤에서 들려오는 것 같았고 무슨 말인지 알아들을 수가 없었다.

그는 한기에 몸을 떨었다. 추위를 느끼면서 그는 좀 더 세상과의 거리를 좁혔고 다시금 스스로의 마음을 통제하기 시작했다. 들리는 소리가 선명해지고, 굳었던 혀가 움직였다. 그는 "무슨 짓을 한 겁니까?"라고 물었다. 실제로 그렇게 들렸을지는 알 수 없지만.

대답은 돌아오지 않았지만, 이윽고 왼쪽에 있던 남자가 팔크에게 얼굴을 바싹 들이대고 큰 소리로 물었다.

"여기에 왜 왔나?"

팔크는 그 말을 듣고 잠시 시간이 지난 뒤에 의미를 이해했다. 그리고 잠시 후에 대답했다.

"피난처를 구하려고요. 밤에."

"무엇으로부터의 피난처 말이지?"

"숲. 외로움."

한기가 점점 심해졌다. 그는 무겁고 불편한 손을 가까스로 약간 들어 올려 셔츠 단추를 채우려 했다. 의자에 묶어놓은 끈 아래, 가슴뼈 바로 밑에 아픈 지점이 있었다.

"손 내려."

오른쪽에 있는 남자가 그림자 속에서 말했다.

"아저드, 프로그램은 이럴 수 없어. 어떤 최면 블록도 이만큼 펜톤을 견뎌내진 못해."

왼쪽에 있는, 두툼한 얼굴에 눈을 잽싸게 굴리는 덩치 큰 남자가 쉿쉿 소리가 나는 약한 목소리로 대답했다.

"그거야 알 수 없는 일이지. 우리가 놈들의 속임수에 대해 뭘 아나? 어쨌든 이자의 저항력은 어떻게 평가할 수 있지? 이자의 정체가 뭐냐고? 팔크, 네놈이 왔다는 조브의 집은 어디지?"

"동쪽입니다. 내가 떠난 게……."

숫자가 잘 떠오르지 않았다.

"아마 열나흘 전일 겁니다."

이 사람들이 어떻게 그의 이름과 그의 집 이름을 알까? 이제 웬만큼 정신이 든 그는 오래지 않아 답을 알 수 있었다. 그는 이전에 메톡과 함께 살짝 긁히기만 해도 죽음에 이를 수 있는 피하 주사약을 바른 다트로 사슴을 잡았다. 그에게 날아왔던 다트에, 아니면 그가 무력한 상태였을 때 놓은 주사에 학습된 통제력과 뇌의 텔레파시 중추에 있는 원초적인 무의식 방어벽 둘 다를 이완시키는 약물이 들어 있어 그의 마음이 초언어 질문에 개방되도록 만들었을 것이다. 그들은 그의 마음을 샅샅이 뒤진 것이다. 그런 생각을 하자 한기와 메스꺼움이 더해 가며 동시에 어찌할 수 없는 분노가 솟구쳤다. 왜 이런 폭행을? 어째서 말 한마디 걸어보기도 전에 그가 거짓말을 하리라 단정부터 지었단 말인가?

그는 물었다.

"내가 싱이라고 생각했습니까?"

오른쪽에 있던, 긴 머리카락에 턱수염을 기른 야윈 얼굴의 남자가 갑자기 불빛 속으로 튀어들어 오더니 입술을 오므리며 손바닥으로 팔크의 입 언저리를 후려쳤다. 팔크의 목이 뒤로 홱 꺾였고 잠시 동안 충격으로 눈앞이 보이지 않았다. 귀가 울렸다. 입 안에서 피 맛이 났다. 두 번째, 세 번째 타격이 뒤따랐다. 남자는 몇 번이고 되풀이하여 노여움을 토했다.

"그 이름은 입 밖에 내지 마. 말하지 마, 말하지 마, 말하지 말란 말이다……."

팔크는 어찌해 보지도 못하고 버둥거리며 스스로를 지키려고, 결박을 풀려고 애썼다. 왼쪽 남자가 날카롭게 외쳤다. 그리고 잠시 동안 침묵이 내려앉았다.

"해를 끼치려고 온 게 아니에요."

팔크는 한참 만에 분노와 고통, 두려움 속에서도 될 수 있는 한 차분하게 말했다.

왼쪽 남자, 아저드가 말했다.

"좋아. 계속 이야기해 봐. 뭘 하려고 여기 온 거지?"

"하룻밤만 묵게 해달라고 하려고 왔습니다. 그리고 서쪽으로 가는 길이 있는지 물어보려고요."

"왜 서쪽으로 가나?"

"왜 묻는 거죠? 벌써 거짓이 존재하지 않는 마음의 언어로 말했을 텐데요. 내 마음을 알잖아요."

아저드는 약한 목소리로 말했다.

"네놈의 마음은 이상해. 눈도 이상하고. 하룻밤을 지내기 위해서나 길을 묻기 위해서, 아니면 다른 어떤 이유에서든 이리로 오는 사람은 없어. 아무도 오지 않는단 말이다. '다른 놈들'의 하인이 여기에 오면 우린 놈들을 죽이지. 우린 꼭두각시와 말하는 짐승들, 방랑자들과 돼지와 그 밖의 것들을 죽여. 우린 생명을 빼앗는 것은 잘못이라는 법 따위에 복종하지 않지. 안 그런가, 드레넴?"

턱수염을 기른 남자가 갈색 이를 드러내고 히죽 웃었다.

아저드가 말했다.

"우린 인간이야. 인간, 자유인, 살인자들이지. 반 쪼가리 마음에 올빼미의 눈을 지닌 넌 대체 무엇이며, 우리가 널 죽이지 말아야 할 이유는 뭐지? 넌 인간이냐?"

팔크는 기억하는 짧은 삶 동안 잔인함이나 증오에 직접 맞닥뜨린 적이 없었다. 그가 아는 얼마 안 되는 사람들은 두려움이 없지는 않더라도 두려움에 지배당하지는 않았다. 그들은 관대하고 친절했다. 지금 이 두 남자 사이에서 그는 스스로가 어린아이처럼 무력하다는 사실을 깨달았고, 그래서 당황스럽기도 하고 화가 나기도 했다.

그는 변명이나 얼버무릴 핑계를 찾아보았지만 실패했다. 그가 할 수 있는 일이라곤 진실을 말하는 것밖에 없었다.

"난 내가 누구인지, 어디에서 왔는지 모릅니다. 그걸 알아내려고 가는 중이죠."

"어디로?"

팔크는 아저드에게서 반대편의 드레넴에게로 시선을 돌렸다. 그는 그들이 답을 알고 있으며, 그 답을 말하면 드레넴이 또 때릴 것임을 알았다.

"대답해!"

드레넴이 반쯤 몸을 일으켜 앞으로 기대며 말했다.

"에스 토치로 갑니다."

팔크는 대답했고, 드레넴은 다시 한 번 그의 얼굴을 후려쳤다. 팔크는 다시 한 번 낯선 이에게 벌을 받는 어린아이처럼 말없이 굴욕을 받아냈다.

"이래 봐야 소용없어. 이놈은 펜톤을 놓았을 때와 다른 얘긴 하나도 하지 않을 거야. 일으켜."

"그래서 뭘 어쩌게?"

"하룻밤 묵어가려고 왔댔지. 그렇게 해주자고. 일어나!"

팔크를 의자에 묶어두었던 끈이 풀렸다. 그는 덜덜 떨면서 일어섰다. 팔크는 자신을 끌고 가는 두 사람 앞에 야트막한 문과 캄캄하게 뻗어 내려가는 층계가 보이자 저항하고 도망치려 했지만 근육이 말을 듣지 않았다. 드레넴이 그의 팔을 꺾어 몸을 구부리게 하더니 문간으로 밀어 넣었다. 팔크가 계단에서 굴러 떨어지지 않으려 비틀거리며 돌아서는 순간 문이 쾅 닫혔다.

어두웠다. 캄캄한 어둠이었다. 문은 밀봉이라도 한 것 같았고 이쪽에는 손잡이도 없었으며 문틈으로 새어 들어오는 한줄기 빛이나 소리조차 없었다. 팔크는 맨 위 계단에 앉아 팔에 머리를 묻었다.

서서히 약해진 몸이 회복되고 마음의 혼란이 걷혔다. 그는 고개를 들고 눈에 힘을 주었다. 그는 암시(暗視)가 믿을 수 없을 만큼 날카로웠다. 오래전에 란야가 지적했다시피 그것은 동공과 홍채가 큰 눈이 발휘하는 기능이었다. 하지만 지금은 흐릿하고 얼룩덜룩한 잔상만 눈을 괴롭힐 뿐이었다. 빛이 아예 없으니 아무것도 볼 수 없었다. 그는 일어서서 보이지 않는 좁다란 내리막길을 천천히 더듬었다.

스물한 발짝, 스물둘, 스물셋……, 바닥. 흙. 팔크는 한 손을 앞으로 내밀고 귀를 쫑긋 세운 채 천천히 앞으로 걸어갔다.

어둠은 물리적인 압박이었고 계속해서 눈에 힘만 좀 더 주면 볼 수 있는 게 아닐까 하는 착각에 시달리게 만들었지만 그래도 어둠 자체는 두렵지 않았다. 그는 걸음 폭과 감촉과 들리는 소리를 이용하여 조직적으로 이 커다란 지하실의 지도를 그렸다. 메아리 소리로 미루어보건대 끝없이 이어져 있는 것만 같은 방들 중 첫 번째 방이었다. 그는 바로 출발점인 계단참으로 돌아가는 길을 찾았다. 이번에는 맨 아래 계단에 가만히 앉았다. 배가 고팠고 목이 몹시 말랐다. 그들은 그의 배낭을 빼앗았고 아무것도 남겨두지 않았다.

'네 잘못이야.'

팔크는 쓸쓸하게 뇌까렸고, 마음속에서 대화 비슷한 것이 시작되었다.

'내가 뭘 어쨌다고? 그들이 왜 날 공격한 거지?'

'조브가 말했잖아. 아무도 믿지 말라고. 그들은 아무도 믿지 않아. 그리고 그들이 옳은 거야.'

'홀로 도움을 청하는 사람조차도 말이야?'

'너 같은 얼굴에, 그런 눈을 가진 사람을? 슬쩍만 봐도 네가 보통 사람이 아니라는 건 확실히 알 수 있잖아?'

'그래도 물 한 모금 정도는 줄 수 있었잖아.'

어린아이 같은, 여전히 두려움을 모르는 마음이 그렇게 말했다.

'그들이 보자마자 널 죽이지 않은 것만도 더럽게 운이 좋았던 거야.'

지적인 마음은 그렇게 대꾸했고, 더 이상의 답은 돌아오지 않았다.

조브의 집에선 모두가 팔크의 생김새에 익숙해져 있었고, 손님은 드물 뿐만 아니라 신중하게 선별되었다. 팔크는 보통 사람과의 육체적 차이를 특별히 의식하지 않고 살 수 있었다. 그런 차이쯤은 그토록 오랫동안 그를 고립시켰던 기억상실과 무지에 비하면 대단치도 않은 장벽 같았다. 팔크는 이제야 낯선 사람이 자신의 얼굴을 보면 인간이 아니라고 생각하리라는 사실을 깨달았다.

드레넴이라는 사람은 그를 두려워했고, 그를 때린 것도 설명할 수 없는 존재, 기형, 외계인을 두려워하고 꺼리기 때문이었다.

조브가 그토록 엄격하게, 애정을 기울여 전하려 했던 경고가 바로 그것이었다.

"자네는 혼자 가야만 해. 혼자서만 갈 수 있지."

지금은 자는 것밖에 할 수 있는 일이 없었다. 흙바닥은 축축했으므로 그는 맨 아래 계단에 몸을 말고 어둠 속에서 눈을 감았다.

시간이 느껴지지 않는 와중에도 얼마간 시간이 흘러 그를 깨운 것은 쥐들이었다. 녀석들은 작고 희미한 긁는 소리를 내며 주위를 달리고 있었다. 지그재그로 어둠을 할퀴는 소리와 함께 아주 작은 목소리들이 땅에 바싹 붙어서 속삭였다.

"생명을 빼앗는 것은 나쁘다 생명을 빼앗는 것은 나쁘다 안녕 안녀어 어엉 우릴 죽이지 마 죽이지 마."

"죽여버리겠어!"

팔크는 버럭 고함을 질렀고 쥐 떼는 조용해졌다.

다시 잠을 청하기가 힘들었다. 아니 어쩌면 스스로 잠들어 있는 것인지 깨어 있는 것인지 분간할 수 없는 것이 힘든지도 몰랐다. 그는 계단에 누워 지금이 낮일까 밤일까 생각했다. 그들이 그를 여기에 얼마나 오래 가둬두려는 것인지, 그를 죽일 작정일지, 마음에 침투하는 정도가 아니라 마음을 파괴할 때까지 약을 쓰지는 않을지 생각했다. 목마름이 그저 불편한 정도에서 고문으로 바뀌는 데 얼마나 걸릴까. 덫이나 미끼 없이 어둠 속에서 쥐를 잡을 수 있을까. 쥐 고기를 날것으로 먹으면서 얼마나 오래 버틸 수 있을까.

그는 생각에서 벗어나기 위해 몇 번 더 탐험에 나섰다. 뒤집힌 통 내지 술통을 찾아냈을 때엔 희망으로 가슴이 뛰었지만, 빈 소리만 울렸다. 주변을 더듬어보다가 바닥 가까이에 있는 쪼개진 판자에 손을 긁혔다. 끝도 없는 보이지 않는 벽을 더듬더듬 탐사해 보았지만 다른 계단도 문도 찾을 수 없었다.

마침내 방향 감각마저 잃었다. 층계를 다시 찾을 수가 없었다. 그는 캄캄한 바닥에 앉아 외로이 여행하던 숲 속에서 내리던 비를 떠올렸다. 회색 햇빛과 빗소리. 그는 옛 경전에서 기억해 낼 수 있는 부분을 마음속으로 되뇌었다. 맨 처음부터……

길로 갈 수 있는 길은

영원한 길이 아니며…….*


잠시 후 입이 너무 바싹 마르자 그는 축축한 흙바닥을 핥아보려 했다. 그러나 혀에 닿는 것은 마른 흙뿐이었다. 가끔 한 번씩 쥐들이 사람의 말을 중얼거리며 가까이 스쳐 지나갔다.

어둡고 긴 복도 한참 밑에서 철컹 하는 금속성과 함께 빗장이 올라가며 눈부신 빛이 쏟아져 들어왔다. 빛이…….

주위에 모호한 형태와 그림자, 둥근 천장과 아치와 통과 대들보와 창 같은 것들이 흐릿한 실체를 드러냈다. 그는 비틀거리며 몸을 일으켜 허위허위 빛을 향해 달려갔다.

빛은 낮은 출입구를 통해 들어오고 있었다. 가까이 다가서자 울퉁불퉁하게 솟아오른 땅과 우듬지, 저녁인지 아침인지 알 수 없는 불그스름한 하늘을 볼 수 있었다. 그의 눈에는 그 하늘이 한여름 한낮처럼 눈부시기만 했다. 눈이 부셨고, 바로 문밖에 가만히 선 형체가 보였기에 그는 문 바로 안쪽에 멈춰섰다.

"나와."

덩치 큰 남자, 아저드가 쉰 목소리로 말했다.

"잠깐만요. 아직 잘 보이질 않아요."

"나와. 그리고 계속 가라. 고개도 돌리지 말고. 돌아보기만 해도 목을 쏴버릴 테니까."

---

\* 노자 『도덕경』 1장의 "道可道 比常道"를 해석한 말이다. 본래 여기에서의 '道'는 '도(Tao)'라고 옮기는 것이 일반적이나 본문에서 'Way'라고 옮긴 점, 전체적인 내용의 맥락을 고려하여 그대로 '길'이라고 옮긴다.

팔크는 문지방에 서서 다시 머뭇거렸다. 어둠 속에서 했던 생각들이 이제 조금이나마 도움이 되었다. 그들이 이렇게 그를 풀어준다는 것은 그를 죽이기가 무섭다는 뜻일지도 모른다.

"움직여!"

그는 기회를 붙잡았다.

"배낭 없이는 못 가요."

목이 말라붙어 목소리가 가냘프게 나왔다.

"이건 레이저 총이란 말이다."

"그냥 쏴도 좋아요. 어차피 총도 없이 대륙을 지날 순 없습니다."

이번에는 아저드가 망설일 차례였다. 그는 마침내 새된 비명에 가까운 목소리로 누군가에게 외쳤다.

"그레텐! 그레텐! 이방인의 짐을 가지고 내려와!"

긴 침묵이 이어졌다. 팔크는 문 바로 안쪽의 어둠 속에 서고, 아저드는 문 바로 밖에 꼼짝않고 선 채로. 곧 사내아이 하나가 문에서 내다보이는 녹색 비탈을 달려 내려와 팔크의 배낭을 내려놓고 사라졌다.

"집어라."

아저드가 명령했다. 팔크는 빛 속으로 나가 배낭을 집었다.

"이제 가라."

"잠깐만."

팔크는 무릎을 꿇고 앉아 어질러진 배낭 속을 황급히 들여다보며 중얼거렸다.

"내 책은 어디 있죠?"

"책?"

"옛 경전 말입니다. 전자책이 아니라 편람 같은……"

"그걸 갖고 떠나게 해줄 줄 알아?"

팔크는 아저드를 빤히 쳐다보았다.

"당신네는 '사람의 경전'도 못 알아봅니까? 왜 그걸 가져간 거죠?"

"네놈은 우리가 뭘 아는지 알지도 못하고 앞으로도 알 수 없어. 어서 꺼지지 않으면 손부터 태워버리겠다. 일어나서 똑바로 가, 움직이라고!"

아저드의 목소리는 다시금 비명처럼 높아졌고, 팔크는 그를 너무 몰아붙였음을 깨달았다. 아저드의 무겁고 지적인 얼굴에 떠오른 혐오와 두려움의 표정이 팔크에게까지 전염되는 듯했고, 팔크는 서둘러 배낭을 묶어 둘러메고 그 곁을 지나쳐 지하실 문에서 이어지는 녹색 비탈로 걸어 올라가기 시작했다. 저녁, 해가 지고 얼마 지나지 않은 시간이었다. 그는 그 빛을 향해 걸어갔다. 그의 뒤통수와 아저드가 든 레이저 총 끄트머리를 이은 가늘고 질긴 팽팽한 줄이 팔크가 걸음을 옮김에 따라 점점 늘어나는 것 같았다. 잡초투성이 잔디밭을 지나, 강 위에 널빤지를 대충 놓아 만든 다리를 건너, 목초지 사이 오솔길에 오르고 다시 과수원 사이를 지나도록…… 그는 산마루까지 올라 잠시 뒤를 돌아보았다. 처음 보았을 때와 마찬가지로 금빛 저녁 햇살이 가득한 계곡은 평화롭고 사랑스러웠으며, 하늘이 비친 강 위로 높은 굴뚝이 솟아올라 있었다. 그는 걸음을 재촉하여 이미 밤이 내린 어두침침한 숲 속으로 들어갔다.

목마르고 배고픈 데다 속이 상하고 낙담한 팔크는 이제 동쪽 숲을 통과하는 목적 없는 여행길에서 힘겹고 거친 여정의 단조로움을 깨뜨려줄 친절한 화덕에 대한 희망을 전혀 품을 수 없었다. 그는 도로를 찾는 대신 피해야 했으며, 야생동물처럼 인간과 인간이 사는 곳을 피해야 했다. 마실 만한 개울물과 배낭에서 꺼낸 여행 식량, 그리고 그나마 스스로 곤란을 자초하기는 했지만 그 곤란에 굴복하지는 않았다는 생각이 기운을 북돋아주었다. 그는 자기 영역에 있는 교훈적인 멧돼지와 냉혹한 남자에게 엄포를 놓았고, 무사히 빠져나왔다. 그 점을 생각하면 기운이 났다. 스스로에 대해 아는 바가 적은 만큼 그에게는 자신의 모든 행동이 자아 발견이기도 했고, 아는 것이 너무나 없었기에 최소한 자신에게 용기가 없지는 않다는 사실을 알게 된 것이 기쁠 수밖에 없었다.

그는 물을 마시고 식사를 하고 또 한 번 물을 마신 다음, 눈에 딱 맞는 희미한 달빛에 의지하여 공포의 집에서부터 일 마일 이상 멀어질 때까지 계속 걸었다. 그리고 녹초가 되어 작은 공터 가장자리에 누워 잠을 청했다. 불도 없고 지붕도 없이, 달빛에 씻긴 겨울 하늘을 올려다보며 누웠다. 정적을 깨뜨리는 소리라곤 가끔 한 번씩 들려오는 올빼미 울음뿐이었다. 그리고 쥐들의 발소리와 목소리가 떠나지 않던 공포의 집 안, 빛도 없는 지하 감옥에서 보낸 시간에 비하면 이런 황량함이 오히려 편안하고 고마웠다.

숲과 시간을 뚫고 서쪽으로 가면서 그는 더 이상 날짜를 헤아리지 않았다. 시간은 계속 흐르고, 그도 계속 나아갔다.

잃어버린 물건은 책만이 아니었다. 그들은 메톡이 준 은제 물통과 소독약이 든 은 상자도 가져갔다. 그 책을 정말 원해서 가져간 걸까, 아니면 일종의 암호 내지는 수수께끼라고 생각해서였을까. 그에게 있어서는 그 책만이 사랑하고 믿었던 사람들과의 유일한 연결고리였기에 한동안은 상실감이 터무니없이 컸고, 한번은 불 가에 앉아서 다음 날 공포의 집으로 돌아가서 책을 되찾아 오자는 생각까지 했다. 그러나 다음 날 그는 계속 앞으로 갔다. 그는 나침반과 태양을 길잡이 삼아 서쪽으로 향할 수 있었지만, 이 끝없이 광활한 숲의 언덕과 계곡 속에서 결코 어느 곳도 다시 찾을 수는 없었다. 아저드의 감춰진 계곡도, 파스가 겨울 햇살을 받으며 베를 짜고 있을 개척지도. 그런 장소는 모두 뒤에 남겨졌다. 사라졌다.

어쩌면 책을 잃어버린 게 잘된 일인지도 몰랐다. 이곳에서 먼 고대 문명의 현명하고 끈기 있는 신비주의가, 잊혀진 전쟁과 재난의 와중에서 흘러나오는 잔잔한 목소리가 무슨 의미를 갖겠는가? 인류는 재난을 극복하고 살아남았고, 그는 인류에게서 달아났다. 그는 너무 멀리 떨어졌고, 너무나 고독했다. 가져온 식량이 떨어지고 온전히 사냥에 의존하게 되면서 이동 속도는 느려졌다. 사냥감이 총을 두려워할 줄 모르는 데다 풍성하다 할지라도 사냥은 서두를 수 있는 일이 아니었다. 게다가 사냥감을 잡고 나면 씻고 요리를 해야 했으며, 먹고 나면 또 두둑하게 부른 배로 불 가에 앉아 뼈를 빨며 겨울 한기 속에 꾸벅꾸벅 졸기도 했다. 그러고 나선 나뭇가지와 껍질로 비를 피할 지붕을 만들고, 잠을 자고, 다음날 계속 나아갔다. 여기엔 책이 있을 자리가 없었다. 아무리 '옛 무위의 경전*' 이라 해도 말이다. 가지고 있었어도 읽지 않았을 것이다. 그는 정말로 생각하기를 그만두었다. 그는 사냥을 하고 먹고 걷고 잠을 잤으며, 숲의 정적 속에 잠겨 말을 잃었고 추운 황무지를 뚫고 서쪽으로 미끄러져 가는 잿빛 그림자가 되었다.

날씨는 점점 더 자주 살을 에는 듯 차가워졌다. 종종 야윈 야생 고양이들이 화톳불 근처에 웅크리고 앉아 남은 고기를 기다리기도 했다. 얼룩덜룩하거나 줄무늬가 들어간 털가죽에 녹색 눈을 한 아름다운 작은 동물들은 슬금슬금 조심스럽지만 흉폭하게 달려들어 팔크가 던져주는 뼈를 낚아챘다. 녀석들이 주로 먹는 설치류는 이제 동면에 들어가 좀처럼

---

\* 도덕경을 가리킨다.

잡히지 않았다. 공포의 집을 떠난 뒤로 말을 하거나 마음으로 말을 걸어오는 동물은 없었다. 지금 지나고 있는 아름답고 얼음 깔린 저지대 숲의 동물들은 사람을 접한 적도 없고, 보거나 냄새를 맡아본 적도 없었던 듯했다. 그리고 멀어지면 멀어질수록 그는 평화로운 계곡 속에 감춰져 있던 그 집이 얼마나 이상했는지 더 뚜렷이 알 수 있었다. 인간의 말로 찍찍거리는 쥐 떼로 살아 움직이던 토대며 엄청난 지식과 진실 약과 야만적인 무지를 함께 드러내던 사람들. 적은 그들 안에 있었다.

적이 여기에 온 적이 있기는 했는지 의심스럽기만 했다. 여기엔 아무도 없었다. 앞으로도 없을 것이다. 잿빛 가지 속에서 어치들이 우짖었다. 서리 두른 수백 장의 갈색 잎이 발밑에서 바스락거렸다. 작은 목초지 건너편에 거다란 수사슴이 가만히 서서 그곳에 있을 권리가 있는지 묻는 듯한 눈으로 팔크를 쳐다보았다.

"널 쏠 생각은 없어. 오늘 아침에 새를 두 마리 잡았거든."

사슴은 말을 할 줄 모르는 동물다운 당당하고 침착한 자세로 팔크를 바라보다가 천천히 걸어가 버렸다. 이곳에는 팔크를 무서워하는 존재가 하나도 없었다. 말을 걸어오는 존재도 없었다. 이러다 결국 다시 말하는 방법을 잊어버리고 벙어리에 야생의 비인간으로 변할지도 모른다는 생각이 들었다. 그는 사람들로부터 너무 멀리 떨어져 말 못하는 동물들이 다스리는, 인간은 온 적도 없는 곳에 와 있었다.

그는 목초지 가장자리에서 돌부리에 걸려 넘어졌고, 손발을 짚은 채 반쯤 묻힌 돌덩이에 새겨진 글자를 읽었다. 풍파에 닳은 CK O.

그러니까 여기에도 인간이 왔던 것이다. 살았던 것이다. 그의 발밑에, 잎 떨어진 덤불과 헐벗은 나무로 덮인 얼어붙은 땅 밑에, 그 뿌리 밑에 도시가 있었다. 단지 그가 1000년 내지 2000년쯤 늦게 왔을 뿐이었다.

# 제3장

팔크가 헤아리지 않는 동안에도 날짜는 성큼성큼 흘러갔다. 어쩌면 벌써 한 해의 끝자락인 동지를 지났는지도 몰랐다. 기상학적으로 더 따뜻한 주기인 만큼 도시가 땅 위에 서 있던 옛날만큼 지독한 날씨는 아니겠지만, 그래도 황량하고 쓸쓸한 나날이었다. 눈이 자주 내렸다. 걷기 힘들 만큼 펑펑 쏟아지지는 않았지만, 조브의 집에서 겨울감으로 만든 옷가지와 침낭을 가져오지 않았더라면 추위 때문에 꽤 힘들었으리라는 것을 실감할 정도는 되었다. 매서운 북풍이 어찌나 지칠 줄 모르고 불어대는지 팔크는 언제나 바람에 밀려 조금씩은 남쪽으로 치우치기 일쑤였고, 선택의 여지만 있다면 바람에 맞서기보다는 서남쪽으로 방향을 틀어잡았다.

비와 진눈깨비가 뒤섞여 내리는 어둡고 불쾌한 어느 날 오후, 그는 바위에 진흙투성이인 땅에 빽빽이 자란 가시덤불을 뚫느라 애를 먹어가며 남쪽으로 기운 골짜기를 걸어 내려갔다. 갑자기 덤불이 드문드문해졌고 팔크는 그곳에 딱 멈춰 섰다. 앞에 쏟아지는 비로 흐릿하게 빛나는 큰 강이 놓여 있었다. 가랑비 자락에 피어오른 물안개가 건너편 낮은 강둑을 반쯤 가렸다. 그는 구름 깔린 하늘 아래 서쪽으로 조용히 흘러가는 이 어마어마한 검은 물의 폭과 장엄함에 압도당했다. 처음에는 이거야말로 동쪽 숲에 흩어진 집들에게는 풍문으로만 알려져 있는 내륙의 지표, 내륙의 강일 것이라고 생각했다. 그러나 그 강은 나무들의 왕국 서쪽 가장자리를 찍고 남쪽으로 흐른다 했다. 그렇다면 이것은 분명 내륙의 강이 아니라 그 지류일 것이다. 그런 이유로, 그리고 높은 구릉 지대에서 벗어나 물과 사냥감을 얻을 수 있으므로 팔크는 이 강을 따라갔다. 게다가 때로는 잎 떨어진 나뭇가지들로 이루어진 지루한 어둠 대신 머리 위에 열린 하늘을 이고 모래 강변을 걷는 것도 즐거웠다. 그렇게 그는 겨울의 손아귀에 잡혀 춥고 고요하고 빛깔도 없는 숲의 기복을 뚫고 강을 따라 남서쪽으로 갔다.

이렇게 강을 따라가던 어느 날 아침 그는 야생 닭을 한 마리 쏘아 잡았다. 울어대며 낮게 나는 야생 닭은 이 부근에 꽤 흔해서 팔크의 주된 식량이었다. 암탉은 날개만 맞았고 팔크가 집어 들었을 때 아직 죽지 않은 상태였다. 닭은 날갯짓을 하며 귀청을 찢는 새소리로 외쳤다.

"생명을…… 빼앗는 것은…… 생명을…… 앗는 것은……."

다음 순간 팔크는 그 목을 비틀어버렸다.

암탉이 뱉은 말은 마음속에 쟁쟁 울리며 사그라질 줄을 몰랐다. 지난번에 짐승이 말을 했을 때 그는 공포의 집 바로 앞에 있었다. 이 적적한 회색 언덕들 사이 어딘가에 사람이 있거나 있었다는 뜻이었다. 아저드네 식구들처럼 숨어 사는 이들일 수도 있고, 팔크의 이질적인 눈을 보면 바로 죽이려 들 잔인한 방랑자들이거나, 그를 죄수나 노예로 삼아 주인에게 데려갈 꼭두각시일 수도 있었다. 결국에는 그들의 주인과 대면해야 할지도 모르지만, 그렇다 해도 그들에게 갈 길은 팔크 혼자서, 그에게 적당한 때에 찾아낼 작정이었다. 아무도 믿지 말고, 인간을 피할 것! 그는 이미 교훈을 얻었다. 그날 그는 신경을 바짝 곤두세우고 소리 없이 조심조심 나아갔다. 너무 조용해서 강변에 모여 있던 물새들이 그의 발밑에 깔릴 뻔했을 때서야 놀라 화드득 날아오를 정도였다.

사람이 다닌 길도 나오지 않았고, 강 가까이에 사람이 살았던 흔적 하나 보이지 않았다. 그러나 그날 짧은 오후가 저물 무렵 청동 빛 들새 한 무리가 머리 위로 날아오르더니 사람의 말을 재재거리며 서로를 불러대고 꽥꽥거려가며 강을 건너갔다.

그는 조금 더 걷다가 바람에 실려오는 나무 타는 냄새를 맡고는 멈춰 섰다.

바람은 강의 흐름에 거슬러서, 그러니까 북서쪽에서 불어오고 있었다. 그는 두 배로 주의를 기울이며 걸음을 옮겼다. 그리고 나무줄기 사이로 밤이 떠오르고 검은 강줄기가 흐릿해지자 덤불지고 버드나무 뒤엉킨 강변을 따라 한참 앞쪽에 불빛 하나가 나타나더니, 꺼졌다가 다시 반짝였다.

다시 걸음을 멈추고 멀리서 깜박이는 불빛을 가만히 바라본 것은 두려움 때문도 조심성 때문도 아니었다. 직접 피우던 화톳불을 빼면 지금 이것이 개척지를 떠난 후 황무지에서 본 첫 번째 불빛이었다. 어스름 저편에서 반짝이는 불빛은 무척이나 이상하게 마음을 휘저었다.

팔크는 여느 숲 속 동물처럼 끌리는 마음을 눌러 참고 완전히 밤이 되기를 기다려 천천히, 소리 없이 강둑을 따라 버드나무 아래로 움직였다. 마침내 노란 불빛이 새어나오는 네모난 창문과 그 위로 소나무 가지를 드리우고 테두리처럼 눈을 얹은 뾰족 지붕이 보였다. 검은 숲과 강 위로 오리온자리가 커다랗게 빛났다. 겨울밤은 몹시 춥고 조용했다. 이따금씩 검은 물 위로 흔들리는 나뭇가지에서 떨어지는 마른 눈송이가 불빛을 받아 번득였다.

팔크는 오두막집에서 새어나오는 불빛을 노려보았다. 그는 조금 더 가까이 다가간 다음 다시 한참을 꼼짝 않고 섰다.

오두막집 문이 삐걱 소리를 내며 열리더니 어두운 땅에 부채꼴로 금빛을 드리웠고, 바스스 일어난 가루눈이 그 빛을 받아 반짝였다.

"밝은 곳으로 들어오시게."

문간에 드리운 금색 타원 안에 한 남자가 무방비하게 서 있었다.

잡목 숲 안 어둠 속에서 팔크는 레이저 총에 손을 올렸고, 더 이상 아무런 움직임을 취하지 않았다.

"자네의 마음이 들려. 난 듣는 이라네. 이리 오게. 여긴 무서워할 게 없어. 이 말을 할 줄 아나?"

침묵.

잔잔한 목소리가 말했다.

"그렇길 바라네. 난 마음의 언어를 쓰지 않을 작정이거든. 여기엔 나와 자네밖에 없어. 나는 자네가 귀로 소리를 듣는 것처럼 아무 노력을 기울이지 않아도 마음을 듣는다네. 그리고 지금도 거기 어둠 속에 있는 자네의 마음이 들려. 잠시 지붕 아래 몸을 피하고 싶거든 와서 문을 두드리게나."

문이 닫혔다.

잠시 동안 가만히 서 있던 팔크는 캄캄한 몇 야드를 걸어 작은 오두막집에 다가갔고, 문을 두드렸다.

"들어와요!"

그는 문을 열고 따뜻함과 빛 속으로 들어갔다.

희끗희끗한 머리카락을 등 뒤로 땋아 늘인 노인이 화덕 옆에 무릎을 꿇고 앉아 불을 피우고 있었다. 노인은 고개를 돌리지 않고 장작만 규칙적으로 쌓다가 잠시 후 큰 소리로 느릿느릿 노래를 불렀다.

> 나만 홀로 혼란스럽구나
> 혼란스럽고
> 망망하여라
> 닻을 내릴 항구도 없이
> 바다를 떠돌듯…….*

마침내 희끗희끗한 머리가 팔크 쪽을 돌아보았다. 노인은 웃고 있었다. 가늘고 밝은 눈이 팔크를 곁눈질했다.

팔크는 오랫동안 말을 하지 않아 귀에 거슬리는 목소리로 머뭇머뭇 옛 경전의 다음 구절로 화답했다.

> 뭇 사람들은 모두 쓸모가 있건만
> 나만이 홀로 떨어져
> 들어맞지를 않는구나
> 나 홀로 다른 이들과 다르구나

---

* 『도덕경』 20장의 "沌沌兮, 俗人昭昭, 我獨昏昏. 俗人察察, 我獨悶悶, 澹兮其若海, 飂兮若無止"를 옮긴 것으로 보이나 이 해석대로라면 몇 글자를 빼고 약간의 변형을 가한 듯하다.

그래도 나는
어머니의 젖과 같은
'길'을 찾느니…….*

"하하하!"
노인이 웃었다.
"그런가, 노란 눈? 이리 와서 여기 화덕 옆에 앉게나. 혼자 다르다, 그래, 그래. 정말 그렇군. 자넨 외따로 떨어진 존재야. 얼마나 떨어졌느냐? 그걸 누가 알까? 뜨거운 물에 씻어본 지 얼마나 지났나? 그건 또 누가 알까? 망할 놈의 주전자가 어디 있지? 넓은 세상에 추운 오늘 밤이로세. 안 그런가, 배신자의 입맞춤만큼이나 추운 밤이야. 여기 있군. 거기 문 옆에 있는 들통에서 물을 좀 부어주겠나, 그러면 내가 불 위에 올려놓음세. 난 투로도를 믿는 사람이라 자네가 여기에서 안락함을 많이 누리진 못할 걸세. 그래도 주전자를 수소 융합기로 끓이든 소나무 가지로 끓이든 뜨거운 목욕은 뜨거운 목욕 아니겠나? 그래, 자넨 정말 먼 곳에서 왔나 보군. 옷도 때를 좀 뺄 수 있겠구먼. 아마도 방수겠지만 말이야. 그건 뭔가? 토끼? 잘됐군. 내일 야채를 좀 넣어서 스튜를 만드세. 야채는 레이저 총으로 잡을 수 없는 물건이지. 배낭 속에 양배추를 넣고 다닐 수도 없는 노릇이고. 이보게, 난 여기 혼자 산다네. 혼자, 철저히 혼자서 말이야. 난 대단한, 지나치게 대단한, 가장 뛰어난 듣는 이이기 때문에 혼자 살고 말을 너무 많이 하지. 여기 숲 속에서 버섯처럼 태어난 건 아니야. 하지만 다른 사람들과 같이 있을 때 마음을 닫을 수가 없었거든. 마치 한

---

*『도덕경』20장 "衆人皆有以, 而我獨頑且鄙. 我獨異於人, 而貴食母"를 옮긴 부분.

꺼번에 마흔 가지 다른 길로 숲을 통과하는 것처럼 늘 온갖 방식으로 웅웅거리는 소리며 슬픔이며 재재거리는 소리에 근심 걱정이 들려오는 거야. 그래서 여기 진짜 숲 속으로 들어와서 짧고 잔잔한 소리밖에 없는 동물들에 둘러싸여 혼자 사는 거라네. 동물들의 마음속엔 죽음이 없어. 그리고 거짓말도 없지. 앉게나. 여기까지 오는 데 한참이 걸렸으니 다리가 아플 텐데."

팔크는 화덕 옆 나무 의자에 앉았다.

"환대에 감사드립니다."

그러고 나서 이름을 말하려는데 노인이 말했다.

"괜찮아. 난 자네에게 수많은 이름을 붙여줄 수 있다네. 이쪽 세상에선 그 정도로 충분하지. 노란 눈, 이방인, 길손, 뭐든지 말이야. 내가 초언어 소통자가 아니라 듣는 이라는 점을 기억하게나. 언어나 이름 같은 것은 알아듣지 못하지. 그러고 싶지도 않고. 난 바깥 어둠 속에 외로운 영혼이 하나 있다는 사실을 알았고, 자네에게 불 켜진 내 창문이 얼마나 눈부셔 보였는지 알아. 그 정도면 충분하지 않나? 아니, 충분함 이상이지 않나? 내게 이름 같은 것은 필요치 않아. 그리고 내 이름은 '오직 혼자'라네. 됐나? 이제 불을 더 피우고 몸을 좀 데우게."

"따뜻합니다."

팔크가 대답했다.

부드러운 목소리로 말을 걸며 이리저리 움직이는 노인의 어깨 너머로 땋아 늘인 회색 머리카락이 이리저리 흔들렸다. 노인은 진짜 질문을 던지지도, 답을 듣기 위해 말을 멈추지도 않았다. 노인에겐 두려움이 없었고 그를 두려워하기란 불가능했다.

이제 숲 속을 여행하며 지낸 모든 낮과 밤이 뒤로 물러났다. 팔크는 야영을 하고 있지 않았다. 어딘가에 들어와 있었다. 날씨에 대해서나 어둠에 대해, 별과 짐승들과 나무에 대해 생각할 필요가 없었다. 밝은 화덕 옆에 다리를 쭉 뻗고 앉을 수 있었으며, 다른 사람과 함께 식사를 할 수 있었고, 뜨거운 물을 채운 나무통 속에 들어가 몸을 씻을 수 있었다. 그는 더러움과 피로를 씻어내는 따스한 물과 영혼을 씻어주는 이곳의 따뜻함 중에 어느 쪽이 더 큰 기쁨인지 알 수 없었다. 노인의 이야기는 조리에 닿지 않고 맥락도 없지만 생생했고, 황무지에서 보낸 기나긴 침묵의 시간 후에 갖게 된 복잡한 대화는 기적과도 같았다.

팔크는 자신의 감정과 지각을 감지할 수 있다는, 그러니까 마음을 듣는 엠파스라는 노인의 말을 믿었다. 텔레파시가 시각이라면 엠파시는 촉각이기도 같았다. 좀 더 모호하고 원시적이며 더 본능적인 감각이라는 뜻이다. 엠파시는 텔레파시처럼 배우고 갈고닦아 조절할 수 있는 능력이 아니었다. 반대로 무의식적인 엠파시는 정신적인 훈련을 받지 않은 이들 중에 드물지 않게 나타났다. 눈이 보이지 않는 크레티얀만 해도 타고난 엠파시 능력에 훈련을 더한 경우였다. 그러나 그녀의 재능도 이런 것은 아니었다. 노인이 정말로 방문자의 느낌과 지각을 끊임없이 알아차린다는 사실은 오래지 않아 분명해졌지만, 무슨 이유에선지 별로 마음이 쓰이지 않았다. 아저드의 약물로 텔레파시 탐색에 마음이 열렸다는 것을 알고는 화가 났었는데, 의도부터 다르기도 했지만 여기엔 그 이상의 차이가 있었다.

"오늘 아침에 암탉을 한 마리 죽였습니다."

팔크는 노인이 탁탁 튀는 불 옆에서 꺼끌꺼끌한 수건을 데우느라 말수를 줄이자 말을 꺼냈다.

"말을 하더군요. 이 언어로요. 무슨⋯⋯ 법에 대한 말을 했습니다. 이

부근에서 누군가가 짐승과 새들에게 언어를 가르치고 있다는 뜻인가요?"

아무리 뜨거운 물로 목욕을 하고 나왔다 해도 아직 적의 이름을 말할 정도로 긴장이 풀리지는 않았다. 공포의 집에서 그런 교훈을 얻은 이상에는 말이다.

노인은 대답 대신 처음으로 질문을 던졌다.

"그 닭은 먹었나?"

"아니요."

팔크는 불빛을 받아 달궈낸 청동처럼 붉게 물든 살갗을 수건으로 닦으며 대답했다.

"말을 하는 것을 듣고 나니 먹을 수가 없었습니다. 대신 토끼를 잡았지요."

"죽여놓고 먹지 않았다? 부끄러운 일이로다. 부끄러운 일이야."

노인은 낄낄거리고 웃다가 야생 수탉처럼 소리를 높였다.

"자네에겐 생명에 대한 존경심도 없나? 그 법을 제대로 이해해야지. 그건 죽여야 할 때가 아니면 죽이지 말아야 한다는 뜻이라네. 그리고 죽여야 할 때라도 어지간해서는 그러지 않는 편이 좋다는 뜻이기도 하지. 에스 토치에선 그 점을 꼭 기억하게나. 다 닦았나? 벗은 몸을 가려야지, 야웨 경전의 아담이여. 자, 이걸 두르게. 자네가 입고 있던 옷처럼 솜씨 좋은 물건은 못 되고 무두질해 기운 사슴 가죽에 지나지 않네만, 그래도 깨끗하긴 할 게야."

"제가 에스 토치로 간다는 걸 어떻게 아셨습니까?"

팔크는 부드러운 가죽옷을 토가처럼 두르며 물었다.

노인은 대답했다.

"자네가 인간이 아니니까……. 그리고 내가 듣는 이라는 점을 기억하게나. 나는 자네 마음속의 나침반을 안다네. 그게 아무리 이질적이라 해도, 내가 원하든 않든 말이야. 북쪽과 남쪽은 흐릿해. 멀리 등진 동쪽은 잃어버린 빛이지. 그리고 서쪽에는 어둠이, 짙고 무거운 어둠이 깔려 있군. 나는 그 어둠이 무엇인지 알아. 들어보게. 친애하는 손님이자 얼간이, 난 자네 말을 듣고 싶지 않으니 내 말에 귀를 기울이란 말일세. 사람들의 소리가 듣고 싶었다면 여기서 멧돼지들에게나 둘러싸여 멧돼지처럼 살진 않을 테지. 자러 가기 전에 이 말은 해야겠네. 그러니까 들어보게나. 싱은 그렇게 많지가 않아. 이건 대단한 소식이자 지혜이며 충고라네. 밝은 빛으로 이루어진 에스 토치의 지독한 어둠 속을 걷게 되거든 그걸 기억하도록 하게. 단편적인 정보는 언제나 손 닿는 곳에 있는지도 모르네. 이제 동쪽과 서쪽은 잊고 자게. 자네가 침대에서 자. 투로도를 믿는 사람으로서 과시와 사치에는 반대하지만 잠을 청할 침대 같은 단순한 기쁨은 찬양할 만한 것이지. 어쨌든 가끔씩은 말이야. 그리고 다른 사람과의 만남도, 일 년에 한두 번쯤은. 자네처럼 다른 사람을 그리워한다고는 못하겠지만 말이지. 혼자라는 건 외롭다는 뜻은 아니거든……."

그리고 그는 바닥에 자기가 누울 이부자리를 깔면서 그가 믿는 종교의 '젊은 경전'의 한 대목을 애정 어린 목소리로 읊었다.

"밀브룩 개천이, 지붕 위 바람개비가, 북극성이, 남풍이, 사월의 소낙비가, 정월의 해빙이, 새집에 들어선 첫 번째 거미가 그렇듯 나도 외롭지 않네……. 웃는 듯한 소리로 크게 우는 저 호수의 되강오리가 그렇듯, 혹은 월든 연못 자체가 그렇듯 나도 외롭지 않네……."*

---

\* 헨리 소로의 『월든』 5장 「고독」 중에서. 월든은 자연과 조화를 이루는 삶, 소박하고 검소한 삶만이 인

그리고 노인은 "잘 자게나!"라고 말하고 입을 다물었다. 팔크는 그날 밤 여행을 떠난 후 처음으로 깊고 달게 푹 잤다.

팔크는 이 강가 오두막에 이틀 낮 이틀 밤을 머물렀다. 노인이 그를 기꺼이 받아주어 팔크는 따뜻하고 이야기할 사람이 있는 이 작은 피난처를 떠나기가 힘들었다. 노인은 팔크의 말을 거의 듣지 않았고 질문을 하는 법도 없었지만, 물이 흐르듯 끊이지 않는 그의 말 속엔 한 번씩 사실과 실마리가 번득였다 사라지곤 했다. 노인은 이곳에서부터 서쪽으로 가는 길과 그 길에 놓인 것들을 알고 있었다. 그러나 얼마나 멀리까지 아는지는 확신할 수 없었다. 에스 토치까지는 확실히 아는 듯했다. 어쩌면 그 너머까지일까? 에스 토치 너머에 무엇이 있는지도 아는 것일까? 팔크는 서쪽으로 계속 가면 결국 서해가 나오고, 그 너머에는 큰 대륙이 있으며, 다시 빙 돌아 동쪽 바다와 숲이 다시 나온다는 것밖에 몰랐다. 인류는 세계가 둥글다는 것을 알고 있었지만, 지도는 남아 있지 않았다. 팔크는 노인이 세계의 지도를 그릴 수 있을지도 모른다는 느낌을 받았다. 그러나 노인은 이 작은 강둑 개척지를 벗어나서 한 일이나 본 것에 대해 직접적으로는 아무 얘기도 하지 않았으므로, 어디에서 그런 느낌을 받았는지 알 수가 없었다.

"하류의 암탉들을 경계하게."

노인은 팔크가 다시 떠나기 전, 함께 이른 아침을 먹다가 느닷없이 말했다.

"암탉들 중에는 말을 할 수 있는 것도 있고, 들을 수 있는 것도 있지. 꼭

---

간에게 진정한 행복을 가져다줄 것이라는 사상을 편 소로가 월든 호숫가에 통나무 집을 짓고 산 2년간의 삶에 대해 쓴 책으로 19세기의 '경전'으로 일컬어진다.

우리 같지? 나는 말하고 자네는 들으니 말이야. 그야 물론 나는 '듣는 이'고 자네는 '전하는 이'니까 그렇지만. 논리 따윈 집어치워. 암탉들을 염두에 두고, 지저귀는 것들을 믿지 말게나. 수탉들은 좀 낫지. 녀석들은 울어대느라 너무 바쁘거든. 혼자서 가게. 그래서 나쁠 건 없을 테니까. '왕자'나 '방랑자'를 만나거든 내 안부를 전해 주게나. 특히 암탉 스트렐라를 만나거든 꼭. 그나저나 어젯밤 자네의 꿈과 내 꿈 사이에서 헤매다가 떠오른 건데, 자넨 운동이라고 치기엔 너무 많이 걸었으니 내 슬라이더를 타고 가는 게 좋을 것 같아. 슬라이더가 있다는 사실도 잊고 있었지. 나야 죽을 때 말고는 어디로도 가지 않을 테니 그걸 쓸 일도 없네. 죽으면 지나던 누군가가 묻어주거나 최소한 쥐와 개미들로부터 끌어내 주기라도 했으면 좋겠군. 이렇게 오랫동안 깨끗하게 정돈하고 살아온 집에서 썩어간다는 건 생각하기 싫은 일이거든. 물론 여기서부터는 이름이나 붙일 만한 길이 남아 있지 않으니 숲 속에서 슬라이더를 탈 순 없겠지만, 강을 따라갈 생각이라면 꽤 쓸 만할 게야. 그리고 강을 건널 때도 쓸모가 있겠지. 얼음이 깨질 때면 메기가 아니고선 건너기 힘들거든. 필요하다면 옆 창고에 있으니 가져가게. 내겐 필요 없는 물건이야."

조브의 집에서 제일 가까운 거류지인 카톨의 집도 투로도를 믿었다. 팔크는 온건하게 제정신으로 살 수 있는 한 기계 장치와 인공물 없이 살아가는 것이 그들의 원칙임을 알고 있었다. 그런데 그들보다도 훨씬 원시적으로 살아가며, 사냥에 쓸 총 한 자루 없이 가금과 채소를 기르는 이 노인이 슬라이더 같은 과학 기술의 편린을 소유하고 있다는 사실은 기이한 것이었다. 팔크는 처음으로 의심의 그늘이 드리운 눈으로 노인을 쳐다보았다.

듣는 이는 입술을 빨며 낄낄거렸다.

"외지 친구, 자네에겐 애초부터 날 믿을 이유가 하나도 없었어. 나 역시 그렇고. 어쨌든 가장 강력한 듣는 이에게도 감출 수 있는 것들은 있게 마련이거든. 어떤 것들은 자기 마음속에서조차도 손댈 수 없게 숨어버릴 수 있지 않던가. 슬라이더를 가져가게. 내가 여행을 하던 나날은 끝났어. 슬라이더는 1인승이네만, 자넨 혼자 갈 테지. 그리고 자네는 걸어서 갈 수 있는 것보다 긴 여행을 떠나야 할 거야. 그렇게 치자면 슬라이더로 갈 수 있는 것보다도 먼 길이지만."

팔크는 아무것도 묻지 않았지만, 노인은 대답했다.

"어쩌면 집으로 돌아가야 할지도 모르지."

팔크는 춥고 안개 낀 새벽, 얼음을 둘러쓴 소나무 아래에서 노인과 헤어지며 후회와 감사의 마음을 담아 집의 가장에게 하듯 손을 내밀었다. 배운 대로. 그러나 그러면서 그는 "티오키외……."라고 말했다.

"날 뭐라고 부른 건가, 전령이여?"

"아마…… 아마 '아버지'라는 뜻일 겁니다……."

그 말은 아무 맥락도 없이 불쑥 입 밖으로 흘러나왔다. 그는 스스로가 그 뜻을 알고 있는지 자신할 수 없었고, 그게 어떤 언어인지도 알 수 없었다.

"잘 가게, 바보같이 잘 믿는 친구! 자넨 진실만을 말할 것이고 진실이 자네를 자유롭게 할 거야. 상황에 따라서는 그렇지 않을 수도 있겠지. 오직 혼자서 가게나, 멍청한 친구. 그게 최선의 길이야. 자네의 꿈들을 그리워할 걸세. 잘 가게, 잘 가. 생선과 손님은 사흘이 지나면 냄새가 나게 마련. 잘 가게나!"

팔크는 무릎을 구부려 작고 섬세한 슬라이더에 올랐다. 백금 선으로 삼차원의 덩굴무늬를 박아 넣은 검은색 패리스톨리스. 조종 장치는 장식에 거의 가려지다시피 했지만, 조브의 집에서 슬라이더를 몰아본 팔크는 잠시 조종간을 뜯어보다가 왼쪽을 건드려 슬라이더가 소리 없이 2피트쯤 떠오를 때까지 손가락을 움직인 다음 조종간 오른쪽을 조작했다. 작은 기체는 안뜰과 강둑 위로 미끄러지다가 오두막집 아래쪽으로 밀려 내려가는 살얼음 낀 물 위를 선회했다. 그는 작별 인사를 하려고 뒤를 돌아보았지만, 노인은 이미 오두막집 안으로 들어가 문을 닫은 뒤였다. 그리고 잡음 하나 나지 않는 기체를 넓고 검은 가도 같은 강 아래로 돌리자 다시 막막한 정적이 팔크를 감쌌다.

앞뒤로 넓은 곡선을 그린 강물 위에 차가운 안개가 몰려들고, 양옆 강둑에 선 잿빛 나무들 사이에 매달렸다. 땅도 숲도 하늘도 온통 얼음과 안개에 덮여 회색 빛이었다. 오직 팔크가 공기를 타고 미끄러져가는 속도보다 조금 느리게 흐르는 강물만이 검은빛이었다. 다음 날 눈이 내리기 시작하자 눈송이는 하늘을 등지고는 어두운 빛이었다가 사라지기 전 물 위에서는 흰빛으로 반짝이며 끝없는 물길 속으로 끝없이 떨어져 사라졌다.

슬라이더를 타고 가는 여행은 걷는 것보다 두 배는 빨랐고, 더 안전할 뿐더러 쉽기도 했다. 사실 너무 쉬워서 단조롭고 멍해질 정도였다. 팔크는 사냥을 하거나 야영지를 마련해야 할 때가 되면 기쁘게 물가로 나갔다. 물새들은 그의 손으로 날아들다시피 했고, 물을 마시러 내려온 동물들은 슬라이더에 탄 팔크를 스쳐 지나가는 왜가리 보듯 무관심하게 쳐다보며 사냥총 앞에 무방비하게 옆구리와 가슴을 내놓았다. 그러고 나서 할 수 있는 일이라곤 가죽을 벗기고, 토막을 내고, 요리를 하고, 먹고, 나뭇가지나 나무껍질과 뒤집은 슬라이더를 지붕 삼아 밤새 눈비를 피할 피신처를 마련하는 것뿐이었다. 그는 잠을 자고, 새벽에 일어나 간밤에 남긴 차가운 고기를 먹고, 강물을 마신 다음 계속 나아갔다. 계속, 또 계속.

그는 무료한 시간을 잊기 위해 슬라이더로 장난을 쳤다. 바람과 공기층이 불안정한 공기 쿠션을 만들어내기 때문에 그가 즉시 무게를 실어 보정하고 제어하지 못하면 슬라이더가 뒤집히기 십상인 15피트 높이까지 올라가거나, 요란하게 물을 튀기며 물속에 뛰어들어 슬라이더가 망아지처럼 날뛰며 수면을 때리고 스치며 날아가게 하는 등. 몇 번인가 떨어지기도 했지만 팔크는 이런 놀이의 즐거움을 단념하지 않았다. 슬라이더는 조종하는 사람이 없으면 1피트 높이에서 맴돌게 되어 있었으므로, 떨어지더라도 다시 기어 올라가서 물가로 나가 불을 피워 몸을 말리거나, 그럴 필요도 없을 경우에는 그냥 계속 가면 그만이었다. 그의 옷은 방수가 되었고, 어차피 강에 빠진다고 해도 비를 맞을 때보다 많이 젖지도 않았다. 겨울감은 꽤 따뜻했지만 정말로 따스하게 지낼 수는 없었다. 야영하면서 피우는 작은 화톳불은 엄밀히 말해서 요리밖에 할 수 없었다. 비와 진눈깨비가 내리고 안개가 깔리고 다시 비가 내리는 날씨가 한참 이어진 뒤라 어쩌면 동쪽 숲 전체를 뒤져도 제대로 된 불을 피울 만한 마른 나무는 없는지도 몰랐다.

팔크는 강을 따라 대각선으로 길고 시끄럽게 통통 튀다가 수면을 철썩 때리며 요란하게 물을 튀기는 묘기를 익혔다. 단조로이 나무와 언덕 사이 물 위로만 조용히 미끄러지다 가끔 한 번씩 시끄러운 소리를 내는 것 자체가 즐거웠다. 그는 조종간을 정교하게 퉁겨 경사를 틀며 굽은 물목 주위를 철썩이다가 갑자기 공중에 딱 멈춰 섰다. 강철 빛으로 반짝이는 강 저편에서 배 한 척이 이쪽으로 오고 있었다.

서로가 환히 보였다. 병풍처럼 둘러선 나무들 뒤로 몰래 빠져나갈 수도 없었다. 팔크는 총을 쥐고 슬라이더에 붙어 앉아 오른쪽 강둑으로 빠진 다음, 고지를 점할 생각으로 10피트 위까지 올라갔다.

배는 작은 삼각돛 하나만으로 술술 흘러왔다. 역풍이었지만 배가 다가오자 희미하게 노랫소리를 들을 수 있었다.

배에 탄 사람들은 점점 가까이 다가오면서도 그에게는 아무런 주의를 기울이지 않고 노래만 불렀다.

짧은 기억 속에서도 항상 그는 음악에 매료되는 동시에 두려움을 느꼈다. 음악은 그의 마음을 괴로운 기쁨으로, 고통에 가까운 즐거움으로 채웠다. 노래를 부르는 목소리를 들으면 스스로가 인간이 아니라는 느낌이 너무나 강해졌다. 가락과 박자와 음정으로 이루어진 이 놀이가 그에게는 낯선 것이며, 잊혀진 것이 아니라 완전히 새롭고 엉뚱한 것이라는 느낌……. 그러나 그 낯선 느낌이 또한 그를 끌어당겼고, 그는 무의식적으로 슬라이더의 속도를 늦추고 귀를 기울였다. 넷 혹은 다섯 명의 목소리가 함께 울려 퍼지다 갈라지고 다시 뒤섞이며 이제껏 들어본 어떤 것보다 예술적인 하모니를 이루었다. 무슨 말인지는 이해할 수 없었다. 숲과 잿빛 물과 잿빛 하늘 전체가 그와 더불어 온 신경을 모으고, 이해하지 못하면서도 말없이 귀를 기울이는 것 같았다.

노랫소리는 희미하게 울리며 사그라지고, 갑작스러운 웃음소리와 이야기 소리가 그 자리를 대신했다. 이제 슬라이더와 배는 100야드 정도의 거리를 두고 나란히 섰다. 선미에 똑바로 선 키 크고 호리호리한 남자가 물 위에 낭랑하게 울려 퍼지는 목소리로 팔크에게 인사말을 던졌다. 이번에도 팔크는 알아듣지 못했다. 모두 가까운 친척이거나 하나의 종족인 듯, 강철 같은 겨울빛 속에서 그 남자와 다른 네다섯 명의 머리카락이 똑같은 금색으로 빛났다. 팔크는 그들의 얼굴을 제대로 알아볼 수 없었다. 그저 적금색 머리카락과 몸을 앞으로 내밀고 웃으며 손짓을 하는 호리호리한 형체만 보일 뿐이었다. 몇 명이나 되는지도 확실히 알 수가 없었다. 한순간 하나의 얼굴이 또렷이 눈에 들어왔다. 흐르는 물과 바람을 가로질러 그를 지켜보는 한 여인의 얼굴이었다. 팔크는 슬라이더의 속도를 늦추어 물 위를 맴돌고 있었고, 배도 가만히 멈춰 있는 것 같았다.

"우릴 따라와요."

남자는 다시 말했고, 팔크도 이번에는 무슨 말인지 알아들었다. 옛 연맹의 언어, 갈라티카였다. 숲사람들이 다 그렇듯 팔크도 남아 있는 위대한 시대의 문서가 기록된 테이프와 책을 통해 갈라티카를 배웠다. 갈라티카는 서로 다른 언어를 쓰는 사람들 사이에서 공용어 역할을 했다. 숲의 언어도 뿌리는 갈라티카였지만 어느덧 천 년이 넘어 집마다 다를 정도로 변해 버렸다. 동쪽 바닷가에서 온 여행자들이 조브의 집에 온 적이 한 번 있었는데, 말이 너무 달라서 갈라티카로 이야기하는 편이 나았다. 팔크가 살아 있는 갈라티카를 들은 것도 그때뿐이었다. 그때를 빼고 그에게 있어 갈라티카란 겨울 아침의 어스름 속에서 귓가에 웅얼거리는 수면 교습이나 소리책의 목소리일 뿐이었다. 지금 키를 잡은 남자의 맑은 목소리로 들리는 갈라티카는 꿈결 같았고 고풍스러웠다.

"따라와요. 우린 도시로 갑니다!"

"무슨 도시요?"

"우리 도시지요."

남자는 그렇게 말하고 웃음을 터뜨렸다.

"나그네를 환영하는 도시죠."

다른 남자가 말했고, 또 다른 남자가 노랫가락 안에서 너무나 감미롭게 울려 퍼지던 테너 음으로, 더 부드럽게 말했다.

"말인즉슨 해를 끼칠 생각이 없는 사람에겐 아무 해도 없다는 뜻입니다만."

그리고 여자가 웃는 듯 말했다.

"나그네 씨, 황무지에서 벗어나 하룻밤 우리 음악을 들어봐요."

그들은 팔크를 나그네 혹은 전령이라는 뜻을 지닌 호칭으로 불렀다. 팔크가 물었다.

"당신들은 누굽니까?"

바람이 불고 넓은 강이 흘렀다. 배와 비행선은 마법에 걸린 듯 따로 또 같이, 공기와 물의 흐름 속을 가만히 맴돌고 있었다.

"인간이지요."

대답이 돌아옴과 동시에 마법은 사라졌다. 감미로운 음악이나 향기처럼 동쪽에서 부는 바람에 흩어져 버렸다. 손 안에서 버둥거리며 째지는 소리로 사람의 말을 외치던 상처 입은 새의 느낌이 다시 살아났다. 그때와 같은 오한이 몸을 훑고 지나갔다. 그리고 팔크는 주저 없이 은빛 조종간을 건드려 전속력으로 슬라이더를 달렸다.

이제는 바람이 그들 쪽에서 그에게로 불고 있었지만 아무 소리도 들려오지 않았고, 몇 분이 지나 망설이며 속력을 늦추고 뒤를 돌아보자 배는 사라지고 없었다. 검고 넓은 수면은 한참 멀리 떨어진 물목까지 아무것도 없이 깨끗하기만 했다.

그 후로 팔크는 더 이상 시끄러운 장난을 치지 않고 그저 빠르고 조용하게만 나아갔다. 그날 밤에는 불도 피우지 않았고, 잠도 제대로 자지 못했다. 그래도 마법의 일부는 남아 있었다. 감미로운 목소리들은 고대어로 도시라고, '엘로나에'라고 말했고 팔크는 홀로 공중에서, 사람이라곤 없는 황무지에서 하류로 날아가며 그 말을 소리 내어 중얼거렸다. 엘로나에, 인간이 있어야 할 장소. 무수히 많은 사람이 모여 있고, 하나의 집이 아니라 수천의 집이, 거대한 거주지가, 탑과 벽과 창문과 길, 그리고 길과 길이 만나는 열린 광장이 있는 곳. 책에 따르면 사람의 손으로 빚어낸 모든 고안물이 만들어지고 팔려나간다는 거래소와 강대한 이들이 만나 자신들이 행한 위대한 업적을 이야기하는 정부 관저, 그리고 세월을 뛰어넘어 외계의 태양으로 배를 쏘아 보내는 땅이 있는 곳……. 지구가 정녕 '인간이 있어야 할 장소'처럼 경이로운 곳들을 품은 적이 있기는 했던 걸까?

그곳들은 이제 모두 사라져버렸다. 오직 에스 토치만이, '거짓의 장소'만이 남았다. 동쪽 숲에는 도시가 없었다. 늪과 오리나무 숲, 토끼 굴과 사슴이 다니는 길, 무너진 길과 부서져 묻혀버린 돌들 속에는 영혼들로 북적이는 돌과 강철과 유리의 탑이 솟아오르지 못했다.

그래도 도시의 환영은 한때 알았던 무엇인가에 대한 희미한 기억처럼 눈앞에 어른거렸다. 덕분에 팔크는 무사히 빠져나온 미끼가 얼마나 강력한 속임수였는지 실감했고, 이렇게 계속 서쪽으로, 그들의 근원으로 가는 동안 그런 미끼와 속임수에 또 마주치게 될지 궁금하기도 했다.

날이 가고 강이 흐르던 어느 잿빛 고요한 오후, 세상이 천천히 양옆으로 열리더니 광대한 하늘 아래 끝없는 흙탕물의 벌판이, 경외스러울 만큼 넓은 강물이 펼쳐졌다. '숲의 강'과 '내륙의 강'이 합쳐지는 지점이었다. 동쪽으로 몇백 마일이나 떨어진 곳에 틀어박혀 살며 세상일에 무지한 집들까지도 이 강에 대해서 들어본 것은 당연한 일이었다. 이 강은 싱도 숨길 수 없을 만큼 컸다. 물에 잠긴 숲의 마지막 꼭대기와 섬들로부터 까마득히 먼 서쪽 언덕까지 삭막하게 빛나는 누런 물줄기가 광활하게 뻗어나갔다. 팔크는 강 위로 낮게 나는 푸른 왜가리처럼 합류 지점 위로 솟구쳐 날아갔다. 그는 서쪽 기슭에 내려앉았고, 기억하는 한 처음으로 숲에서 벗어났다.

북으로, 서로, 남으로 완만하게 굽이치는 땅이 누워 있었다. 수많은 나무가 우거졌고 저지대에는 덤불과 잡목림이 가득했지만, 전체적으로 탁 트인 땅이었다. 자기기만에 빠진 팔크는 산맥을 보려고 눈을 가늘게 뜨고 서쪽을 쳐다보았다. 이 열린 땅, 이 대초원은 아주 넓다고들 했다. 족히 1000마일은 될 것이다. 그러나 조브의 집에는 대초원이 정말 얼마나 넓은지 아는 사람이 없었다.

산맥은 보지 못했지만 그날 밤 팔크는 별들을 가로지르는 세상의 가장자리를 보았다. 지평선을 보기는 처음이었다. 그의 기억은 온통 잎사귀와 나뭇가지로 이루어진 경계선에 둘러싸여 있었다. 그러나 이곳에는 지구 가장자리에서부터 위쪽으로 올라가는 거대한 사발 속에서 불타는 별들과 팔크 사이에 아무것도 없었다. 하늘은 불을 수놓은 검은 돔이었고, 그 원은 그의 발밑에서 완성되었다. 지평선은 시시각각 기울어 동쪽 하늘과 지구 아래에 놓인 불의 무늬를 드러냈다. 팔크는 긴 겨울밤이 절반쯤 지나도록 깨어 있었고, 기울어진 세상의 동쪽 경계선이 태양을 가로지르고 햇살이 우주에서 평야로 내리꽂힐 때쯤 다시 깨어났다.

그날 그는 나침반에 의지해서 계속 서쪽으로 향했고, 다음 날도, 또 다음 날도 마찬가지였다. 더 이상 굽이쳐 흐르는 강을 따라갈 필요가 없어진 만큼 똑바로 빨리 날아갈 수 있었다. 슬라이더를 모는 것도 강물 위를 달릴 때만큼 지루하지 않았다. 이 울퉁불퉁한 땅 위에서는 잠깐이라도 조종에 집중하지 않으면 오르막이나 내리막이 나올 때마다 슬라이더가 튀어 오르고 뒤집히기 일쑤였다. 그는 광활한 하늘과 대초원이 좋았고, 이토록 넓은 땅에 혼자 있다는 사실에서 고독의 기쁨을 찾았다. 햇빛은 잔잔했다. 늦겨울에 잠깐씩 보이는 온화한 날씨였다. 숲에 대해 돌이켜 보니 숨 막힐 듯 으슥한 어둠 속에서 빛과 공기 속으로 나온 것 같은 느낌이었다. 이 대초원이 하나의 커다란 개척지처럼 느껴졌다. 멀리 평원에 얼룩진 수만 마리의 붉은 들소 떼는 구름이 드리운 그림자 같았다. 온통 검은 땅이었지만 여기저기 제일 질긴 풀뿌리가 작은 떡잎을 내민 곳마다 안개처럼 푸릇푸릇했다. 그리고 땅 위나 아래나 끊임없이 작은 짐승들이 뛰어다니고 굴을 파며 돌아다녔다. 토끼, 오소리, 쥐, 야생 고양이, 두더지, 줄무늬 눈의 아크투리, 영양, 노란 야퍼들……, 멸망한 문명의 해로운 동물과 애완동물들. 넓은 하늘에는 날갯짓 소리가 가득했다. 어스름이 깔리면 흰 두루미들이 강가에 내려앉았고, 갈대밭과 잎 떨어진 미루나무들 사이에 펼쳐진 물이 두루미의 긴 다리와 높이 치솟은 날개자락을 비춰주었다.

어째서 사람들은 더 이상 세상을 보러 나오지 않는 걸까? 팔크는 해 저문 대초원의 넓고 푸른 창공 속에 작은 오팔처럼 타오르는 화톳불 옆에 앉아서 생각했다. 어째서 조브와 메톡 같은 사람들이 숲 속에 틀어박혀, 일생에 한 번도 넓고 찬란한 지구를 보러 나오지 않는 걸까? 팔크는 이제 그에게 모든 것을 가르쳐준 사람들이 알지 못하는 것을 알았다. 사람은 별들 속을 도는 자신의 행성을 볼 수 있다는 사실을……

다음 날 그는 낮아지는 하늘 아래 북쪽에서 불어오는 찬 바람을 뚫고 이제는 습관이 된 기술로 계속 슬라이더를 몰았다. 들소 떼가 남쪽 평야를 절반이나 뒤덮고 있었다. 수만 마리의 들소 한 마리 한 마리가 모두 바람을 보고 서서 남루한 붉은 어깨 앞으로 흰 머리를 수그리고 있었다. 맨 앞에 선 소들과의 거리가 1마일 정도가 남았을 때, 긴 회색 풀이 바람 아래 허리를 굽히더니 잿빛 새 한 마리가 날갯짓도 없이 그를 향해 날아왔다. 그는 그 직선 비행을 이상하게 생각하며 잿빛 새를 바라보았다. 아니, 완전히 직선이라고는 할 수 없었다. 녀석은 날갯짓 한 번 없이 방향을 틀어 그의 진로를 가로막았다. 무척 빨랐고, 곧장 그를 향하고 있었다. 그는 갑자기 위급함을 느끼고 녀석을 쫓아버리려 팔을 흔들다가 슬라이더에 납작 엎드려 방향을 틀었다. 너무 늦었다. 녀석에게 얻어맞기 직전에 그는 눈도 얼굴도 없이 반짝이는 강철의 머리를 보았다. 그리고 충격, 폭발하는 금속의 새된 소리, 구역질 나는 추락. 그리고 끝도 없는 추락이었다.

## 제4장

"케세노카티의 노파 말이 눈이 올 거래요."

친구의 목소리가 가까이에서 소곤거렸다.

"달아날 기회가 올 때를 대비하고 있어야 해요."

팔크는 대답 없이 앉아 캠프의 소음에 귀를 곤두세웠다. 멀리서 낯선 언어로 말하는 목소리들. 근처에서 가죽을 긁는 메마른 소리. 가느다란 아기 울음소리. 탁탁 천막 안에 불을 켜는 소리.

"호레신스!"

누군가가 밖에서 그를 불렀다. 그는 바로 몸을 일으킨 다음 가만히 섰다. 곧 친구의 손이 팔을 잡았고, 그녀가 그를 사람들이 부르는 곳으로 이끌었다. 원을 이룬 천막 한가운데에 피운 공동 화톳불에서 사람들이 소를 통째로 구워 성공적인 사냥을 축하하고 있었다. 누군가가 그의 손에 고깃덩어리를 밀어 넣었다. 그는 바닥에 주저앉아 먹기 시작했다. 육즙과 녹아내린 지방이 턱을 타고 흘러내렸지만 닦지 않았다. 그런 짓은 바스나스카 부족 므즈라 공동체에 속한 사냥꾼의 체면을 흐리는 일이었다. 비록 이방인이며 포로이고 장님일지라도 그는 사냥꾼이었고, 그렇게 처신하도록 배웠다.

방어적인 사회일수록 체제 순응적이기도 한 법. 지금 그가 속한 집단은 넓고 탁 트인 평원에서 아주 좁고 배배 꼬인 데다 갑갑한 길을 걷는 셈이었다. 그들과 함께 있는 한 그 역시 그들의 비틀린 방식들을 그대로 따라야 했다. 바스나스카의 음식은 반쯤 익힌 쇠고기와 생양파, 그리고 피였다. 늑대처럼 난폭한 목동들은 어마어마한 들소 떼 중에서 절룩거리는 놈, 느리고 건강하지 못한 놈들을 죽여 추려냈다. 고기 잔치는 평생 이어졌고, 그 삶에 휴식이란 없었다. 그들은 휴대용 레이저 총으로 사냥을 했고, 팔크의 슬라이너를 부순 것과 같이 융합기가 들어 있고 대상을 추적하게끔 프로그램해 놓은 자그마한 타격 미사일로 자기들 영역에 이방인이 들어오는 것을 막았다. 직접 무기를 만들거나 고치는 법은 없었고, 가지고 있는 무기도 정화 의식을 하고 주문을 건 다음에야 사용했다. 일 년에 한 번씩 있다는 순례 여행 이야기는 가끔 들렸고, 이 여행이 무기와 관련되어 있는 것 같기는 했지만 팔크로서는 그들이 어디에서 무기를 얻는지 알 수가 없었다. 그들은 농사를 짓지 않았고 가축도 기르지 않았다. 글자도 읽을 줄 몰랐고, 몇 가지 신화와 영웅담을 빼면 인류의 역사에 대해서도 알지 못했다. 그들은 팔크에게 숲은 커다란 흰 뱀만 사는 곳이므로 그는 숲에서 온 게 아니라고 가르쳤다. 그들은 신체 절단과 거세, 인신 공희를 수반하는 일신교를 믿었다.

팔크를 살려두고 부족의 일원으로 삼은 것도 그들의 복잡한 믿음에서 발전한 관념 때문이었다. 팔크는 레이저 총을 가지고 있었고 따라서 노예보다 높은 신분이었으므로 보통 때라면 그의 배를 가르고 내장을 꺼내어 점을 친 다음 여자들이 마음껏 난도질하게 했을 것이다. 그런데 그가 잡히기 한두 주쯤 전에 므즈라 공동체의 노인이 한 명 죽었다. 부족의 아이들 중에는 아직까지 이름을 받지 않은 아이가 없었으므로 그의 이름은 눈멀고 상처 입은 데다 이따금 의식이 돌아올 뿐 아무도 아닌 상태보다 별로 나을 게 없는 포로에게 주어졌다. 호레신스가 제 이름을 갖고 있는 한 모든 유령이 다 그렇듯 사악한 그의 유령이 돌아와 산 자들의 평온을 어지럽힐 터였다. 그래서 부족 사람들은 유령에게서 이름을 빼앗아 팔크에게 주었다. 그는 채찍질과 구토, 춤과 꿈 이야기와 문신, 돌아가며 하는 자유연상, 잔치에 이어 남자들이 돌아가며 한 여자를 윤간하고 마지막으로 새로운 호레신스가 다치지 않도록 지켜주십사고 밤새도록 신에게 주문을 외우는 순서로 이루어지는 사냥꾼 입문식을 치러야 했다. 의식이 끝난 후 그들은 열에 들뜬 그를 말가죽에 싸서 소가죽 천막 안에 누이고, 이름도 잃고 힘도 없는 늙은 호레신스의 유령이 평원에 부는 바람결로 흐느끼는 동안 죽든 살든 방치해 두었다.

팔크가 처음 의식을 차렸을 때 분주하게 눈에 붕대를 감아주고 상처를 돌봐주던 여인은 틈날 때마다 와서 그를 보살펴주었다. 그녀를 볼 수 있을 때라곤 그나마 사적인 공간이라 잠깐씩 붕대를 들어올릴 수 있는 그의 천막 안에서뿐이었다. 그녀는 그가 처음 여기에 왔을 때 기지를 발휘하여 눈을 가렸다. 바스나스카 사람들이 그의 눈을 보았다면 이름을 말하지 못하게 혀를 자른 다음 산 채로 불태웠을 것이었다. 이런 사실과 그 밖에 그가 바스나스카 국에 대해 알아야 할 다른 일들을 말해 준 것도 그녀였다. 그러나 그녀도 정작 스스로에 대해서는 말이 별로 없었다. 분명히 팔크보다 그리 오래 부족과 함께 지낸 것 같지는 않았다. 그는 단편적인 언급을 통해 그녀가 대초원에서 길을 잃고, 굶어 죽는 것보다는 낫다고 생각해서 부족에 합류했다는 것을 알았다. 바스나스카 부족은 여자 노예가 또 하나 생기는데 거절할 까닭이 없었고, 게다가 그녀가 의술에 능력을 보였으므로 살려두었다. 그녀의 머리카락은 붉은색이었고, 목소리는 아주 부드러웠으며, 이름은 에스트렐이라고 했다. 그는 이 이상 그녀에 대해 아무것도 알지 못했다. 그리고 그녀는 그의 신상에 대해 아무것도 묻지 않았다. 이름조차 묻지 않았다.

모든 점을 고려해 볼 때 그는 용케 살아난 셈이었다. 고대 세티 과학의 숭고한 산물인 패리스톨리스는 폭발하지도 불이 붙지도 않는다. 그래서 슬라이더는 조종간이 망가져도 터지지 않았다. 폭발한 미사일은 미세한 파편으로 그의 왼쪽 머리와 상체를 씹어놓았지만 여기에는 의술과 몇 가지 약품을 지닌 에스트렐이 있었다. 다른 세균 감염은 없었다. 그는 금세 회복했고, 호레신스로 피의 세례를 받은 지 며칠 지나지 않아 벌써 그녀와 함께 탈출 계획을 세우고 있었다.

그러나 날은 가고 기회는 오지 않았다. 방어적인 사회. 관습과 의례, 터부에 따라 모든 행동을 빡빡하게 짜놓고 사는 조심스럽고 질투심 많은 사람들. 사냥꾼은 각자 천막을 하나씩 가지고 있었지만 여자들은 한데 모여 있었고 남자가 하는 일은 모두 다른 남자들과 함께였다. 하나의 본체를 지닌 상호의존적인 구성원들이라는 점에서 그들은 공동체라기보다는 회원 조직이나 가축 떼 같았다. 이렇게 경계하고 안전을 추구하는 분위기 속에서 독립성이나 사생활이란 의심을 살 수밖에 없었다. 팔크와 에스트렐은 호시탐탐 틈을 내어 이야기를 나누어야 했다. 에스트렐은 숲의 말을 몰랐지만, 대신 그들은 갈라티카를 써서 대화할 수 있었다. 바스나스카에서는 피진 형태의 갈라티카밖에 말할 줄 몰랐다.

한번은 에스트렐이 말했다.

"눈이 쏟아질 때 시도하는 게 좋겠어요. 눈이 우리와 우리 흔적을 감춰줄 테니까요. 하지만 눈보라 속에서 얼마나 걸어갈 수 있을까요? 당신에게 나침반이 있기는 하지만, 추위는……."

겨울감으로 만든 옷은 다른 물건과 같이 몰수당하고 늘 끼고 다니던 금반지마저 빼앗겨 남겨진 것은 총 한 자루뿐이었다. 총은 사냥꾼으로서의 그에게 없어서는 안 될 물건이자 빼앗을 수 없는 것이었다. 그러나 그토록 오랫동안 입고 다녔던 옷가지는 이제 늙은 사냥꾼 케소노카티의 여윈 몸을 덮었다. 그나마 사람들이 짐을 뒤지기 전에 에스트렐이 발견하고 감춘 덕분에 나침반은 남아 있었다. 바스나스카의 사슴가죽 셔츠를 입고 각반을 차고 붉은 소가죽으로 만든 부츠를 신고 파카를 걸쳤다고는 하지만, 벽과 지붕과 불 없이 대초원의 살을 에는 바람과 눈보라를 견뎌내기에는 역부족이었다.

"여기서 서쪽으로 몇 마일 떨어진 삼싯 영역까지만 가면 내가 아는 '오래된 장소'에 몸을 숨기고 그들이 추적을 포기할 때까지 버틸 수 있어요. 하지만 내겐 나침반도 없었고 눈보라 속에서 길을 잃을까 봐 무서웠죠. 이젠 나침반도 있고 총도 있으니 해낼 수 있을지도 몰라요……. 그렇지 않을지도 모르지만."

"그게 최선이라면 기회를 잡아야죠."

팔크는 그렇게 말했다. 그는 더 이상 잡히기 전처럼 순진하지도, 희망에 부풀지도, 쉽게 흔들리지도 않았다. 좀 더 단단하고 결연했다. 그들의 손에 고통받기는 했어도 그는 바스나스카에 대해 특별한 악의를 품지 않았다. 그들은 그에게 낙인을 남겼고 양팔에 혈연관계를 나타내는 푸른색 문신과 상처를 새겨 야만인으로 만들었으나 또한 인간으로도 대해 주었다. 그러니까 용납할 수 있었다. 다만 그들에겐 그들의 일이, 그에게는 그의 일이 있을 뿐이었다. 숲 속 집에서 배우고 훈련받으며 견고해진 그의 개인 의지는 이곳에서 벗어나기를, 여행을 계속하기를, 조브가 말한 '인간의 일'을 해나가기를 원했다. 이곳 주민들은 어디로도 가지 않을 것이고 어디로부터도 오지 않은 사람들이었다. 스스로 인류의 과거에서 뿌리를 잘라냈으므로. 바스나스카에서 견딜 수 없는 것도 극단적인 불안과 위험 때문만은 아니었다. 시야를 가린 붕대보다 더 견디기 힘든 숨 막힘, 속박당하여 움직일 수 없다는 느낌 탓이 컸다.

에스트렐은 그날 저녁 그의 천막에 들러 눈이 내리기 시작했다는 사실을 알려주었다. 두 사람이 소곤소곤 계획을 짜고 있을 때 천막 귀퉁이에서 목소리가 들렸다. 에스트렐이 조용히 뜻을 옮겨주었다.

"'눈먼 사냥꾼, 오늘 밤 붉은 여자를 원하나?'라고 하는군요."

그녀는 아무 설명도 덧붙이지 않았다. 팔크는 여자들을 공유하는 규칙과 예의에 대해 알고 있었다. 에스트렐과의 대화로 마음이 바빴던 그는 얼마 알지 못하는 바스나스카 말 중에서 제일 쓸모 있는 말로 대답했다.

"미에그!"

아니라는 뜻이었다.

남자의 목소리가 좀 더 강압적으로 무슨 말인가를 했다. 에스트렐은 갈라티카로 중얼거렸다.

"눈이 계속 온다면 아마도 내일 밤."

아직도 생각에 잠겨 있던 팔크는 대답을 하지 않았다. 그리고 문득 정신을 차려보니 에스트렐은 천막 안에 그를 남겨두고 일어나서 나간 뒤였다. 그리고 그제야 그는 붉은 여자라는 게 에스트렐이고 바깥에 있던 남자가 그녀와의 교접을 원했다는 것을 깨달았다.

아니라고 하는 대신 그냥 그렇다고 할 수도 있었을 텐데. 그리고 그녀의 영리함과 그에 대한 친절, 그녀의 부드러운 손길과 목소리, 자존심이나 수치심을 감추는 철저한 침묵을 생각하자 그녀를 잡아두지 못한 것이 안타까웠고, 동료로서, 그리고 한 남자로서 자신이 굴욕을 당한 것 같았다.

그는 다음 날 여자들 천막 옆에서 흩날리는 눈발을 맞으며 말했다.
"오늘 밤 갑시다. 내 천막으로 와요. 밤 시간부터 보내야지요."
"콕테키가 오늘 밤 자기 천막으로 오랬어요."
"빠져나올 수 있겠어요?"
"어쩌면요."
"콕테키의 천막이 어느 거죠?"
"므즈라 공동체 천막에서 왼쪽 뒤요. 귀퉁이에 기운 부분이 있어요."
"당신이 오지 않으면 내가 데리러 갈게요."
"다른 날이 덜 위험할지도 모르……."
"그리고 눈도 덜 내릴지 모르죠. 겨울이 가고 있어요. 큰 폭설은 이번이 마지막일지도 몰라요. 오늘 밤에 가요."
"당신 천막으로 갈게요."

그녀는 논쟁을 하지 않는 유순한 태도를 견지했다.

그는 어렴풋이라도 앞을 볼 수 있도록 붕대에 틈을 남겨두었고, 지금 그 틈으로 그녀를 보려 했다. 그러나 흐릿한 빛에 보이는 그녀는 잿빛 세상 속의 잿빛 형상일 뿐이었다.

그녀는 그날 밤 늦게, 천막에 스치는 눈발처럼 소리 없이 왔다. 두 사람은 각자 가져가야 할 물건을 준비해 두었다. 둘 다 말은 하지 않았다. 팔크는 소가죽 외투를 여미고, 두건을 뒤집어쓰고 목 부분을 조인 다음 천막 문을 열기 위해 몸을 굽혔다. 그가 천막 문을 올리는데 밖에서 한 남자가 밀고 들어오며 두 배로 몸을 굽혀 낮은 틈을 통과했다. 콕테키였다. 지위와 생식력에 대한 질투심이 강한, 민머리에 몸집이 큰 사냥꾼.

"호레신스! 붉은 여자가……."

그는 말문을 열었다가 깜부기불 너머에 있는 그녀의 그림자를 보았다. 그와 동시에 그는 두 사람의 옷차림을 보고 그 의도를 알아차렸다. 그는 문을 막으려는 것인지 팔크의 공격에서 도망치려는 것인지 알 수 없는 몸짓으로 등을 돌리고 입을 열어 고함을 지르려 했다. 팔크는 생각할 틈도 없이 레이저 총을 들어올려 똑바로 쏘았고, 짧은 획 소리와 함께 날아간 치명적인 광선이 그 바스나스카 인의 입 속에서 나오려던 고함 소리를 막고, 한순간에 입과 뇌와 생명을 소리도 없이 태워버렸다.

팔크는 깜부기불 너머로 손을 뻗어 여자의 손을 잡아 이끌었다. 어둠 속에서 그가 죽인 남자의 시체를 넘어올 수 있도록.

약한 바람에 날리고 소용돌이치는 가는 눈발에 숨이 얼어붙는 것 같았다. 에스트렐은 흐느끼듯 숨을 헐떡였다. 팔크는 왼손으로 에스트렐의 손목을 잡고 오른손에는 총을 쥔 채 흐릿한 오렌지색 직물과 가는 틈으로밖에 보이지 않는 천막들 사이를 뚫고 서쪽으로 향했다. 흩어진 천막들도 곧 사라지고, 온 세상에 밤과 눈밖에 남지 않았다.

동쪽 숲에서 만든 휴대용 레이저 총에는 몇 가지 기능과 조절점이 있었다. 손잡이는 점화기로 쓸 수 있었고 무기관은 손전등으로 바꿀 수 있었다. 그렇게 효율적이라고 할 수는 없었지만. 팔크는 총으로 나침반을 읽고 다음 몇 발자국 앞을 볼 수 있을 만한 불빛을 내보냈고, 그들은 그 빛에 의지하여 걸어갔다.

바스나스카 겨울 캠프가 자리 잡은 긴 오르막길 위에서는 바람이 눈을 흩어놓았지만, 앞길을 제대로 보지도 못한 채 공중과 땅을 소용돌이치는 하나의 혼돈으로 뒤섞어놓은 눈보라 속에서 나침반에만 의지하여 서쪽으로 계속 가다 보니 좀 더 낮은 땅이 나왔다. 에스트렐은 높은 파도 속에서 헤엄을 치다 지친 사람처럼 헐떡이며 4~5피트 깊이로 쌓인 눈 속을 헤쳐 나갔다. 팔크는 두건을 졸라매는 생가죽 끈을 잡아 빼어 팔에 묶은 다음 한쪽 끝을 에스트렐에게 건네고 앞장서서 길을 뚫었다. 한번은 에스트렐이 넘어지는 바람에 팔크까지 넘어질 뻔하기도 했다. 그는 몸을 돌려 잠시 찾아 헤맨 끝에 거의 그의 발치에 쭈그려 앉은 그녀를 보았다. 그는 무릎을 꿇고, 눈발이 들이치는 희미한 빛의 원 속에서 처음으로 그녀의 얼굴을 제대로 보았다. 그녀는 속삭이고 있었다.

"이건 내가 생각한 것보다 더해……."

"잠시 숨을 골라요. 여긴 우묵해서 바람이 들지 않는군요."

그들은 작은 거품 같은 불빛 속에서 함께 몸을 웅크렸다. 사방으로 수백 마일에 걸쳐 평원을 뒤덮은 어둠 속을 휘몰아치는 눈보라에 둘러싸여.

그녀가 속삭였다. 처음에는 무슨 말인지 이해할 수 없었다.

"왜 그 남자를 죽였어요?"

긴장을 풀고 둔해진 감각으로 이 느리고 힘겨운 탈출의 다음 단계에 대비하여 힘을 끌어 모으던 팔크는 아무 반응도 하지 않았다. 그리고 한참 만에 웃는 듯 마는 듯한 얼굴로 중얼거렸다.

"달리 어떤……?"

"모르겠어요. 그럴 수밖에 없었겠죠."

에스트렐의 얼굴은 창백했고 긴장으로 일그러져 있었다. 그는 그녀가 무슨 말을 하는지에 관심을 기울이지 않았다. 그녀는 그곳에서 쉬기엔 너무 심하게 추위에 떨었고, 그는 일어서서 그녀를 일으켜야 했다.
"갑시다. 강까지 그렇게 멀지 않을 거예요."
 그러나 강까지는 상당히 멀었다. 그녀가 그의 천막에 온 것이 어두워지고 몇 시간 후였고 (숲의 언어에도 '시간'에 해당하는 말은 있었다. 시공을 가로지르는 일과 소통 수단이 없는 사람들에게 시간 측정이란 별 의미가 없으므로 의미는 부정확하고 성질만 전해졌지만.) 겨울밤은 아직도 한참 남아 있었다. 그들은 계속 앞으로 갔고, 밤도 계속 이어졌다.
 그들은 첫 회색 빛이 소용돌이치는 검은 폭풍에 힘을 미치기 시작할 무렵 풀과 덤불이 뒤엉켜 얼어붙은 비탈길을 내려가고 있었다. 팔크 바로 앞에 으르렁거리는 거대한 덩어리 하나가 솟아오르더니 눈 속으로 사라졌다. 근처 어디선가 또 다른 소의 콧소리가 들리는가 싶더니 다음 순간 사방이 소 떼로 가득 찼다. 불빛에 잡히는 흰 주둥이와 길들지 않은 투명한 눈동자들, 털이 북슬북슬한 어깨와 옆구리로 이루어진 움직이는 눈 둔덕. 그들은 소 떼를 뚫고 나가 바스나스카와 삼싯 영역을 가르는 작은 강 둔덕을 내려갔다. 얼지 않은 강이었고, 얕았지만 물살은 빨랐다. 걸어서 건너야 했다. 물살은 흔들리는 돌 위로 발을 잡아끌고, 곧 무릎을 잡아당겼으며, 마침내는 살을 에는 한기와 함께 허리 높이까지 올라왔다. 완전히 건너기 전에 에스트렐의 다리가 풀렸다. 팔크는 그녀를 물 밖으로 끌어내어 서쪽 강둑의 얼음 깔린 갈대밭을 뚫고 지나갔고, 기진맥진해서 돌출된 강변의 눈 쌓인 덤불 사이 빈 공간에 나란히 주저앉았다. 그는 레이저 총을 껐다. 어둠 위로 모진 하루가 몹시도 희미하지만 확실하게 밝아오고 있었다.
 "계속 가야 해요. 불을 피워야 해."
 그녀는 대답하지 않았다.

제4장 **91**

그는 그녀를 품에 끌어안았다. 두 사람 다 부츠와 각반은 물론이고 파카도 어깨에서부터 딱딱하게 얼어붙어 있었다. 그의 팔에 기울어진 여자의 얼굴은 시체처럼 창백했다.

그는 그녀를 일으키려고 애쓰며 이름을 불렀다.

"에스트렐! 에스트렐, 일어나요. 여기 있을 순 없어요. 조금은 더 갈 수 있을 거예요. 그렇게 힘들지 않을 거라고요. 일어나요, 제발, 작은 매, 일어나……."

극도로 지친 그는 오래전 동틀 녘에 파스에게 하곤 했던 그대로 말을 걸었다.

그녀는 마침내 그의 말에 따랐다. 그의 도움을 받아 힘겹게 몸을 일으키고, 얼어붙은 장갑 속에 줄을 매고 한 걸음 한 걸음 그의 뒤를 따라 지칠 줄 모르는 잔인한 눈 속을 걸어 강변을 지나고, 낮은 둔덕을 올랐다.

그들은 도주 계획을 짤 때 에스트렐이 말했던 대로 강을 따라 계속 남쪽으로 향했다. 폭설이 내리던 밤처럼 보이는 것 없이 소용돌이치는 이 순백의 세계에서 뭔가를 찾아낼 수 있으리라는 희망은 별로 품지 않았다. 그러나 오래지 않아 그들은 아까 건넌 강으로 이어지는 지류에 맞닥뜨렸고, 땅이 꺼져 있어 힘겹게 위로 올라갔다. 악전고투였다. 드러누워 잠드는 것만이 지금 할 수 있는 최선인 것 같았지만 그러지 못하는 것은 오직 누군가 그에게 의지하는 사람이 있기 때문이었다. 오래전, 멀리서 그를 떠나보낸 사람이 있기 때문이었다. 누군가에게 책임이 있는 한 그는 드러누울 수 없었다…….

귓가에 쉰 목소리가 들렸다. 에스트렐이 속삭이고 있었다. 앞에 미루나무 수풀이 눈밭에 굶어 죽은 망령처럼 솟아올랐고, 에스트렐은 그의 팔을 잡아끌고 있었다. 그들은 무엇인가를 찾아 미루나무 수풀 너머 눈에 막힌 지류 북쪽 면을 비틀비틀 오르내리기 시작했다. 그녀는 계속 중얼거리고 있었다.

"돌, 돌이 어딨지."

그리고 그는 왜 돌이 필요한지도 모르면서 그녀와 함께 눈 속을 뒤졌다. 두 사람 다 손과 무릎을 대고 기었다. 마침내 그녀는 찾아 헤매던 지표에 마주쳤다. 몇 피트 높이의 눈 덮인 돌덩이였다.

그녀는 얼어붙은 장갑으로 돌덩이 동쪽 면에 쌓인 마른 눈 더미를 치웠다. 팔크는 피곤에 지쳐 무감각한 채 그녀를 도왔다. 노력의 결과로 이상하리만큼 평평한 땅과 마찬가지로 평평한 사각형 금속이 드러났다. 에스트렐은 그것을 열려 했다. 보이지 않는 손잡이가 찰칵 소리를 냈지만, 가장자리가 얼어붙어 움직일 줄 몰랐다. 팔크는 마지막 힘을 다 짜내어 잡아당기다가 겨우 정신을 차리고 레이저 총을 써서 얼어붙은 금속 가장자리를 녹였다. 문을 들어올리자 이 텅 빈 황야에 어울리지 않게 기하학적인 계단이 닫힌 문까지 가파르게 이어져 내려가는 것이 보였다.

"괜찮아요."

에스트렐은 그렇게 중얼거리고 계단으로 내려갔다. 스스로의 다리를 믿을 수 없었으므로 사다리를 타듯 등을 돌리고 기어 내려가서, 문을 열고 팔크를 올려다보았다.

"내려와요!"

그는 내려가서 에스트렐의 지시대로 뚜껑 문을 잡아당겨 닫았다. 갑자기 사방이 캄캄해지자 팔크는 계단에 쭈그려 앉아서 황급히 레이저 총의 단추를 눌렀다. 불이 켜지면서 아래쪽에 있는 에스트렐의 하얀 얼굴이 희미하게 드러났다. 그는 내려가서 에스트렐을 따라 문 안으로 들어갔다. 몹시 어두웠고 무척이나 넓은 공간이었다. 너무 커서 그의 불빛으로는 천장과 가까운 벽만 희미하게 밝힐 수 있을 뿐이었다. 조용했고 공기는 죽은 듯 가라앉아 거의 변화가 없는 흐름으로 그들 곁을 스쳐 지나갔다.

"여기 어디에 장작이 있을 거예요."

왼쪽 어디선가 에스트렐의 부드러우면서도 갈라져 쉰 목소리가 들렸다.

"여기 있네요. 불을 피워야 해요. 도와줘요……."

입구 가까운 한 구석에 마른 장작이 높이 쌓여 있었다. 팔크가 동굴 가운데 쪽에 있던 검게 그은 돌로 이루어진 원 안에 장작을 쌓고 불을 붙이는 동안 에스트렐은 저만치 구석으로 기어가더니 두꺼운 담요를 끌고 돌아왔다. 그들은 옷을 벗고 몸을 문지른 다음, 바스나스카의 침낭 위에 담요를 뒤집어쓰고 불 가까이 다가앉았다. 장작은 난로 안에서처럼 뜨겁게 탔고, 불길은 높은 외풍에 끌려 연기와 함께 위로 올라갔다. 방인지 동굴인지 모를 이 넓은 공간을 데울 수는 없다 해도 불빛과 열기는 마음을 풀어주었다. 에스트렐은 가방에서 말린 고기를 꺼냈고, 동상으로 입술이 아픈 데다 너무 지쳐서 배고픔도 느낄 수 없는 상태였지만 그들은 앉은 자리에서 우적우적 고기를 씹었다. 차츰 불기운이 뼈에 스미기 시작했다.

"또 누가 여길 이용한 거죠?"

"아는 사람이라면 아무라도 이용하겠죠."

"이게 지하실이라면 예전에는 거대한 집이 있었겠군요."

팔크는 불 가에서 멀어질수록 너울거리다가 꿰뚫어볼 수 없이 짙어지는 그림자를 들여다보며, 공포의 집 밑에 있던 커다란 지하실을 생각하며 말했다.

"사람들 말로는 여기에 도시가 하나 있었대요. 문에서부터 한참 이어진다더군요. 난 잘 몰라요."

"그걸 어떻게 알죠? 당신 삼싯 사람인가요?"

"아뇨."

그는 서로의 묵계를 떠올리고 더 이상 묻지 않았다. 그러나 이윽고 그녀가 예의 그 유순한 태도로 말했다.

"난 '방랑자'예요. 우린 여기처럼 숨겨진 장소를 많이 알죠……. 방랑자들에 대해 들어봤는지 모르겠네요."

"조금은요."

팔크는 기지개를 켜며 불 건너편의 동료를 바라보았다. 그녀가 볼품없는 자루 속에 몸을 말고 앉자 불그스름한 머리카락이 얼굴을 감쌌고, 목에 걸린 녹옥 부적이 불빛을 받아 빛났다.

"숲에 사는 사람들은 우리에 대해 잘 모르죠."

"어떤 방랑자도 내가 있던 곳만큼 동쪽으로는 오지 않았어요. 그들에 대한 이야기는 바스나스카에 더 잘 들어맞죠. 야만인에 사냥꾼, 유목민들."

그는 졸음에 겨워 팔에 머리를 묻으며 말했다.

"야만인이라고 할 만한 방랑자도 있긴 해요. 그렇지 않은 방랑자도 있고요. 바스나스카와 삼싯, 아르크사 같은 '소잡이'들은 하나같이 야만인이고 자기네 영역 밖에 대해선 아무것도 알지 못하죠. 우린 멀리까지 다녀요. 동쪽으로는 숲까지, 남쪽으로는 내륙의 강 어귀까지, 서쪽으로는 대산맥과 서쪽 산맥을 넘어 때로는 바다까지도 가죠. 나도 지진에 함몰된 칼리포니아 계곡 너머, 해안선에서 한참 멀리 사슬처럼 이어진 푸른 섬들 뒤 바다로 해가 넘어가는 것을 본 적이 있어요……."

제4장

그녀의 부드러운 목소리는 오래된 노래나 탄식 같은 음으로 미끄러져 들어갔다.

"계속 얘기해요."

팔크는 그렇게 중얼거렸지만 그녀는 잠잠했고, 그는 오래지 않아 잠들었다. 에스트렐은 잠시 동안 잠든 팔크의 얼굴을 바라보다가 마침내 타고 남은 재를 한데 모아 치우고, 목에 걸린 부적에 기도라도 하듯 몇 마디 말을 속삭인 다음 팔크 건너편에 몸을 말고 누웠다.

깨어나 보니 에스트렐은 눈을 채운 주전자를 받치려고 불 위에 벽돌을 세우고 있었다.

"밖은 늦은 오후 같아요. 하지만 사실은 오전이거나 점심때인지도 모르죠. 여전히 눈보라가 자욱하니 우릴 쫓아오지는 못할 거예요. 그리고 설령 쫓아온다 해도 여길 찾진 못하겠죠……. 이 주전자가 담요와 같이 있었어요. 말린 콩도 한 포대 있더군요. 여기서 제법 견딜 수 있을 거예요."

단단하면서도 섬세한 얼굴이 희미한 미소를 머금고 그를 돌아보더니 말을 이었다.

"하지만 어둡네요. 난 두꺼운 벽과 어둠이 싫어요."

"눈에 붕대를 감은 것보다는 나은데요. 그 붕대로 목숨을 구하긴 했지만 말이죠. 죽은 팔크보다야 눈먼 호레신스가 낫죠."

그는 잠시 머뭇거리다 물었다.

"날 왜 구해 준 거죠?"

그녀는 여전히 희미하고 곤란하다는 듯한 미소를 머금은 채 어깨를 으쓱했다.

"포로끼리의 동지 의식이었을까요……. 방랑자는 책략과 변장에 능하다고들 하죠. 그자들이 날 여우 여자라고 부르는 거 못 들었어요? 잔재주용 가방도 가져왔고 하니 상처나 좀 보여줘요."

"방랑자는 모두 다 뛰어난 치료사인가요?"

"쓸 만한 편이긴 하죠."

"그리고 당신들은 고어를 알죠. 바스나스카처럼 인간의 옛 방식을 잊어버리지 않고."

"그래요. 우린 모두 갈라티카를 알아요. 그것 봐요, 어제 귓바퀴에 동상이 걸렸죠. 날 붙잡아 주려고 두건에서 끈을 풀어내는 바람에."

팔크는 그녀의 진료를 받아들이며 상냥하게 말했다.

"나야 볼 수가 없죠. 보통은 볼 필요도 없는 곳이고."

그녀는 아직 완전히 낫지 않은 왼쪽 관자놀이의 상처를 싸매며 한 번인가 두 번 곁눈질로 그의 얼굴을 흘끔거렸고, 마침내 시험하듯 말했다.

"숲에는 분명 당신 같은 눈을 가진 사람이 꽤 많겠죠."

"없어요."

다시 묵계가 표면으로 떠올랐다. 그녀는 더 이상 묻지 않았고, 아무도 믿지 않기로 결심한 그는 아무것도 자진해서 말하지 않았다. 그러나 호기심은 조심성을 앞질렀다.

"당신은 이 고양이 같은 눈이 겁나지 않아요?"

그녀는 예의 그 차분한 말투로 대답했다.

"아니요. 당신이 겁났던 건 한 번뿐이에요. 당신이 그렇게 빨리⋯⋯ 쐈을 때⋯⋯."

"그러지 않았으면 그자가 캠프 전체를 깨웠을 거예요."

"나도 알아요. 안다고요. 하지만 우린 총을 가지고 다니지 않아요. 당신이 너무 빨리 총을 쏴서 무서웠어요. 어렸을 때 한 번 본 무서운 일과 비슷했어요. 한 남자가 총으로 다른 남자를 생각하는 것보다 더 빨리 쏴 죽이는 걸 봤죠. 당신처럼요. 그 남자는 '파괴된 이'였어요."

"파괴된 이라고요?"

"아, 산맥 속을 돌아다니다 보면 가끔 만날 수 있어요."

"난 산맥에 대해 잘 몰라요."

그녀는 내키지 않는다는 듯 설명했다.

"당신도 지배자들의 법은 알죠. 그들은 생명체를 죽이지 않아요. 그들의 도시에 살인자가 생기면, 살인을 멈추기 위해 죽일 순 없으니까 파괴된 이로 만들죠. 정신을 어떻게 하는 건가 봐요. 그러면 아무것도 모르는 상태로 새롭게 살아가도록 자유로이 풀어줄 수가 있죠. 내가 말한 남자는 당신보다 나이가 많았지만 마음은 어린아이와 같았어요. 하지만 그는 손에 총을 쥐고 있었고, 손은 총을 어떻게 다루는지 알고 있었어요. 그리고 다른 사람을 정확하게 쐈죠. 당신이 했던 것처럼요……."

팔크는 아무 말도 하지 않았다. 그는 화톳불 너머 짐 꾸러미 위에 놓인 레이저 총을 슬쩍 보았다. 긴 여정 내내 불을 피워주고, 고기를 얻게 해주고, 어둠을 밝혀주었던 놀라운 소도구. 그의 손에는 그 물건을 어떻게 쓰는지에 대한 지식이 남아 있지 않았다. 아니, 남아 있었을까? 총을 쏘는 법을 가르쳐준 것은 메톡이었다. 메톡에게서 배웠고, 사냥을 하면서 능숙해졌다. 그 점은 확실했다. 팔크가 에스 토치의 지배자들이 베푼 오만한 자비로 두 번째 삶의 기회를 얻은 한갓 범죄자일 리 없었다…….

그래도 스스로의 태생에 대한 모호하기만 한 꿈과 생각들보다는 그 편이 그럴싸하지 않은가?

"그들이 사람의 마음에 어떻게 간섭하는 거죠?"

"나야 모르죠."

그는 거칠게 말했다.

"어쩌면 범죄자만이 아니라 모반자에게도 그런 짓을 할지 모르죠."

"모반자가 뭐예요?"

에스트렐은 팔크보다 훨씬 유창하게 갈라티카를 말했지만 모반이라는 단어는 들어본 적이 없는 듯했다.

에스트렐은 그의 상처를 다 싸매고 조심스럽게 몇 안 되는 약을 주머니 속에 챙겨 넣었다. 팔크는 그녀 쪽으로 고개를 홱 돌렸다. 너무 갑작스러워서 에스트렐이 깜짝 놀라 뒤로 약간 물러날 정도였다.

"나 같은 눈을 전에도 본 적이 있어요, 에스트렐?"

"아뇨."

"당신…… 도시를 알죠?"

"에스 토치 말이에요? 그럼요. 가본 적이 있어요."

"그럼 싱을 본 적도 있나요?"

"당신은 싱이 아니에요."

"아니죠. 하지만 그들에게 갈 거예요. 하지만 무서……."

그는 사납게 말하다가 뚝 끊었다.

에스트렐은 약주머니를 묶어 짐 속에 집어넣었다. 그리고 한참 있다가 부드럽고 조심스럽게 말했다.

"에스 토치는 외딴 집과 먼 땅에서 온 사람들에겐 낯설고 괴상한 곳이죠. 하지만 난 그곳의 거리를 걸으며 아무 해도 입지 않았어요. 많은 사람이 지배자들을 두려워하지 않고 그곳에 살아요. 당신도 무서워할 필요 없어요. 지배자들은 정말 강력하지만, 에스 토치에 대해 떠도는 소리 중엔 사실과 다른 것이 많아요……."

두 사람의 눈이 마주쳤다. 그는 갑작스러운 결단 아래 지니고 있는 초언어 기술을 총동원하여 마음으로 말을 걸었다. 처음으로.

"그렇다면 에스 토치의 진실이 뭔지 말해 봐요!"

그녀는 고개를 저으며 큰 소리로 대답했다.

"난 당신의 생명을 구했고 당신은 내 생명을 구했으며, 우린 동료이고 어쩌면 한동안은 '방랑자' 친구일지도 모르죠. 그렇다 해도 난 당신과든 우연히 만난 다른 어떤 사람과든 마음으로 대화하지는 않을 거예요. 지금은 물론이고 앞으로도 영원히."

"결국 내가 싱이라고 생각하는 건가요?"

그는 그녀가 옳다는 것을 알면서도 조금은 굴욕을 당한 듯한 느낌에 비꼬아 말했다.

"누군들 확신할 수 있겠어요?"

그녀는 그렇게 대꾸한 다음 희미하게 웃으며 덧붙여 말했다.

"당신이 싱이라고는 믿기 어렵지만 말이죠……. 주전자 속에 든 눈이 다 녹았네요. 올라가서 눈을 더 가져올게요. 눈을 잔뜩 녹여봐야 물은 조금밖에 나오지 않고, 우리 둘 다 목은 마르고……. 당신 이름이 팔크라고 했나요?"

그는 그녀를 바라보며 고개를 끄덕였다.

"날 의심하지 말아요, 팔크. 내가 직접 증명해 보이게 해줘요. 마음의 언어는 아무것도 증명하지 못해요. 신뢰란 며칠에 걸쳐 행동을 통해 자라나야 하는 것이죠."

팔크는 대꾸했다.

"그렇다면 물을 줘봐요. 잘 자라기를 기대할 테니."

한참 뒤, 동굴 속의 기나긴 밤과 침묵 속에서 깨어난 팔크는 무릎 위로 붉은 머리를 숙인 채 잿더미 옆에 웅크리고 앉은 그녀의 모습을 보았다.

그는 그녀의 이름을 불렀다.

그녀가 말했다.

"추워요. 온기가 하나도 없어……."

"이쪽으로 와요."

그는 미소 지으며 졸린 목소리로 말했다. 대답은 없었지만 그녀는 이윽고 불그스름한 어둠을 건너 그에게 왔다. 가슴 사이에 걸린 푸르스름한 돌 외에는 벌거벗은 채였다. 몸은 가늘었고, 추위로 떨고 있었다. 마음 속에 소년 같은 면이 있는 그는 야만인들에게 시달려온 그녀를 건드려선 안 된다고 결심했지만, 그녀는 "따뜻하게 해줘요. 위안을 줘요."라고 중얼거렸다. 그리고 그는 그녀의 존재와 고분고분함에 모든 결심을 날려버리고 바람을 받은 불길처럼 확 타올랐다. 그녀는 밤새도록 잿더미 옆, 그의 품 안에 누워 있었다.

머리 위에서 눈보라가 힘을 회복하고 기진하기를 되풀이하는 동안 팔크는 사흘 낮 사흘 밤을 동굴 속에서 자고 사랑하며 보냈다. 그녀는 언제나 똑같이 순종적이었다. 파스와 함께했던 즐겁고 기쁜 사랑의 기억밖에 가지고 있지 않은 팔크는 에스트렐이 그의 마음에 일으키는 탐욕과 폭력성에 당황했다. 파스를 생각하면 개척지 근처 숲 속, 그늘진 바위 사이로 샘솟던 맑은 샘물의 선연한 이미지가 함께 떠올랐다. 그러나 기억은 갈증을 풀어주지 못했고, 그는 다시금 에스트렐의 끝없는 순종 속에서 만족을 갈구했고 어쨌든 그 안에서 힘을 소모할 수 있었다. 한번은 그 모든 것이 이해할 수 없는 분노로 바뀌기도 했다. 그는 그녀를 비난했다.

"당신은 이렇게 하지 않으면 내가 억지로 범할 거라고 생각해서 마지못해 받아들이는 것뿐이에요."

"그렇다면 그러지 않을 수 있나요?"

"그래요!"

진심이었다.

"당신이 내게 봉사하고, 복종하길 바라는 게 아니에요. 우리 둘 다 온기를, 사람의 체온을 원하는 게 아닌가요?"

"맞아요."

그녀는 속삭임으로 대답했다.

그는 한동안 그녀 가까이 가지 않았다. 다시는 건드리지 않겠다고 결심하기도 했다. 그는 혼자 레이저 총을 들고 지금 들어와 있는 낯선 지하 동굴을 조사했다. 몇 백 걸음을 걷자 동굴은 좁아져서 높고 넓고 평평한 터널로 변했다. 쥐 죽은 듯 고요한 어둠이 한참 동안 똑바로 이어지다가 좁아지거나 갈라지는 일 없이 휙 꺾이더니 또 계속 이어졌다. 그의 발소리가 둔탁하게 메아리쳤다. 그의 손에 들린 불빛에 잡혀 모습을 드러내는 것도, 그림자를 드리우는 것도 없었다. 그는 지치고 배가 고파질 때까지 걷다가 방향을 돌렸다. 터널은 어디로도 이어지지 않았고 늘 똑같았다. 그는 에스트렐에게로, 끝없는 기대와 충족되지 않는 느낌만을 안겨주는 그녀의 품으로 돌아갔다.

눈보라가 그쳤다. 밤새 내린 비로 헐벗은 검은 흙이 드러났고, 힘없는 마지막 눈 더미가 물을 뚝뚝 흘리며 햇빛을 받아 반짝였다. 팔크는 계단 꼭대기에 서서 머리카락에 햇살을 받으며 신선한 바람을 얼굴에 쐬고 폐에 채웠다. 동면을 끝낸 두더지나 구멍에서 기어 나온 쥐가 된 기분이었다.

"갑시다."

그는 에스트렐에게 그렇게 외치고 동굴 속으로 다시 내려갔다. 오로지 그녀가 빨리 짐을 꾸려서 나오게 도와주기 위해서였다.

그는 이전에 에스트렐의 동족들이 어디에 있는지 아느냐고 물어본 적이 있었고, 그녀는 "아마 지금쯤이면 한참 서쪽에 있을 거예요."라고 대답했었다.

"그 사람들은 당신이 혼자서 바스나스카 영역을 지나는 걸 알고 있었어요?"

"혼자서라고요? 여자들이 어디든 혼자 다니는 건 도시들이 있던 시대에서 전해 내려오는 동화에나 있는 얘기예요. 남자와 함께였어요. 바스나스카가 죽였죠."

에스트렐의 섬세한 얼굴은 표정 없이 딱딱하기만 했다.

팔크는 그 말을 듣고서 그녀의 이상한 수동성, 그의 강렬한 감정을 배신하는 것처럼 느껴질 만큼 심한 무반응이 무엇 때문인지 혼자 해명하기 시작했다. 그녀는 너무 많은 것을 참아냈고 그래서 더 이상 반응을 할 수가 없는 것이다. 바스나스카가 죽여버린 동료는 그녀에게 어떤 사람이었을까? 그녀가 말해 주고 싶어 하지 않는 한 그것은 팔크가 상관할 바가 아니었다. 그러나 분노는 사라졌고 그때부터 그는 에스트렐을 자신감 있고 상냥하게 대했다.

"내가 당신이 동족들을 찾도록 도울 수 있을까요?"

그녀는 부드럽게 대답했다.

"당신은 친절한 사람이에요, 팔크. 하지만 그 사람들은 한참 떨어져 있고, 어차피 서쪽 평원 전체를 뒤질 수는 없는 일이죠……."

그녀의 목소리에 깃든 길 잃은 아이 같은 느낌이 그의 마음을 움직였다.

"그럼 무슨 소식이 들릴 때까지 같이 서쪽으로 가요. 내가 어디로 가는지 알죠."

숲의 언어에서 혐오스럽고 역겨운 이름인 "에스 토치"를 입 밖에 내는 것은 여전히 힘든 일이었다. 그는 아직 싱의 도시를 여느 곳이나 다름없이 말하는 에스트렐의 태도에 익숙해질 수 없었다.

그녀는 망설였지만, 그가 밀어붙이자 결국 같이 가기로 했다. 그는 기뻤다. 그녀에 대한 욕망과 연민 때문에, 이미 알게 됐으나 다시는 알고 싶지 않은 외로움 때문에. 그들은 차가운 햇살과 바람을 뚫고 함께 길을 떠났다. 바깥에 나왔다는 것, 자유로워졌다는 것, 계속 길을 간다는 것만으로 팔크의 마음은 가벼웠다. 오늘만큼은 여행의 목적도 중요하지 않았다. 날은 화창했고, 머리 위로는 유유히 흰 구름이 떠갔으며, 길 자체가 길의 목적이었다. 그는 온화하고 유순하며 싫증 나지 않는 여자와 함께 여행을 계속했다.

## 제5장

 그들은 걸어서 대평원을 횡단했다. 말이야 쉽지만 실제로는 수월한 일이 아니었다. 멀리서나마 겨우 목적지가 눈에 들어왔을 때에는 낮이 밤보다 길어졌고 부드럽고 따뜻한 봄바람이 불고 있었다. 아직 먼 데다 눈 때문에 흐릿하기는 했지만, 산맥은 방벽처럼 북에서 남으로 대륙을 가로지르고 있었다. 팔크는 그 자리에 가만히 서서 산맥을 뚫어져라 쳐다보았다.
 에스트렐 역시 산맥을 바라보며 말했다.
 "저 산맥 높이 에스 토치가 있죠. 그곳에서 우리 둘 다 찾는 것을 구했으면 좋겠네요."
 "나는 그러기를 바라기보다 그러지 않았으면 하고 두려워할 때가 더 많아요……. 그래도 산맥을 보게 되어 기쁘군요."
 "우린 여기에서 계속 가야 해요."
 "우리가 내일 가도 괜찮을지 '왕자' 님께 여쭤볼게요."

그러나 그는 에스트렐 곁을 떠나기 전에 왕자의 뜰 너머 동쪽으로 펼쳐진 황무지를 돌아보았다. 마치 그와 그녀가 함께 걸어온 모든 길을 돌아보는 것처럼.

그는 이제 사람이 사는 세상이 최근 들어 얼마나 텅 비고 얼마나 불가사의한 곳이 되었는지 좀 더 잘 알고 있었다. 두 사람은 수십 일 동안 인간의 흔적이라곤 전혀 보지 못했다.

여행 초반, 그들은 에스트렐이 알기로 바스나스카와 같은 약탈자라고 하는 삼싯과 다른 소잡이 부족들의 영역을 조심스럽게 통과했다. 좀 더 건조한 땅에 들어서서는 물을 찾기 위해 다른 사람들이 이용했던 길로만 움직여야 했다. 그래도 여전히 에스트렐은 최근에 사람이 지나간 흔적이나 근처에 사람이 사는 흔적이라도 보이면 신경을 곤두세우고 주위를 살폈고, 때로는 다른 사람의 눈에 띄는 정도의 위험마저 피하기 위해 길을 바꾸기도 했다. 그녀는 그들이 가로지르고 있는 광대한 지역에 대해 전반적인 지식을 가지고 있었다. 놀라우리만큼 자세히 알 때도 있었다. 그리고 때로 지형이 나빠지고 어느 방향으로 가야 할지 알 수 없게 되면 그녀는 "동이 틀 때까지 기다려요."라고 말하고 조금 떨어진 곳으로 가서 잠시 동안 부적에 대고 기도를 한 다음, 돌아와서 침낭 안에 몸을 말고 평온하게 잠을 청하곤 했다. 그리고 새벽이 되어 그녀가 택한 길은 언제나 옳았다. 팔크가 그녀의 추측에 감탄하자 에스트렐은 이렇게 말했다.

"방랑자의 감이라는 거죠. 어쨌든 물 가까이 머물고 사람에게서 멀리 떨어져 있는 한 우린 안전해요."

하지만 동굴을 떠나 서쪽으로 한참 와서 한 번, 깊은 골짜기 곡선을 따라가던 중에 생각지도 못한 마을에 맞닥뜨린 적이 있었다. 그들은 달아나기도 전에 파수꾼들에게 에워싸였다. 그때는 쏟아지는 비 때문에 마을이 보이지 않았을뿐더러 기척도 들을 수 없었다. 그 마을 사람들이 폭력적이지 않으며 기꺼이 하루나 이틀 정도 묵게 해줄 의사가 있음이 밝혀지자 팔크는 기뻤다. 쏟아지는 빗속에서 걷고 한뎃잠을 자는 것은 비참하기 짝이 없는 일이었다.

이 부족, 혹은 이 사람들은 스스로를 '벌 지킴이'라고 불렀다. 문자를 알고 레이저 총으로 무장했으며, 남자나 여자나 똑같이 가슴께에 갈색 십자 무늬를 넣은 겨울감으로 만든 노란색 긴 드레스를 입은 이 괴상한 무리는 친절하되 마음을 잘 드러내지 않았다. 그들은 여행자들에게 나무와 진흙으로 길고 낮고 취약하게 지은 엉성한 집 안의 침대를 내주고 공동 식탁에서 풍성한 식사를 하게 해주었다. 그러나 이방인에게건 자기들끼리건 말은 거의 하지 않았다. 말수가 너무 없어서 벙어리 집단으로 보일 지경이었다.

"그들은 침묵을 맹세했어요. 무슨 서원이며 맹세며 의식 같은 것들이 있는데 그게 다 어떤 건지는 아무도 모르죠."

에스트렐은 차분하고 무심한 경멸을 드러내며 말했다. 그녀는 대부분의 사람들에 대해 그런 식인 듯했다. 팔크는 '방랑자'들은 자부심이 강한 사람들임이 분명하다고 생각했다. 그러나 '벌 지킴이'들은 그녀를 한층 더 경멸했다. 그들은 그녀에게 아예 말도 걸지 않았다. 그들은 팔크에게 "당신의 여자가 우리 신발을 원하는지요?"라는 식으로 말하곤 했다. 마치 그녀가 팔크의 말이고 편자를 박고 싶어 하는 티가 나더라는 듯이. 그들 중에 있는 여자들은 남자 이름을 썼고, 그들을 지칭하거나 언급할 때에도 남자로 취급했다. 맑은 눈에 소리 없는 입술을 지닌 근엄한 여자들은 똑같이 근엄하고 진지한 아이들과 남자들 사이에서 남자처럼 살고 남자처럼 일했다. 벌 지킴이 중에 마흔이 넘은 사람은 별로 없었고 열두 살 이하는 아예 없었다. 이상한 집단이었다. 어떤 알 수 없는 전쟁의 휴전기에 이곳 황야 한가운데 주둔한 군대의 겨울 병영 같았다. 기묘하고 슬프고 감탄스러웠다. 그들의 질서정연하고 검약한 삶에 팔크는 숲속 집이 떠올랐고, 감춰져 있지만 완벽하고 흠 없는 그들의 헌신이 그에게 이상하게도 편안했다. 이 아름다운 무성(無性)의 전사들은 너무나 확신에 차 있었다. 무엇에 대한 확신인지는 결코 이방인에게 말해 주지 않았지만.

"그들은 잡아온 야만족 여자들이 돼지처럼 애를 많이 낳게 해서 수를 늘리고, 태어난 아이들은 집단으로 키워요. '죽은 신'이라는 걸 숭배하고, 희생으로…… 살인으로 그 신을 달래죠. 오래된 미신의 잔재일 뿐이에요."

팔크가 벌 지킴이들 편을 들어 몇 마디 하자 에스트렐은 그렇게 말했다. 아무리 순종적이고 유순한 그녀라도 무슨 저급한 동물처럼 취급당하는 데에는 분개하는 듯했다. 그토록 수동적인 사람이 보이는 오만함에 팔크는 마음이 움직였을 뿐 아니라 즐겁기도 했고, 그래서 그녀를 조금 놀려주었다.

"글쎄요. 해 질 녘에 당신이 부적에 대고 중얼거리는 걸 봤는데, 종교란 서로 다른……."

"사실 그렇긴 하죠."

그렇게 말했지만 그녀는 뭔가를 억누르는 것 같았다.

"그런데 그들은 무엇에 대비하는 걸까요?"

"보나마나 '적'이죠, 뭐. 싱과 싸울 수 있기라도 하다는 듯이 말이에요. 싱이 그들과 싸울 필요나 있다는 듯이!"

"여행을 계속하고 싶은 거죠?"

"그래요. 난 이 사람들을 믿지 않아요. 그들은 너무 많은 걸 감춰요."

그날 저녁 그는 집단의 장에게 떠나겠다고 말하러 갔다. 히아단이라고 불리는 회색 눈의 남자로, 아마 팔크보다 젊은 듯했다. 히아단은 무뚝뚝하게 그의 감사 인사를 받고 벌 지킴이들 특유의 소박하고 정연한 투로 말했다.

"나는 당신이 우리에게 진실만 이야기했다고 생각합니다. 이 점 고맙게 생각해요. 당신 혼자서 왔다면 좀 더 거리낌 없이 환영하고 우리가 아는 것들을 전해 주었을 겁니다."

팔크는 약간 망설이다가 대답했다.

"그 짐은 유삼입니다. 하지만 제 친구이자 안내인이 없었다면 이렇게 멀리까지 오지 못했을 겁니다. 그리고…… 히아단 수장, 당신들은 여기에 모두 함께 모여서 살지요. 혼자 있어본 적이 있습니까?"

"거의 없지요. 고독은 영혼의 죽음입니다. 인간은 다른 인간과 더불어 있을 때라야 인간이에요. 우리의 격언입니다. 하지만 또한 우리는 어려서부터 안 형제와 벌집 쌍둥이만을 믿으라고 말하지요. 그게 우리의 규칙입니다. 그것만이 안전한 길이지요."

"하지만 제게는 친척이 없고 그러므로 안전도 없습니다."

팔크는 그렇게 말하고 벌 지킴이 식으로 병사처럼 고개를 숙인 다음 물러 나왔다. 그리고 다음 날 동틀 녘 에스트렐과 함께 다시 서쪽으로 길을 떠났다.

가면서 이따금씩 다른 마을이나 진을 보았다. 크지는 않았고 모두 넓게 흩어져 있었다. 300~400마일 안에 대여섯 개 정도가 있는 듯했다. 팔크 혼자서라면 발을 멈추었을 만한 곳도 여럿이었다. 그에게는 무기가 있었고, 그들은 해를 끼칠 것 같지 않았다. 살얼음 낀 냇가에 선 몇 채의 유목 천막이나 너른 산비탈에서 반야생의 붉은 황소를 지켜보던 외톨이 목동, 혹은 굽이치는 땅 저편으로 끝없는 잿빛 하늘 아래 올라오는 한 줄기 푸른 연기. 그가 숲을 떠난 것은 말하자면 자신에 대한 소식, 혹은 자신이 어떤 존재였는지 알려줄 실마리나 기억할 수 없는 지난 세월 동안 자신이 무엇이었는지 알아내기 위한 길잡이를 찾기 위해서였다. 물어보기를 두려워해서야 어떻게 그런 것을 알아내겠는가? 그러나 에스트렐은 이런 대초원 거류지들 중에서 제일 작고 제일 초라한 곳에 머물기조차 두려워했다.

"그들은 방랑자를 좋아하지 않아요. 어떤 이방인도 좋아하지 않죠. 너무 고독하게 사는 이들은 두려움에 가득 차 있어요. 그런 두려움 때문에 우리를 안에 들이고 음식과 쉴 곳을 줄지는 모르지만, 밤이 되면 와서 우릴 묶고 죽일 거예요. 팔크, 그들에게 가서……."

그렇게 말하면서 그녀는 팔크의 눈을 흘긋 쳐다보았다.

"'난 당신들과 같은 인간입니다.' 라고 말할 순 없어요……. 그들은 우리가 여기 있는 걸 알아요. 지켜보고 있죠. 내일 우리가 떠나는 걸 본다면 귀찮게 하지 않겠지만, 우리가 떠나지 않거나 그들에게 가려 한다면 우릴 무서워할 거예요. 공포가 죽음을 부르죠."

바람에 쓸리고 여행에 지친 팔크는 두건을 뒤로 젖혀 머리로 붉은 서쪽 하늘에서 불어오는 날카로운 바람을 맞으며 구릉 지대를 바람막이 삼아 지핀 화톳불 가까이에 다가앉았다.

"맞는 말이에요."

그는 그렇게 말했다. 눈은 멀리서 피어오르는 연기에 두고, 그리워하는 듯이 말하긴 했지만.

"어쩌면 그래서 싱이 아무도 죽이지 않는 걸지도 몰라요."

에스트렐은 그의 기분을 알아차리고 기운을 돋우기 위해 그의 생각을 다른 곳으로 돌리려 애쓰고 있었다.

"어째서요?"

그는 그녀의 의도를 눈치 채긴 했지만 둔감하게 물었다.

"그들에겐 두려움이 없으니까요."

"그럴지도 모르겠군요."

에스트렐은 그가 생각을 돌리게 만드는 데 성공했다. 그다지 즐거운 쪽은 아니었지만. 그는 결국 말했다.

"글쎄요. 묻고 싶은 걸 묻기 위해 곧장 그들에게 가야 할 것 같아서 그런데, 그들이 날 죽인다면 적어도 그들에게 겁을 주긴 했구나 하는 만족감이 있겠는데요……."

에스트렐은 고개를 저었다.

"그러지 않을 거예요. 그들은 죽이지 않아요."

"바퀴벌레라도?"

지치고 침울한 기분을 그녀에게 푸는 꼴이었다.

"그놈의 도시에선 바퀴벌레를 어떻게 합니까? 살균한 다음에 다시 풀어주나요, 당신이 말해 준 파괴된 이들처럼?"

에스트렐은 언제나 그의 질문을 진지하게 받아들였다.

"모르겠네요. 하지만 그들의 원칙은 생명 존중이고, 그들은 그 원칙을 지켜요."

"그들은 인간의 생명을 존중하지 않아요. 무엇 때문에 그러겠어요? 그들은 인간이 아닌데."

"하지만 그건 그들의 원칙이 모든 생명체에 대한 존중이기 때문이에요. 그렇지 않나요? 게다가 내가 배운 바로는 싱이 온 후로 지구에나 다른 행성들 사이에서나 전쟁이 전혀 없었는걸요. 서로를 살해하는 건 인간들이라고요!"

"어떤 인간도 싱이 내게 한 것과 같은 짓을 하진 못해요. 나도 생명을 존중해요. 삶이 죽음보다 훨씬 어렵고 불확실하기 때문에 존중하죠. 그리고 모든 것 중에서도 가장 어렵고 불확실한 게 바로 지성이에요. 싱은 자기들의 법을 지키고 날 살려뒀지만, 대신 내 지성을 죽였어요. 그건 살인이 아닌가요? 그들은 나였던 인간, 나였던 어린아이를 죽였단 말입니다. 그런 식으로 사람의 마음을 가지고 노는 게 존중인가요? 그들의 법은 거짓이고, 그들의 존중은 조롱이에요."

그의 분노에 당혹한 에스트렐은 불 가에 무릎을 꿇고 앉아 팔크가 쏘아 잡은 토끼 고기를 자르고 꼬챙이에 꿰는 작업에 매달렸다. 먼지투성이의 붉은 머리카락이 숙인 얼굴 주위로 말려 올라갔다. 화가 난 것 같지도 않고 초연한 얼굴이었다. 언제나 그랬듯 그녀는 후회와 욕망으로 그를 잡아끌었다. 이렇게 가까이 있어도 그는 그녀를 전혀 이해하지 못했다. 여자들은 모두 그렇던가? 그녀는 커다란 집 안에 있는 보이지 않는 방, 열쇠가 없는 세공 상자 같았다. 그녀는 그에게 아무것도 숨기지 않았지만 여전히 그녀의 비밀은 건드리지 못한 채 남아 있었다.

비에 젖은 땅과 풀밭 위로 땅거미가 깔렸다. 작은 불꽃 같은 그들의 화톳불은 맑고 푸른 어스름 속에서 금빛으로 타올랐다.

"다 됐어요, 팔크."

그녀가 부드러운 목소리로 말했다.

그는 일어나서 불 옆에 있는 그녀에게 다가갔다. 그리고 잠시 동안 그녀의 손을 잡으며 말했다.

"내 친구, 내 사랑……."

그들은 나란히 앉아서 함께 고기를 먹고, 함께 잠을 잤다.

서쪽으로 갈수록 초원은 건조해지고 공기는 맑아지기 시작했다. 에스트렐은 아주 거친 유목민인 '말 사육자'들의 영역이라는, 혹은 영역이었다는 곳을 피하기 위해 며칠 정도 남쪽으로 길을 이끌었다. 바스나스카에서의 경험을 되풀이하고 싶은 마음이 추호도 없는 팔크는 그녀의 판단을 믿고 따랐다. 이렇게 남쪽으로 닷새 정도 간 그들은 가파른 구릉지대를 지나 끊임없이 바람이 부는 높고 건조한 지대에 들어섰다. 땅은 나무 한 그루 없이 평평했다. 협곡은 비가 오는 날이면 급류로 불었다가 다음 날이면 다시 말라붙었다. 여름에는 필시 반 사막일 터였고, 봄이라 해도 황량하기 그지없었다.

두 번인가는 고대의 폐허를 지나기도 했다. 지금은 언덕밖에 남지 않았지만 넓은 길과 광장이 기하학적으로 배열되어 있었다. 이런 곳 주변의 폭신폭신한 땅속에는 도자기 조각이며 색칠한 유리 조각들이 잔뜩 있었다. 이곳에 사람이 산 지도 2,3000년은 지났을 것이다. 이제는 소 떼를 먹이는 데에나 좋을 뿐인 이 광활한 초원은 사람들이 별을 향해 떠난 이후 다시는 거주지로 쓰이지 않았다. 인간에게 남겨진 조각나고 위조된 역사만으로는 그 정확한 연대를 알 수 없지만.

팔크는 오래전에 묻혀버린 이런 도시를 두 번째로 지나면서 말했다.

"이곳에서 놀던 아이들과…… 여기 나와서 빨래하던 여자들이 있었을 걸 생각하면 이상하죠……. 까마득히 옛날. 완전히 다른 시대에. 멀리 떨어진 별 주위를 도는 세상보다 더 멀게 느껴지는."

에스트렐은 말했다.

"도시들의 시대. 전쟁의 시대 말이죠……. 내 동족들에게도 이런 곳에 대해선 들은 적이 없어요. 어쩌면 너무 남쪽으로 와버린 걸지도 몰라요. 남쪽의 사막으로 향하고 있는 걸지도."

그래서 그들은 진로를 바꾸어 북서쪽으로 향했고, 다음 날 아침 오렌지 빛으로 휘몰아치는 큰 강에 맞닥뜨렸다. 온종일 찾아 헤맨 끝에 얕은 여울을 찾아내기는 했지만 여전히 강을 건너는 것은 위험한 일이었다.

강 건너 서쪽은 한층 더 메마른 땅이었다. 그들은 강에서 물병을 가득 채웠고, 이제까지는 물이 부족하기보다는 넘쳐서 탈이었기에 팔크는 그에 대해 별 생각을 하지 않았다. 이제 하늘은 맑고 태양은 온종일 쨍쨍 내리쬐었다. 몇 백 마일 만에 처음으로 그들은 걸으면서 찬바람을 견딜 필요가 없었고, 따뜻하고 마른 자리에서 잘 수 있었다. 메마른 땅에 봄은 빠르고도 찬란하게 찾아왔다. 새벽 하늘에는 샛별이 빛났고 발밑에선 들꽃이 피었다. 그러나 강을 건넌 뒤 사흘이 지나도록 샘이나 개울은 하나도 나오지 않았다.

에스트렐은 강을 건너면서 약간 한기가 든 상태였다. 불평은 하지 않았지만 끈기 있던 걸음걸이를 유지하지 못했고, 얼굴은 핏기가 빠지기 시작했다. 이질에도 걸렸다. 그들은 일찌감치 야영지를 만들었다. 그날 저녁 그녀는 곁가지를 잘라내어 만든 화톳불 옆에 누워 울기 시작했다. 겨우 몇 방울이었지만 그토록 철저히 감정을 억제하던 사람으로서는 큰일이었다.

팔크는 불안한 마음으로 그녀의 손을 쥐고 달래려 했다. 열이 높았다.

"건드리지 말아요. 하지 마, 말라고요. 잃어버렸어, 잃어버렸다고. 이제 어쩌면 좋지?"

그제야 그는 에스트렐의 목에 걸려 있던 줄과 푸른 돌 부적이 없어진 것을 알았다.

그녀는 정신을 수습하고, 팔크에게 손을 맡기며 말했다.

"강을 건너면서 잃어버린 게 분명해요."

"왜 내게 말하지 않았……."

"뭐 하러요?"

할 말이 없었다. 에스트렐은 다시 조용해졌지만, 억눌리고 열에 들뜬 불안이 느껴졌다. 그녀의 상태는 밤새 나빠졌고 아침이 되자 심하게 아팠다. 먹지도 못했고, 갈증으로 고통스러워하면서도 팔크가 겨우 내놓을 수 있었던 마실 거리인 토끼 피를 삼키지도 못했다. 그는 최선을 다해 에스트렐을 편하게 만들어준 다음 빈 물통을 가지고 물을 찾아 나섰다.

밝은 빛으로 흐려지는 하늘 가장자리까지 몇 마일이고 오르락내리락 꽃이 점점이 흩어진 억센 풀밭과 키 작은 덤불만 이어졌다. 태양은 따사롭게 빛나고, 사막 종달새들은 지저귀며 날아올랐다. 팔크는 처음에는 자신 있게 빠르고 꾸준한 걸음으로 움직이다가 나중에는 종횡무진 야영지 북쪽과 동쪽으로 꽤 멀리까지 뛰어다녔다. 지난주에 내린 비는 벌써 흙 속으로 스며들었고 개울 하나 없었다. 물이 없었다. 그는 계속 움직여 야영지 서쪽을 뒤져야 했다. 동쪽에서 원을 그리며 돌아온 그가 낮고 긴 둔덕에서 초조하게 야영지를 찾고 있을 때, 서쪽 멀리 숲 같기도 한 흐릿한 윤곽이 보였다. 잠시 후 그보다 가까운 곳에서 피어오르는 연기가 눈에 들어왔고, 그는 지친 데다 낮아진 태양 빛에 눈이 찔리고 입 안은 바싹 마른 채 그쪽으로 뛰어갔다.

연기는 에스트렐이 그가 돌아올 수 있도록 계속 피워 올린 것이었다. 그녀는 불 옆 너덜너덜한 침낭 안에 누워 있었다. 팔크가 돌아왔을 때에도 머리를 들지 않았다.

"서쪽으로 그리 멀지 않은 곳에 숲이 있어요. 거기라면 물이 있을 거예요. 오늘 아침엔 엉뚱한 방향으로 갔던 셈이군요."

그는 소지품을 그러모아 배낭에 밀어 넣으며 말했다. 그는 에스트렐을 부축해 일으킨 다음, 팔을 잡고 걷기 시작했다. 그녀는 몸을 구부리고 멍한 얼굴로 힘겹게 1마일, 또 1마일을 걸었다. 길게 이어진 한 둔덕에 올라서자 팔크가 말했다.

"저기! 저기예요. 보이죠? 숲이에요. 저기 물이 있을 거예요."

그러나 에스트렐은 무릎을 꺾고, 고통으로 몸을 접은 채 눈을 감고 풀 위에 모로 쓰러져버렸다. 더 이상은 걸을 수 없었다.

"기껏해야 2~3마일 정도일 거예요. 여기 모닥불을 피울 테니까 쉬고 있어요. 내가 가서 물통을 채워 올게요……. 저기라면 확실히 물이 있을 거고, 오래 걸리지 않을 거예요."

그녀는 그가 모을 수 있는 잔가지를 다 모아서 작은 불을 피우고, 그녀가 불에 집어넣을 수 있게 푸릇한 나뭇가지를 쌓는 동안 조용히 누워 있었다.

"금방 돌아올게요."

그가 그렇게 말하고 떠나려 하자 그녀는 창백한 얼굴로 덜덜 떨면서 일어나 앉아서 외쳤다.

"안 돼요! 날 떠나지 말아요! 나만 두고 가면 안 돼요……. 가면 안 된다고요……."

말이 통하지 않았다. 에스트렐은 아프고 겁에 질려 이성을 잃었다. 밤이 오고 있었고, 팔크는 그녀를 두고 갈 수가 없었다. 사실 두고 갈 수도 있었지만 차마 그럴 수가 없었다. 그는 에스트렐을 일으켜 그의 어깨에 팔을 걸치게 하고, 반쯤은 끌고 반쯤은 업다시피 해서 걸어갔다.

다음 둔덕에 오르자 다시 숲이 보였지만, 조금도 가까워진 것 같지 않았다. 해는 그들 앞에서 광활한 땅을 금빛으로 물들이며 저물어갔다. 그는 이제 에스트렐을 업고 있었고, 몇 분마다 한 번씩 멈춰 서서 짐을 내려놓고 그 옆에 주저앉아 숨을 고르고 힘을 모아야 했다. 물이 조금만 있다면, 입술을 적실 만큼만 있다면 그렇게 힘들지는 않을 것 같았다.

"집이 있어요."

그는 가늘게 흔들리는 메마른 목소리로 속삭였다. 그리고 다시.

"숲 속에 집이 있어요. 그렇게 멀지 않아……."

이번에는 그녀도 그의 말을 들었고, 신음하며 약하게 몸을 뒤틀고 버둥거렸다.

"그리로 가지 말아요. 안 돼요. 가지 마. 집으로는 안 돼요. 라마렌은 집으로 가선 안 돼. 팔크……."

그녀는 도움을 청하듯 그가 알지 못하는 언어로 약하게 외쳤다. 그는 그녀의 무게에 허리를 굽힌 채 터벅터벅 걸었다.

저문 황혼 속에서 갑자기 찬란한 빛이 보였다. 높고 어두운 숲 뒤편 높은 창문으로 새어나오는 빛이었다.

그 빛이 비치는 방향에서 귀에 거슬리는 소리가 나더니 점점 가까워지며 커져갔다. 그는 힘겹게 걸음을 옮기다, 어스름 속에서 연이어 시끄럽게 울부짖으며 달려오는 그림자들을 보고 멈춰 섰다. 허리께까지 오는 육중한 그림자들이 주위를 둘러싸더니 의식을 잃은 에스트렐을 지탱하고 선 그에게 달려들었다. 총을 꺼낼 수가 없을뿐더러 감히 움직일 수도 없었다. 높은 창문으로 흘러나오는 불빛은 겨우 몇 백 야드 앞에서 잔잔하게 빛났다. 그는 "살려줘요! 도와줘요!"라고 외쳤지만, 겨우 끽끽거리는 속삭임밖에 나오지 않았다.

멀리서 다른 목소리들이 크고 날카롭게 울렸다. 검은 그림자 같은 짐승들은 물러서서 기다렸다. 여전히 에스트렐을 받친 채로 무릎을 꺾은 팔크에게 사람들이 다가왔다.

"여자를 받아."

남자 목소리가 말했다. 다른 남자가 똑똑히 말했다.

"이건 뭐지? 한 쌍의 새로운 꼭두각시인가?"

그들은 팔크에게 일어서라고 명령했지만, 그는 저항하며 낮은 목소리로 말했다.

"이 여자를 해치지 말아요……. 아픕니다……."

"이리 주게!"

거칠고 날쌘 손들이 그의 손에서 에스트렐을 빼앗았다. 그는 그들이 에스트렐을 데려가게 놔두었다. 피곤으로 머리가 빙빙 돌아 한참이 지나도록 자신에게 무슨 일이 일어났는지, 어디에 있는 건지 알 수가 없었다. 그들이 시원한 물을 실컷 마시게 해주었다는 것, 그것밖에 알지 못했고, 그것만이 중요했다.

그는 앉아 있었다. 누군가 이해할 수 없는 말을 쓰는 사람이 한 잔 가득 든 액체를 마시게 하려 하고 있었다. 그는 잔을 받아 마셨다. 혀가 얼얼했고 노간주나무 열매 냄새가 진하게 났다. 잔……. 흐린 녹색의 작은 잔. 처음으로 제대로 보았다. 조브의 집을 떠난 후 한 번도 잔에 담긴 뭔가를 마신 적이 없었다. 그는 휘발성의 액체가 목구멍과 머리를 뚫어주는 것을 느끼며 머리를 흔들고 일어섰다.

방 안이었다. 아주 큰 방. 넓고 긴 반질반질한 돌바닥이 흐릿하게 벽을 비추었다. 벽에 붙은 건지 벽 안에 든 건지 모를 커다란 빛의 원반이 부드러운 노란색으로 빛났다. 얼굴을 들자 그 원반에서 나오는 온기가 뚜렷이 느껴졌다. 그와 태양 같은 빛의 원 사이 바닥에 크고 육중한 의자 하나가 놓여 있었다. 그 옆에는 가만히 웅크리고 앉은 검은 짐승의 윤곽이 보였다.

"그대는 뭔가?"

팔크는 코와 턱, 의자 팔걸이에 놓인 검은 손을 보았다. 목소리는 깊고 장중했으며 바위처럼 단단했다. 그 목소리의 주인이 사용한 것은 팔크가 이제껏 한참을 써온 갈라티카가 아니라 원래 언어였다. 말투는 달라도 숲의 그가 쓰던 언어였다. 팔크는 천천히 사실대로 대답했다.

"제가 무엇인지 저도 모릅니다. 제 자신에 대한 지식은 6년 전에 빼앗겼어요. 저는 숲의 집에서 인간의 방식을 배웠습니다. 그리고 제 이름과 본질을 배우기 위해 에스 토치로 갑니다."

"진실을 찾기 위해 '거짓의 장소'로 간다? 꼭두각시들과 바보들은 갖은 용건으로 지친 지구 위를 뛰어다니지만, 그건 다 악하거나 거짓된 일을 위한 행위지. 무엇이 그대를 내 왕국으로 데려왔나?"

"제 동료가……."

"그 여자가 그대를 이리로 데려왔다는 건가?"

"에스트렐은 아팠습니다. 저는 물을 찾고 있었죠. 에스트렐이……."

"입 다물라. 그 여자가 이리로 데려온 게 아니라니 기쁘군. 여기가 어딘지 아는가?"

"모릅니다."

"여긴 캔자스 영지다. 내가 영주지. 내가 이곳의 지배자이고 왕자이며 신이야. 이곳에서 일어나는 일을 책임진다는 뜻이지. 이곳에서 우린 고도의 유희를 벌이고 있다네. '성의 왕'이란 게임이지. 그 규칙은 아주 오래된 것이자 나를 얽매는 유일한 법이야. 나머지 법은 내가 만들지."

말한 사람이 의자에서 일어나자 바닥에서 천장까지, 이쪽 벽에서 저쪽 벽까지 생기 없는 햇빛이 부드럽게 빛났다. 머리 위로 까마득히 높은 어두운 천장과 대들보가 그림자들 사이로 비치는 흔들림 없는 금색 빛을 받아 모습을 드러냈다. 그 빛에 매부리코와 심하게 경사진 이마, 당당한 자세에 키가 크고 힘이 넘치는 마른 몸의 윤곽이 드러났다. 팔크가 약간 움직이자 왕좌 옆에 있던 신화적인 짐승이 몸을 뻗고 으르렁거렸다. 노간주나무 냄새가 나는 액체가 팔크의 사고력을 날려버린 것 같았다. 그는 이 남자가 광기 때문에 스스로를 왕이라 부른다고 생각해야 했건만, 오히려 왕위가 그를 미치게 했다고 생각하고 있었다.

"그렇다면 그대는 이름도 알지 못한 건가?"

"저를 거둬준 사람들은 팔크라고 불렀습니다."

"진정한 이름을 찾으러 간다. 그보다 나은 길을 떠난 이가 있었을까? 그대가 나의 문 앞을 지난 것도 당연한 일. 내 그대를 게임의 참여자로 받아주지."

캔자스의 왕자는 이어 말했다.

"노란 보석 같은 눈을 지닌 사내가 내 집 문 앞에 와서 도움을 청하는 일이 매일 밤 있는 것은 아니지. 그런 이를 물리치는 것은 신중하나 품위 없는 일일 터. 모험과 품위를 빼면 왕위의 의미가 대체 무엇인가? 그들은 자네를 팔크라 불렀다지만 나는 그러지 않겠다. 게임에서 자네는 오팔스톤이야. 자유로이 돌아다닐 수 있지. 그리폰, 가만히 있어라!"

"왕자님, 제 동료는……."

"……싱이거나 꼭두각시거나 여자겠지. 무엇 때문에 그 여인을 데리고 있나? 조용히. 왕에게는 그렇게 성급하게 대답하지 말아야 하느니. 나는 자네가 왜 그 여자를 데리고 있는지 아네. 그러나 그 여자에겐 이름이 없을뿐더러 그녀는 게임에 참여할 수도 없어. 내 목동 여인들이 돌보고 있으니 내 다시는 그 여자 얘기를 꺼내지 않겠네."

왕자는 이렇게 말하면서 천천히 바닥을 가로질러 팔크에게 다가오고 있었다.

"내 동반자의 이름은 그리폰이라네. 옛 경전이나 전설 속에 나오는 개라는 동물에 대해 들어보았나? 그리폰은 개라네. 녀석은 평원을 뛰어다니는 노란 야퍼와 친척이네만, 보다시피 그놈들과는 별로 닮지 않았지. 녀석의 혈통은 끊어져 버렸어. 왕족처럼 말이지. 오팔스톤, 가장 바라는 일이 뭔가?"

왕자는 갑자기 팔크의 얼굴을 들여다보며 날카롭고도 친절하게 물었다. 진실만 말할 작정이었던 팔크는 지치고 혼란스러운 상태로 말했다.

"집에 가는 겁니다."

"집에 간다……."

캔자스의 왕자는 그 자신의 그림자와 마찬가지로 검었다. 새까만 피부, 7피트의 키에 칼날 같은 얼굴의 노인.

"집에 가는 것이라……."

왕자는 몸을 약간 움직여 팔크가 앉은 의자 옆의 긴 탁자를 들여다보았다. 이제 보니 탁자 위는 틀 모양으로 몇 인치 정도 움푹 파였고 그 속에는 여러 가지 구슬이 특정 지점에서 상하 좌우로 미끄러져 움직일 수 있도록 꿰인 금실 은실의 그물망이 들어 있었다. 어린아이 주먹만 한 것부터 사과씨만 한 것까지 다양한 크기의 수백 개 구슬은 진흙과 돌과 나무와 금속과 뼈와 플라스틱과 유리와 자수정, 마노, 토파즈, 터키석, 오팔, 호박, 벽옥, 수정, 석류석, 에메랄드, 다이아몬드 등의 재료로 만들어져 있었다. 패턴 틀이었다. 조브와 벅아이와 그 밖에 집 사람들이 가지고 있던 것과 같은. 지금은 지구에서도 몹시 오래된 물건이지만 원래는 위대한 데이브넌트의 문화로부터 전해진 것으로 여겨지는 패턴 틀은 점치는 기구이자 컴퓨터이며 신비한 수련의 도구요, 장난감이기도 했다. 팔크의 길지 않은 두 번째 삶에서는 패턴 틀에 대해 많이 배울 만한 시간이 없었다. 한번은 벅아이가 말하기를 패턴 틀에 능숙해지려면 4,50년이 걸린다고 했다. 집안 대대로 물려 내려온 벅아이의 패턴 틀은 겨우 10인치 너비에 구슬도 2,30개밖에 없는 물건이었건만……

수정 프리즘 하나가 작게 쨍 소리를 내며 쇠구슬을 때렸다. 터키석 구슬이 왼쪽으로 튀어나가고 반들반들한 뼈구슬 두 개가 석류석 구슬과 달라붙더니 오른쪽 아래로 호를 그렸으며, 죽은 듯 가라앉아 있던 중심부에서 한순간 파이어 오팔이 타오르듯 빛을 발했다. 여위었지만 강인한 검은 손이 실들 위로 번득이며 삶과 죽음의 보석들을 움직였다.

왕자가 말했다.

"그래, 집으로 가고 싶단 말이지. 하지만 보게나! 틀을 읽을 줄 아나? '광야' 일세. 상아와 다이아몬드와 수정, 모든 불의 보석들. 그 사이로 오팔스톤은 계속, 계속 나아가고 있어. 이 돌은 왕의 집 너머, 벽이 곧 창인 감옥 너머, 코페르니크의 언덕과 분지들 너머 별들 사이로 날아가는군. 자네가 그 틀을 깨뜨리려나, 시간의 틀을? 저쪽을 보게!"

팔크의 눈에 밝은 구슬들이 미끄러지고 흔들리는 모습이 흐릿하게 비쳤다. 그는 거대한 패턴 틀 가장자리를 잡고 속삭였다.

"저는 읽을 수가 없습니다……"

"오팔스톤, 자네가 읽을 수 있건 없건 이게 자네가 수행하는 게임이라네. 좋아. 아주 좋아. 내 개들은 오늘밤 거지를 보고 짖어댔는데 알고 보니 거지가 아니라 별빛의 왕자가 아닌가. 오팔스톤, 내가 자네의 우물에서 물을 청하고 자네의 거처에서 쉴 곳을 구하게 되면 날 받아주겠나?

그때는 지금보다 더 추운 밤이리니……. 그리고 오랜 시간이 흐른 뒤겠지! 자네는 아주, 아주 오랜 옛날로부터 왔어. 나도 늙었지만 자네는 나보다 훨씬 더 늙었지. 한 세기 전에 죽었어야 할 인물이니 말이야. 지금부터 한 세기가 흐른 뒤, 사막에서 왕을 만났던 일을 기억하겠나? 자, 자, 나가 보게나. 내 이미 자네에게 이곳에서 자유로이 다니라고 말했거니와, 필요하다면 자네를 도울 이들도 있네."

팔크는 기다란 방을 가로질러 커튼을 친 문을 찾았다. 바깥 대기실에서 기다리고 있던 젊은이가 다른 사람들을 불러왔다. 그들은 놀라지도 않았고 비굴하게 굴지도 않았으며 그저 공경하는 태도로 팔크가 먼저 말하기를 기다려 목욕 물과 갈아입을 옷, 저녁 식사, 조용한 방의 깨끗한 침내를 제공했다.

그는 총 열사흘 동안 캔자스 영지의 대저택에 머물렀다. 그동안 가벼운 눈보라와 지나가는 봄비가 왕자의 땅 너머 사막을 가로질러 몰려왔다. 회복 중인 에스트렐은 큰 건물 뒤에 옹기종기 모인 여러 채의 작은 건물 중 한 곳에 머물렀다. 팔크가 원할 때는 언제나 그녀와 함께 있을 수 있었다……. 하고자 하는 일은 무엇이든 마음대로 할 수 있었다. 왕자는 자신의 영지를 절대적으로 통치했으나, 어느 모로 보아도 강제적인 지배는 아니었다. 강제적이기는커녕 영광스럽게 받아들여진다는 쪽이 옳았다. 백성들이 그를 섬기기로 한 것은 어쩌면 한 사람의 본질을 이루는 타고난 위엄을 지지함으로써 자신들의 인간성을 다시 확인할 수 있어서였는지도 몰랐다. 목동과 정원사, 제작자와 수리공, 그들의 아내와 아이들을 다 합해서 200명 남짓이었다. 아주 작은 왕국이었다. 그러나 며칠이 지나자 팔크는 설령 혼자 살았다 해도 캔자스의 왕자는 넘치지도 모자라지도 않는 왕자 그 자체였으리라는 데 아무 의심을 품지 않았다. 결국, 자질의 문제였다.

왕자의 영지에서만 찾을 수 있는 이 기묘한 현실에 매료되어 열중한 나머지 팔크는 며칠이 지나도록 바깥 세계, 그토록 오랫동안 여행한 산만하고 폭력적이며 일관성 없는 세계에 대해서는 거의 생각하지 않았다. 그러나 열사흘째 되는 날 에스트렐과 이야기를 나누며 떠날 일에 대해 말하던 그는 이 영지와 다른 모든 곳과의 관계에 대해 생각하기 시작했다.

"난 싱이 사람들을 다스리는 군주 같은 것은 절대 가만두지 않는다고 생각했어요. 왜 그가 이곳에서 자기 영역을 지키고, 스스로를 왕자요 왕이라고 부르도록 놓아두는 걸까요?"

"헛소리 정도야 맘대로 하게 놔두지 않을 이유가 있을까요? 이곳 캔자스 영지는 넓은 땅이지만 척박하고 사람도 별로 없죠. 뭐 하러 에스 토치의 지배자들이 그에게 신경을 쓰겠어요? 내가 보기에 그는 허튼소리나 지껄이는 멍청한 어린아이 같아요."

"당신에게는 그렇게 보이나요?"

"흥……. 어제 배가 왔을 때 당신도 봤죠?"

"봤지요."

에어카 한 대가 집 바로 위로 한참 높은 곳을 지나가는 모습이 몇 분 동안이나 보였다. 팔크도 그 단조로운 엔진 소리는 알고 있었으나 직접 보기는 처음이었다. 왕자의 식솔들은 모두 냄비와 땡땡이를 치며 뜰로 몰려나왔고, 개와 아이들은 짖어댔으며, 위층 발코니에 선 왕자는 배가 뿌연 서쪽 하늘로 사라질 때까지 엄숙한 얼굴로 귀가 멀 것 같은 폭죽을 쏘아댔다.

"이 사람들은 바스나스카나 다름없이 멍청하고, 그 노친네는 돌았어요."

왕자가 그녀를 보지 않으려 하기는 했지만 그의 백성들은 그녀에게 무척 친절했었기 때문에 팔크는 그녀의 부드러운 목소리 밑에 깔린 신랄함에 놀라고 말았다. 그는 말했다.

"바스나스카는 인간이 옛날에 살던 방식을 잊어버렸지요. 어쩌면 이 사람들은 지나치게 기억을 잘하고 있는지도 몰라요."

그는 말을 하며 소리 내어 웃었다.

"어쨌든 배는 가버렸잖아요."

"사람들이 폭죽으로 놀라게 해서 가버린 건 아니죠."

그녀는 그에게 무엇인가를 경고하려는 듯 진지하게 말했다.

팔크는 잠시 동안 그녀를 바라보았다. 아무래도 그녀는 고작해야 싱의 에어카에 일식과 같은 고상함을 부여한 저 폭죽의 별나고 시적인 위엄을 알아보지 못한 듯했다. 완전한 재난의 그림자 속에서 폭죽을 쏘아서 안 될 건 뭐란 말인가? 그러나 아픈 데다 녹옥 부적까지 잃어버린 에스트렐은 무슨 일에든 기뻐할 줄을 모르고 불안해했으며, 이곳에 잠시 머무는 것이 팔크에게 즐거운 만큼 그녀에게는 고통이었다. 떠나야 할 때였다.

"왕자님께 가서 떠나겠다고 말하지요."

그는 부드럽게 말하고, 이제는 연두색 잎눈이 솟은 버드나무 밑에 그녀를 남겨둔 채 뜰 안을 통과하여 저택으로 걸어갔다. 긴 다리에 어깨가 묵직한 검은 개 다섯 마리가 함께 걸었다. 이곳을 떠나면 그리워질 호위병들이었다.

캔자스의 왕자는 공식 알현실에서 책을 읽고 있었다. 알현실 동쪽 벽에 붙은 원반은 낮이면 서늘하고 얼룩덜룩한 은색으로 빛났다. 달이었다. 원반은 밤에만 부드러운 태양의 온기와 빛을 발했다. 그 앞에는 남쪽

사막에서 가져온 단단하고 반질반질한 나무 왕좌가 놓여 있었다. 팔크는 그 왕좌에 앉은 왕자의 모습을 첫날 밤 한 번밖에 보지 못했다. 왕자는 지금 패턴 틀 가까이 놓인 의자에 앉아 있었고, 등 뒤로 서쪽을 향해 열린 20피트 높이의 창문들에는 커튼이 쳐져 있지 않았다. 그쪽으로 멀리 꼭대기가 얼음으로 덮인 검은 산이 보였다.

왕자는 칼날 같은 얼굴을 들고 팔크의 말을 들었다. 그는 대답 대신 읽던 책을 건드렸다. 멋진 서재에 쌓인 아름다운 장식의 프로젝터 스크롤이 아니라 종이를 묶어 만들고 손으로 내용을 쓴 작은 책이었다.

"이 경전을 아나?"

팔크는 왕자가 가리키는 부분을 보았다. 시구였다.

> 사람들이 두려워하는 것은
> 마땅히 두려워해야 할 것이로다
> 망망하구나!
> 아직은
> 아직은 다함이 없으니!*

"압니다, 왕자님. 이 여행을 떠나면서 짐에 넣었었죠. 하지만 왕자님의 책 왼쪽 페이지에 나와 있는 글자는 읽을 수가 없군요."

"오륙천 년 전에 이 경전이 처음 씌었을 때의 기호라네. 황제(黃帝), 내 선조의 언어지. 자네 책을 도중에 잃어버렸다 했나? 그렇다면 이 책을 가져가게. 허나 자네는 이 책 역시 잃어버릴 게야. '길'을 따르다 보

---

* 『도덕경』 20장, '人之所畏, 不可不畏, 荒兮其未央哉'를 옮긴 것.

면 길을 잃게 되지. 아아, 슬프도다! 왜 자네는 늘 진실만 말하는 건가, 오팔스톤?"

"잘 모르겠습니다."

사실이었다. 팔크는 차츰 진실이 아무리 위험해 보일지라도, 누구에게 말할 때라도 거짓말을 하지 않겠노라고 결심하게 되었지만 왜 이런 결정을 내리게 되었는지는 알지 못했다.

"적의 무기를 쓰는 건…… 적의 게임에 뛰어드는 것……."

"아, 그들은 오래전에 게임에 이겼다네. 그래서 자넨 빠지는 건가? 그러면 가게나. 때가 됐다는 건 분명하군. 허나 내 자네의 동료는 한동안 이곳에 잡아두겠네."

"전 에스트렐이 동족을 찾도록 도와주겠다고 했습니다, 왕자님."

"동족이라?"

엄하고 어두운 얼굴이 그에게 향했다.

"무엇 때문에 그 여자를 데리고 가려는 건가?"

"에스트렐은 '방랑자' 입니다."

"그렇다면 나는 호두나무고 자네는 물고기이며 저 산맥은 양의 똥을 구워 만든 것일 게지! 마음대로 하라. 진실을 말하고 진실을 들으라. 오팔스톤, 서쪽으로 가면서 꽃이 핀 내 과수원에서 과일을 따고, 거대한 양치식물 그늘에 자리 잡은 천 개의 우물에서 즙을 마셔라. 짐은 기분 좋은 왕국을 다스리고 있지 않은가? 암흑을 향해 곧장 서쪽으로는 신기루와 먼지뿐. 그녀를 데리고 있는 게 욕정 때문인가, 아니면 충정 때문인가?"

"저희는 긴 여정을 함께 했습니다."

"그 여자를 믿지 말라!"

"그 여자는 제게 도움과 희망을 줬습니다. 저희는 동료입니다. 저희

둘 사이엔 믿음이 있습니다. 어찌 제가 그것을 깰 수 있겠습니까?"

"아아 어리석구나, 아아 슬프도다!"

캔자스의 왕자는 말했다.

"짐이 '거짓의 장소'까지 자네와 함께 갈 여자 열 명을 하사하지. 류트와 플룻과 탬버린과 피임약을 들려서 말이야. 아니면 폭죽으로 무장한 좋은 친구를 다섯 명 하사하지. 아니면 개를 한 마리 내어주지. 자네의 진정한 동료가 되어줄, 살아 있는 멸종견을 말이야. 왜 개가 멸종했는지 아는가? 충성스럽기 때문이야. 믿을 수 있기 때문이라네. 혼자서 가게나, 이 사람아!"

"그럴 수는 없습니다."

"좋을 대로 하게. 이곳의 게임은 끝났네."

왕자는 몸을 일으켜 달빛 원반 밑 왕좌에 가서 앉았다. 그는 팔크가 작별 인사를 하려 했을 때에도 고개를 돌리지 않았다.

## 제6장

 팔그는 '산'이라는 단어에서 떠오르는 외로운 봉우리의 기억 때문에 산맥에 닿기만 하면 바로 에스 토치에 도착하리라 여겼지, 한 대륙의 지붕을 기어 올라가야 할 줄은 생각지도 못했다. 산맥은 첩첩으로 높아져 가고, 두 사람은 하루 또 하루 고산 지대로 기어 올라갔으나 여전히 목적지는 서남쪽으로 한참 멀리 위쪽에 있었다. 숲과 급류, 구름에 에워싸인 눈과 화강암 비탈 사이로 가끔씩 작은 캠프나 마을이 나왔다. 길이 하나뿐이었기 때문에 이런 마을을 피해 갈 수 없을 때가 많았다. 그럴 때면 그들은 왕자의 왕자다운 작별 선물인 노새 등에 오른 채 마을 안을 통과해 달렸고, 그들을 막는 사람은 없었다. 에스트렐은 싱의 현관에 해당하는 이곳에 사는 산사람들은 이방인을 괴롭히지도 환영하지도 않는 신중한 패거리이며, 그저 그냥 놓아두는 게 최선이라고 했다.
 4월의 산속은 야영하기에 추웠고, 한 번뿐이긴 해도 마을에 묵은 것은 고마운 휴식이었다. 폭풍을 휘감은 커다란 봉우리가 그늘을 드리운 계곡 안, 졸졸 흐르는 개울 옆에 선 네 채의 통나무집이 전부인 자그마한 마을이었다. 그래도 이 마을엔 베스디오라는 이름이 있었고, 에스트렐은 몇 년 전, 어렸을 때 한 번 이곳에 머문 적이 있다고 했다. 에스트렐처럼 밝은 색 피부에 불그스름한 머리칼을 지닌 사람이 몇 명 낀 베스디오 사람들은 그녀와 짧게 말을 나누었다. 그들은 방랑자들이 쓰는 언어로 이야기했다. 팔크는 에스트렐과 갈라티카로만 이야기했기 때문에 이 서쪽 언어는 알지 못했다. 에스트렐은 동쪽, 서쪽을 가리키며 설명을 했고 산사람들은 에스트렐을 주의 깊게 뜯어보고 팔크에게는 곁눈질만 하면서 냉담하게 고개를 끄덕였다. 그들은 질문을 별로 하지 않았고, 거리낌 없이, 하지만 왠지 불편한 느낌이 드는 차갑고 무관심한 태도로 음식과 하룻밤 잠자리를 제공했다.

그러나 그들이 내어준 외양간은 복작복작 얌전히 들어앉아 냄새를 피우고 한숨을 내뱉는 소와 염소, 닭과 오리들의 체열로 따뜻했다. 에스트렐이 본채 오두막에서 주인들과 조금 길게 이야기를 나누는 동안 팔크는 외양간에 가서 자리를 폈다. 그는 외양간 위층 건초대에 건초로 근사한 2인용 침대를 만들고, 그 위에 침낭을 깔았다. 에스트렐이 왔을 때 그는 이미 반쯤 잠들어 있었지만 몸을 일으키고 말했다.

"당신이 와서 기뻐요. 이곳엔 뭔가를 숨기는 듯한 냄새가 나는데 그게 뭔지 모르겠군요."

"냄새나는 건 그뿐만이 아닌데요."

에스트렐이 농담 비슷한 것이라도 하기는 이번이 처음이었다. 팔크는 약간 놀란 얼굴로 그녀를 보았다.

"도시에 가까워지니 좋은가 보군요. 나도 그랬으면 좋으련만."

"왜 안 그렇겠어요? 도시에 가면 내 혈족을 찾을 수 있을지도 모르고,

그렇지 않더라도 지배자들이 날 도와줄 텐데요. 그리고 그곳에서 당신도 구하는 것을 찾고 원래 권리를 되찾을 거잖아요."

"내 원래 권리라? 내가 파괴된 사람이라고 생각하는 줄 알았는데요."

"당신을요? 천만에요! 팔크, 설마 정말로 당신 마음을 주무른 게 싱이라고 믿는 건 아니겠죠? 저 아래 평원에서 그 말을 들었을 땐 무슨 소린지 이해하지 못했어요. 어떻게 당신이 스스로를 파괴된 이로, 혹은 평범한 사람으로 생각할 수 있죠? 척 봐도 당신은 지구 태생이 아니잖아요!"

에스트렐은 이렇게 단호히 말하는 일이 거의 없었다. 그녀의 말은 그의 기운을 북돋아주었고 그의 희망과도 일치했지만, 그토록 오랫동안 말이 없고 힘들어하던 그녀가 지금 이런 말을 한다는 것은 조금 어리둥절한 일이었다. 그때 그는 그녀의 목에 걸린 가죽 줄에 매달린 뭔가를 보았다.

"그들이 당신에게 부적을 줬군요."

그게 그녀가 희망에 부푼 이유였다.

에스트렐은 만족스러운 얼굴로 펜던트를 내려다보며 말했다.

"그래요. 우린 같은 신앙을 갖고 있죠. 이제 모든 게 잘 돌아갈 거예요."

팔크는 그녀의 미신 때문에 조금 웃었지만, 부적이 그녀를 편안하게 해준 것만은 기뻤다. 잠에 빠져들면서 그는 그녀가 잠들지 않고 누워 악취와 동물들의 부드러운 숨소리와 존재감으로 가득 찬 어둠 속을 보고 있음을 알았다. 동이 트기 전 수탉이 울자 그는 반쯤 몸을 일으키며 그가 알지 못하는 언어로 속삭이듯 부적에 대고 기도를 하는 그녀의 목소리를 들었다.

그들은 폭풍우 치는 봉우리 남쪽으로 구불구불 이어지는 오솔길을 택해서 계속 나아갔다. 넘어야 할 거대한 봉우리가 하나 남아 있었고, 그들은 공기가 희박해지고 얼음장같이 차가워지며 하늘은 어두운 남색이 될 때까지, 그리고 또다시 4월의 태양이 한참 아래 초원을 몰려다니는 양떼 구름 위로 눈부시게 반짝일 때까지 나흘을 기어 올라갔다. 고갯마루에 이르렀을 때는 하늘은 어두워지고 벌거벗은 바위 위로 눈이 내려 헐벗고 불그스름한 넓은 비탈이 하얗게 되어 있었다. 고개 위에는 나그네를 위한 오두막집이 한 채 있었고, 그들은 노새와 함께 눈이 그쳐 아래로 내려갈 수 있게 될 때까지 그 안에 몸을 피했다.

"이제부턴 길이 쉬워요."

에스트렐은 달리는 자기 노새의 엉덩이와 끄덕이는 팔크의 노새 귀 너머로 팔크를 돌아보며 말했다. 그는 미소 지었지만, 에스 토치를 향해 내려갈수록 마음속엔 두려움만 더해 갔다.

에스 토치는 점점 가까워졌고, 오솔길은 넓어져 도로가 되었다. 오두막과 농장, 집들이 보였다. 춥고 비가 오는 날씨라 집 밖에 나오지 않아서 그런지 인적이 드물었다. 두 나그네는 빗속을 뚫고 쓸쓸한 길을 달렸다. 정상에서 내려온 지 사흘째 되는 아침은 화창했고, 팔크는 몇 시간 달린 후에 노새를 멈춰 세우고 의문 어린 눈으로 에스트렐을 바라보았다.

"왜 그래요, 팔크?"

"다 온 거죠? 여기가 에스 토치 아닌가요?"

멀리 보이는 산봉우리들이 사방의 지평선을 메우기는 했지만 주위는 평평한 땅이었고, 그들이 이제까지 달려온 목초지와 논밭은 건물, 건물, 그리고 더 많은 건물에 자리를 내어주고 있었다. 오두막집, 통나무집, 판잣집, 공동주택, 여관에 상품을 만들고 물물교환을 하는 가게들이 있었고 온통 어린아이들 천지였으며 큰길과 갓길에는 걷거나 말, 노새, 슬라이더를 탄 사람들이 오갔다. 산맥 위로 보이는 밝은 감청색 아침 하늘 아래 거리는 비좁고 붐볐으며, 활기 없으면서도 분주했고, 지저분하고 황량하면서도 활발했다.

"에스 토치까지는 1마일쯤 남았어요."

"그럼 이 도시는 뭐죠?"

"여긴 도시 외곽이에요."

팔크는 당황하고 흥분한 눈으로 주위를 둘러보았다. 그토록 멀리 동쪽 숲에서부터 따라온 길이 이제는 얼마 안 가 목적지에 다다를 수 있는 거리로 변했다. 두 사람이 노새 등에 앉아 거리 한가운데를 지나자 사람들이 흘끔거렸지만, 아무도 멈추지 않았고 아무도 말을 걸지 않았다. 여자들은 얼굴을 피했다. 오직 초라한 아이들 몇 명만이 쳐다보거나 대놓고 소리를 지른 다음 뛰어가서 쓰레기로 막힌 골목길 너머나 판잣집 뒤로 사라질 뿐이었다. 팔크가 예상했던 것은 이런 것이 아니었다. 그렇다면 그는 무엇을 예상했던가? 그는 한참 만에 말했다.

"세상에 이렇게 많은 사람이 있는 줄은 몰랐어요. 똥에 꼬이는 파리들처럼 싱 주위에 들끓고 있었군요."

"구더기는 똥 속에서 잘 자라죠."

에스트렐은 건조하게 말한 다음, 그를 흘긋 보며 손을 뻗어 그의 손 위에 가볍게 얹었다.

"이들은 성벽 밖으로 쫓겨난 부랑자와 기생충, 천민들이에요. 도시로, 진짜 '도시'로 가요. 그걸 보려고 먼 길을 왔잖아요······."

그들은 계속 노새를 달렸고 곧 판잣집 지붕들 위로 솟아오른 창문 없는 녹색 탑들이 햇빛을 받아 빛나는 것을 볼 수 있었다.

팔크의 가슴이 세차게 뛰었다. 그리고 그는 에스트렐이 베스디오에서 받은 부적에 대고 잠시 중얼거리는 것을 알아차렸다.

그녀는 말했다.

"성 안까지 노새를 몰고 들어갈 수는 없어요. 여기 놔두고 가죠."

그들은 쓰러질 듯한 공공 마구간에 발을 멈췄다. 에스트렐은 잠시 동안 서쪽 언어로 마구간을 지키는 남자에게 설득 조의 말을 했고, 팔크가 무엇을 부탁했는지 묻자 말해 주었다.

"우리 노새를 담보로 맡으라고 했어요."

"담보?"

"우리가 사육비를 지불하지 않으면 저 사람이 노새를 갖는 거죠. 돈 없죠?"

"없어요."

팔크는 겸허하게 대답했다. 그는 돈을 가지고 있지 않을뿐더러 본 적도 없었다. 그리고 갈라티카에는 돈을 가리키는 말이 있었지만 숲의 언어에는 그런 말이 없었다.

마구간은 높고 긴 화강암 벽과 판자촌 사이를 갈라놓는 돌과 쓰레기 더미 끄트머리에 선 마지막 건물이었다. 에스 토치로 걸어 들어갈 수 있는 입구는 하나였다. 성문이 있는 자리엔 거대한 원뿔 모양의 기둥 두 개가 서 있었다. 왼쪽 기둥에는 갈라티카로 '생명에 대한 경외'라고 새겨져 있었다. 오른쪽 기둥에는 팔크가 본 적 없는 문자로 좀 더 긴 문장이 씌어 있었다. 문을 통과하는 사람도, 지키는 사람도 없었다.

"거짓의 기둥과 비밀의 기둥이로군."

그는 압도당하고 싶지 않아 큰 소리로 말하며 기둥 사이로 걸어갔다. 그러나 다음 순간 에스 토치로 들어간 그는 눈앞의 광경에 아무 말 못하고 멈춰 섰다.

지구의 지배자들이 사는 도시는 산맥을 가르는 거대한 협곡의 양쪽 가장자리에 서 있었다. 좁고 환상적인 협곡의 녹색과 검은색으로 이루어진 벽은 까마득히 아래에 보이는 은빛 강줄기까지 반 마일을 뚝 떨어져 내렸다. 그 벼랑 끄트머리로 거의 지상에 기초를 두지 않고 섬세한 줄다리로 틈새를 엇걸어 연결한 도시의 탑들이 돌출해 있었다. 현기증 나게 휘어지는 협곡의 굴곡부가 나오기 직전에 탑과 도로와 다리는 끝나고 다시금 성벽이 도시를 에워쌌다. 투명한 날개를 단 헬리콥터들이 그 심연 위로 스쳐 지나가고, 반쯤 보이는 거리와 가느다란 다리로는 슬라이더들이 어른거렸다. 아직 동쪽의 육중한 봉우리들 위로 그리 많이 솟아오르지 않은 태양도 이곳에는 거의 그림자를 드리우지 않는 것 같았다. 거대한 녹색 탑들은 빛을 반쯤 통과시키는 듯 투명하게 반짝였다.

에스트렐은 한 발짝 앞에서 눈을 빛내며 말했다.

"가요. 여기엔 아무것도 두려워할 게 없어요, 팔크."

그는 그 뒤를 따라갔다. 조금 낮은 건물들 사이로 벼랑 끝 탑들까지 이어져 내려가는 거리에는 사람이 없었다. 한번은 성문 쪽을 돌아보기도 했지만 더 이상 기둥 사이로 열린 입구는 보이지 않았다.

"어디로 가는 거죠?"

"아는 데가 있어요. 우리 동족이 오는 곳이죠."

그녀는 지그재그로 난 긴 길을 내려가면서 눈은 내리깐 채 그의 팔을 잡고 매달렸다. 이제껏 함께 오면서 처음 있는 일이었다. 도시 중심부에 가까워지자 오른쪽으로 높은 건물들이 솟아올랐고, 왼쪽으로는 벽도 난간도 없이 그림자로 가득 찬 아찔한 골짜기가 떨어져 내렸다. 아슬아슬하게 걸친 빛나는 탑들 사이로 입을 벌린 검은 틈.

"하지만 여기에서 돈이 있어야 한다면······."

"그들이 우릴 돌봐줄 거예요."

밝고 기묘한 옷차림을 한 사람들이 슬라이더를 타고 지나갔다. 깎아지른 듯한 건물들 위로 높이 자리한 착륙대엔 헬리콥터들이 어른거렸다. 에어카 한 대가 웅웅거리며 협곡 위로 높이 올라갔다.

"이들이 다······ 싱인가요?"

"일부는요."

그는 무의식적으로 계속 한쪽 손에 레이저 총을 쥐고 있었다. 에스트렐은 그를 돌아보지 않고 희미하게 웃으며 말했다.

"여기에선 레이저 총을 쓰지 말아요, 팔크. 기억을 잃으러 온 게 아니라 되찾으러 온 거잖아요."

"어디로 가는 거예요, 에스트렐?"

"여기예요."

"여기라고요? 여긴 궁전이잖아요."

반짝이는 녹색 벽이 창문도 없이 단조롭게 하늘로 뻗어 올라갔다. 앞에 보이는 네모난 출입문은 열려 있었다.

"여기 사람들은 날 알아요. 무서워하지 말아요. 같이 가요."

그녀는 그의 팔에 매달렸다. 그는 주저했다. 거리를 돌아보자 사람이 몇 명 보였다. 탈것에 오르지 않은 사람은 처음 보는 셈이었는데, 팔크와 에스트렐을 지켜보며 어슬렁어슬렁 이쪽으로 다가오고 있었다. 겁이 난 그는 에스트렐과 함께 건물 안으로 들어갔고, 다가들면 미끄러져 열리는 안쪽의 자동문을 통과했다. 그리고 들어서자마자 뭔가 잘못 판단했다는, 끔찍한 실수를 저질렀다는 느낌에 사로잡혀 멈춰 섰다.

"여긴 뭐죠? 에스트렐······."

짙은 녹색 빛으로 가득 차 수중 동굴처럼 어둑한 홀이었다. 출입문과 복도가 여럿 있었고, 그리로부터 사람들이 서둘러 팔크에게 다가왔다. 에스트렐은 이미 그에게서 떨어져 있었다. 그는 공포에 질려 뒤쪽 문으로 돌아섰다. 닫혀 있었다. 손잡이도 없었다. 흐릿한 사람 그림자 여럿이 뛰어들어 소리를 지르며 그에게 달려들었다. 그는 닫힌 문을 등지고 레이저 총에 손을 뻗었다. 없었다. 총은 에스트렐의 손에 있었다. 그녀는 팔크를 둘러싼 남자들 뒤에 서 있었고, 그는 그들을 뚫고 나가려다 가로막히고, 달려들었다 얻어맞으면서 순간 한 번도 듣지 못한 소리를 들었다. 에스트렐의 웃음소리였다.

팔크의 귓가에 듣기 싫은 소리가 울렸다. 입 안에 쇠 비린내가 가득했다. 고개를 들자 머릿속이 빙빙 돌았고 눈은 초점이 맞지 않았으며 자유롭게 움직일 수가 없었다. 이윽고 그는 자신이 의식을 잃었다가 깨어나고 있음을 깨달았고, 어딘가 다치거나 약을 먹어서 움직일 수 없는가 보다 생각했다. 다음 순간 그는 양 손목이 짧은 사슬에 함께 매여 있으며 발목도 마찬가지라는 사실을 알아차렸다. 그러나 현기증은 더 심해졌다. 이제는 귓가에서 쩌렁쩌렁한 목소리가 똑같은 말을 계속 되풀이하고 있었다. '라마렌, 라마렌, 라마렌.' 그는 공포스러운 그 목소리로부터 벗어나려고 몸부림을 치며 소리를 질렀다. 눈에 번쩍 빛이 비쳤고, 머릿속에서 포효하는 소리를 뚫고 누군가가 그의 목소리로 비명을 질렀다.

"난 아니……."

다시 정신이 들었을 때에는 모든 것이 잠잠하기만 했다. 머리가 아팠고, 여전히 눈이 잘 보이지 않았다. 그러나 팔다리를 채운 족쇄는 없었다. 채워진 적이 있었다면 말이지만. 그리고 그는 안전한 곳에서 보호와 보살핌을 받고 있음을 알았다. 그들은 그가 누구인지 알고 있었고 그를 환영했다. 동족들이 오고 있었고, 이곳에서는 아무런 위험도 없었다. 그는 귀하고 사랑스런 존재였고, 지금 해야 할 일은 오직 쉬고 자고 쉬고 자는 것뿐이었다. 머릿속 부드럽고 깊은 침묵이 상냥하게 '마렌, 마렌, 마렌……' 이라고 중얼거리는 동안.

그는 깨어났다. 시간이 꽤 걸리기는 했지만 깨어났고, 그럭저럭 일어나 앉을 수 있었다. 몸을 움직이는 바람에 일어난 어지럼증에서 벗어나느라 한참 동안 쿡쿡 쑤시는 머리를 팔에 묻어야 했다. 처음에는 어떤 방의 바닥에 앉아 있으며 그 바닥은 따뜻하고 유연하며 거대한 짐승의 옆구리만큼 부드럽다는 사실만 알 수 있을 뿐이었다. 잠시 후 그는 고개를 들고 눈에 초점을 맞추어 주위를 살펴보았다.

그는 잠시 현기증이 되살아날 정도로 으스스한 방 한가운데에 혼자 앉아 있었다. 가구는 없었다. 벽과 천장, 바닥은 모두 똑같은 반투명 재질로, 보기에는 얇은 녹색 베일을 여러 장 겹쳐놓은 듯이 부드럽고 물결치는 느낌이었지만 만져보면 단단하고 매끄러웠다. 바닥 전체에 깔린 화려한 도안도 손으로 만져보면 새김과 주름과 골이 느껴지지 않았다. 눈을 속이는 그림이거나 아니면 매끄러운 반투명 표면 밑에 새겨진 것인 모양이었다. 장식으로 쓰인 크로스 해칭*과 가짜 평행선들 때문에 벽이 만나는 모서리가 왜곡되어 보였다. 모퉁이를 올바른 각도로 보려면 의지력을 기울여야 했고, 그게 올바른 각도가 아닐지도 모르는 이상 그것도 자기기만의 노력일지 몰랐다. 하지만 이런 교묘한 장식들도 방 전

---

\* 그물망처럼 교차하는 빗금으로 음영을 표현하는 기법.

체가 투명하다는 사실에 비하면 별로 놀랄 만한 것도 아니었다. 발아래로 깊은 녹색 연못 물 속을 들여다보는 것처럼 희미하게 다른 방이 보였다. 하나 혹은 그 이상으로 겹쳐진 천장이 녹색으로 물들이고 흐릿하게 뭉개놓은, 달처럼 보이는 발광체가 위쪽에 있었다. 한쪽 벽 너머로는 빛줄기와 빛의 반점들이 꽤 뚜렷하게 보였고, 그는 헬리콥터와 에어카 불빛이 움직이고 있음을 알아볼 수 있었다. 이런 바깥의 빛은 다른 세 벽에서는 다른 벽과 복도, 방들에 가려 훨씬 흐릿해졌다. 다른 방에서 이런저런 형상이 움직였다. 보이기는 했지만 정확히 알아볼 수는 없었다. 형태와 옷, 색깔, 크기 모두가 뭉개져 버렸다. 녹색 심연 속 어디에선가 검은 그림자 하나가 일어나더니 점점 작아지고, 점점 녹색으로 어두워지다가 모호한 미궁 속으로 사라졌다. 식별할 수 없는 가시성, 사생활이 없는 고독. 이 불완전한 녹색 면 너머에서 흔들리는 빛과 형태는 이루 말할 수 없이 아름다우면서도 불안했다.

갑자기 가까운 벽 너머 밝은 부분에서 움직임이 일었다. 팔크는 재빨리 몸을 돌렸고, 두려움에 굳은 눈으로 드디어 선명하고 명확한 무엇인가를 보았다. 얼굴이었다. 인간의 것이 아닌 노란 눈이 두 개 박힌 주름지고 사나운 얼굴이 그를 노려보고 있었다.

"싱."

그는 암담한 공포감에 사로잡혀 속삭였다. 얼굴은 그를 조롱했고 무시무시한 입술은 소리 없이 '싱'이라고 말했다. 그것은 그의 얼굴이었다.

그는 뻣뻣하게 몸을 일으켜 거울로 다가가서 확인차 손으로 쓸어보았다. 실제보다 납작하게 보이도록 칠한 점토 틀에 반쯤 감춰진 거울이었다.

목소리가 들려서 그는 주의를 돌렸다. 방 건너편, 어디에서 나오는지 모를 희미하고 차분한 불빛 속에 그렇게 선명하지는 않지만 견고한 형체가 하나 서 있었다. 문 같은 것은 보이지 않았는데 언제 들어왔는지 한 남자가 그를 쳐다보고 있었다. 키가 무척이나 컸고, 넓은 어깨에서 흘러내리는 흰 망토를 둘렀으며, 흰 머리카락에 꿰뚫어보는 듯한 맑고 검은 눈을 지닌 남자였다. 남자가 입을 열었다. 장중하고 아주 온화한 목소리였다.

"환영합니다, 팔크. 우리는 오랫동안 당신을 기다렸고, 오랫동안 당신을 안내하고 보호했습니다."

방 안의 빛이 점점 밝아지며 맑은 광채를 띠었다. 장중한 목소리는 기쁨에 차 있었다.

"오, 전하는 이여, 잘 오셨습니다. 두려워 마십시오. 어두운 길은 당신 뒤편에 있고 당신의 발은 당신을 집으로 이끌 길 위에 놓여 있습니다!"

광채는 눈이 부시도록 강해졌다. 팔크는 몇 번이나 눈을 깜박여야 했고, 겨우 찌푸린 눈으로 쳐다보았을 때 그 남자는 사라지고 없었다.

몇 달 전 숲 속의 노인이 했던 말이 저절로 떠올랐다. '밝은 빛으로 이루어진 에스 토치의 지독한 어둠.'

더 이상 약을 먹고 현혹당하고 놀림감이 될 수는 없었다. 바보같이 이리로 왔고, 살아서는 다시 나가지 못하겠지만 그래도 놀림감만은 되지 않을 작정이었다. 그는 사라진 남자를 따라가기 위해 숨겨진 문을 찾기 시작했다. 거울에서 어떤 목소리가 흘러나왔다.

"잠시만 더 기다리시오, 팔크. 환영(幻影)이 늘 거짓은 아니라오. 당신은 진실을 찾고 있지."

벽에 난 금이 벌어지며 문이 되어 열리더니 두 사람이 들어왔다. 한쪽은 성큼성큼 걸어 들어왔는데 가냘프고 키가 작았으며 화려한 코드피스*가 붙은 반바지에 저킨**을 입고 꼭 맞는 모자를 쓰고 있었다. 두 번째 인물은 키가 컸는데 두꺼운 로브***를 입고 춤을 추듯 부드럽게 움직였다. 긴 흑자색 머리카락이 폭포수처럼 그녀의, 아니 그의 허리께까지 늘어져 있었다. 목소리는 아주 부드럽기는 했지만 울림이 깊었다.

"스트렐라, 너도 알다시피 이 대화는 기록되고 있다."

"압니다."

작은 쪽이 에스트렐의 목소리로 말했다. 둘 다 팔크는 쳐다보지도 않았다. 그들은 자기들끼리만 있는 것처럼 행동했다.

"하시려던 말씀을 계속하시지요, 크라지 님."

"왜 이렇게 오래 걸렸는지 물어보려던 참이었다."

"이렇게 오래라니요? 부당하십니다. 제가 어떻게 쇼그 동쪽 숲에서 그를 찾아낼 수 있었겠습니까? 그곳은 완전한 혼란 상태인데요. 멍청한 동물들은 도움이 되지 않았습니다. 최근 들어서는 '법칙'을 지껄여댈 뿐이라서요. 당신께서 마지막으로 절 떨어뜨리신 곳은 그에게서 200마일이나 북쪽이었습니다. 겨우 따라잡았을 때엔 곧장 바스나스카 영역으로 향하고 있더군요. 당신께서도 '평의회'에서 바스나스카에 폭탄을 공급하여 '방랑자'와 '솔리아 파침'을 숨아내게 해준 것을 아실 겁니다. 그래서 전 그 더러운 족속에 합류했습니다. 제 보고를 듣지 못하셨는지요? 캔자스 영지 남쪽의 강을 건너다가 송신기를 잃어버리기 전까지는 꼬박꼬박 보냈는데요. 베스디오에 계신 어머니께서 다른 송신기를 주셨

---

\* 15~16세기 유럽에 유행했던 남자의 성기 부분을 부풀리고 눈에 띄게 장식한 감싸개.
\*\* 15~16세기에 유행했던 더블릿 위에 입는 웃옷.
\*\*\* 길고 헐거운 겉옷.

죠. 분명 제 보고가 테이프에 기록되어 있겠지요?"
 "나는 원래 보고에 귀를 기울이지 않는다. 어쨌든 그대는 요 몇 주 동안 그가 우리를 두려워하지 않게 만드는 데 실패했으니, 쓸데없이 위험을 무릅쓰고 시간을 다 낭비한 셈이야."
 팔크는 외쳤다.
 "에스트렐, 에스트렐!"
 복장 도착적인 옷을 입은 기괴하고 연약한 모습의 에스트렐은 돌아보지도, 그의 목소리를 들으려 하지도 않았다. 로브를 입은 남자에게 이야기를 계속할 뿐이었다. 수치심과 분노에 목이 멘 팔크는 큰 소리로 이름을 부르고 성큼성큼 다가가 에스트렐의 어깨를 잡았다. 아무것도 없었다. 허공에 번진 빛과 색채가 가물거리다 사라질 뿐이었다.
 벽에 난 문은 열린 채였고 팔크는 그 문틈으로 옆방을 볼 수 있었다. 그곳에 로브를 걸친 남자와 에스트렐이 그에게 등을 돌리고 서 있었다. 입 안으로 이름을 부르자 그녀가 돌아서서 그를 보았다. 그녀는 승리감도 수치심도 없이, 쭉 그랬듯이 차분하고 수동적이며 초연하고 무관심한 눈으로 그를 똑바로 바라보았다.
 팔크는 말했다.
 "왜…… 왜 나에게 거짓말을 했죠? 왜 날 이리 데려온 겁니까?"
 이유는 알고 있었다. 그는 에스트렐의 눈에 비친 그가 지금 어떤 존재이며 어떤 존재였는지 알고 있었다. 지금 이 순간에 진실을 감내하거나 받아들이지 못하는 건 그의 지성이 아니라 그의 자존심과 충절이었다.
 "난 당신을 이리로 데려오기 위해 파견되었던 거예요. 당신은 여기로 오고 싶어 했고요."
 그는 정신을 가다듬으려 노력했다. 그는 그녀 쪽으로 다가가지 않고 뻣뻣하게 서서 물었다.

"당신은 싱인가?"

"나요."

로브를 두른 남자가 사근사근한 미소를 지으며 말했다.

"내가 싱입니다. 모든 싱은 거짓말쟁이라지요. 그렇다면 싱인 나는 당신에게 거짓말을 할 테니 싱이 아니겠지만, 싱이 아닌데 거짓말을 할까요? 혹 모든 싱이 거짓을 말한다는 게 거짓말은 아닐까요? 하지만 뭐라 해도 나는 싱이고 내가 거짓말을 하는 것도 사실입니다. 테라 인과 다른 동물들도 거짓말을 할 줄 알지요. 도마뱀은 색을 바꾸고, 벌레들은 막대기 흉내를 내고, 가자미는 바닥에 납작 엎드려 자갈이나 모래 바닥처럼 보이노톡 속이지요. 스트렐라, 이자는 그 아이보다도 더 어리석구나."

"아닙니다, 크라지 님. 그는 아주 지적이에요."

에스트렐은 부드럽고 수동적인 평소 말투로 대답했다. 그녀는 무슨 동물 이야기라도 하는 사람처럼 팔크 이야기를 했다.

그녀는 팔크 옆에서 걷고, 그와 함께 먹고 잤었다. 그의 품 안에서 잠들었었다……. 팔크는 말없이 서서 그녀를 바라보았다. 그리고 그녀와 키 큰 남자 역시 그에게서 계속하라는 신호가 나오기를 기다리기라도 하는 것처럼 말없이 서 있기만 했다.

그는 그녀에 대해 적대감을 품을 수 없었다. 그녀에 대해서는 아무 감정도 품을 수 없었다. 그녀는 공기로 변해 버렸고, 빛의 얼룩과 반짝임으로 스러졌다. 그의 감정은 모두 스스로를 향한 것이었다. 굴욕감으로 속이 울렁거렸다. 실제로 몸이 아파왔다.

혼자서 가라, 오팔스톤. 캔자스의 왕자는 그렇게 말했다. 혼자서 가시오. 벌 지킴이 히아단은 그렇게 말했다. 혼자서 가게. 숲 속의 늙은 들는

이는 그렇게 말했다. 혼자서 가거라, 내 아들아. 조브는 그렇게 말했다. 초원을 홀로 가로질렀더라면 얼마나 많은 다른 이들이 그를 바르게 이끌어주고, 그의 탐색을 도와주고, 지식으로 그를 무장시켜 주었을까? 에스트렐의 인도와 신의를 믿지만 않았더라면 얼마나 많은 것을 배울 수 있었을까?

지금 그가 아는 것이라고는 자신이 말도 못하게 멍청했다는 것, 그리고 그녀가 거짓말을 했다는 것뿐이었다. 처음부터 모든 게 다 거짓이었다. 자기가 '방랑자'라고 했을 때부터……, 아니, 그 전부터. 처음 그를 보고 그가 누구인지, 어떤 존재인지 모르는 척했을 때부터. 그녀는 처음부터 모든 것을 알고, 그가 에스 토치까지 오는 것을 확실히 하기 위해, 그리고 아마도 싱을 싫어하는 사람들이 그에게 미쳤고 또 미칠지 모르는 영향을 막기 위해 파견된 사람이었다. 하지만 그렇다면 왜……. 그는 한쪽 방에 서서 옆방에 선 그녀를 응시하며 고통스럽게 생각했다. 왜 이제 와서 거짓말을 그만둔 건가?

"지금 내가 무슨 말을 하는지는 중요하지 않죠."

그녀는 그의 마음이라도 읽은 듯 그렇게 말했다.

실제로 읽었을 수도 있었다. 그들은 한 번도 마음의 대화를 나누지 않았다. 하지만 그녀가 싱이고, 그 한도에 대해서는 소문과 억측만이 떠도는 싱의 정신 능력을 지녔다면 몇 주에 걸친 여행 길 내내 그의 생각을 조율할 수 있었을지도 몰랐다. 그가 어찌 알 수 있었겠는가? 그녀에게 물어봐야 소용없는 일이었고…….

뒤에서 무슨 소리가 들렸다. 돌아서자 방 저편 거울 근처에 서 있는 두 사람이 보였다. 검은 가운을 입고 흰 두건을 썼으며 키는 보통 사람의 두 배였다.

한쪽 거인이 말했다.

"넌 너무 쉽게 속아."

다른 쪽 거인이 말했다.

"네가 우롱당했다는 걸 알아야 해."

"넌 반 쪼가리 인간에 지나지 않아."

"반 쪼가리 인간은 진실을 모두 알 수 없지."

"증오하는 자는 조롱당하고 우롱당하지."

"죽이는 자는 파괴되고 도구가 되지."

"넌 어디에서 왔지, 팔크?"

"넌 뭐지, 팔크?"

"넌 어디에 있나, 팔크?"

"넌 누구냐, 팔크?"

두 거인은 두건을 젖혀 그 안에 그림자밖에 없다는 것을 보여주고는 벽 속으로 물러나 사라져버렸다.

옆방에서 에스트렐이 팔을 흔들며 달려오더니 그를 꽉 끌어안고 절망적으로 맹렬한 입맞춤을 퍼부었다.

"사랑해요. 처음 봤을 때부터 사랑했어. 날 믿어줘요, 팔크. 믿어줘요!"

그리고 그녀는 보이지 않는 강력한 힘에 붙잡힌 것처럼 "믿어줘요!"라고 통곡하며 떨어져 나가 강풍에라도 휩쓸린 것처럼 뱅글뱅글 돌며 날아가 버리고, 그 뒤로 입을 다무는 것처럼 소리 없이 문이 닫혔다.

옆방의 키 큰 남자가 말했다.

"환각성 약물의 영향 하에 있다는 건 알겠지요."

그 명확하고 작은 목소리엔 비아냥과 권태가 깔려 있었다.

"최소한 당신 자신은 믿도록 해요. 알겠습니까?"

남자는 긴 로브를 걷고 엄청난 양의 오줌을 쌌다. 그러고는 로브를 다시 여미고 흘러내리는 긴 머리를 쓰다듬으며 방 안을 이리저리 거닐었다.

팔크는 옆방의 녹색 바닥이 서서히 오줌을 빨아들여 없애는 광경을 바라보며 서 있었다.

틈이 천천히 좁아지며 문이 닫히고 있었다. 팔크가 갇힌 이 방에서 나갈 길이라곤 그뿐이었다. 그는 무기력한 마비 상태에서 깨어나 문이 닫히기 전에 달려 나갔다. 에스트렐과 또 한 명이 서 있던 방은 그가 떠난 방과 똑같은 모양에 크기와 밝기가 3분의 1이었다. 저쪽 벽에 열린 길쭉한 문이 서서히 닫히고 있었다. 그는 서둘러 방을 가로질러 그 문을 통과했고, 조금 전과 똑같지만 크기와 밝기만 3분의 1로 줄어든 세 번째 방으로 들어갔다. 저편 벽에서 아주 느리게 문이 닫히고 있었고, 그는 급히 그 문을 통과하여 더 작고 더 어두운 방으로 들어갔으며, 그 방을 비집고 또 작고 어두운 방으로, 다시 작고 흐릿한 거울 속으로 기어들어가 무시무시한 비명을 지르며 위로, 희고 주름진 얼굴로 노려보고 있는 달을 향해 떨어져 내렸다.

그는 창문이 없는 밝은 방 안의 편안한 침대에서 휴식을 취하고 활기를 되찾았지만 혼란스러운 기분으로 깨어났다. 그가 일어나 앉자 그게 무슨 신호라도 되는 듯 뒤쪽 칸막이 방에서 두 남자가 종종걸음으로 달려왔다. 눈에 띄게 우둔한 외모의 덩치 큰 사내들이었다.

"일어나셨습니까, 아가드 님! 일어나셨습니까, 아가드 님!"

그들은 차례차례 인사를 건네고 다시 말했다.

"같이 가시지요, 부디 같이 가시지요."

팔크는 벌거벗은 채 싸울 태세를 갖추고 일어섰다. 그 순간 선명하게 떠오르는 것은 궁전 입구 홀에서 벌인 싸움과 패배뿐이었다. 그러나 그들은 폭력을 가하지 않았다.

"자, 부디."

그들은 그가 따라나설 때까지 번갈아 가며 그 말만 되풀이했다. 그는 벌거벗은 채 그들이 이끄는 대로 방에서 나가 검은색의 긴 복도를 오르고, 거울 벽에 둘러싸인 홀을 통과하고, 알고 보니 계단처럼 보이게 칠해 놓은 경사로였던 층계를 올라, 또 다른 복도를 통과하고 경사로를 더 올라가서 마침내 가구가 딸린 넓은 방으로 들어갔다. 청록색 벽 한쪽이 햇살에 빛났다. 두 남자 중 한 명은 바깥에 멈춰 섰고 한 명은 팔크와 함께 안으로 들어갔다.

"옷도 있고, 음식도 있고, 마실 것도 있습니다. 자, 자, 먹고 마시세요. 자, 자, 필요하면 부르시고요. 됐죠?"

눈만은 악착같이 팔크에게 고정되어 있었지만, 그 눈에 팔크에 대한 관심은 전혀 없었다.

탁자 위에 물주전자가 놓여 있었고, 몹시 목이 말랐던 팔크는 일단 물부터 실컷 들이켰다. 그는 유리처럼 투명한 플라스틱으로 만든 묵직한 가구와 창문이 없는 반투명한 벽에 둘러싸인 쾌적하지만 기묘한 방을 둘러본 다음 호기심 어린 눈으로 감시인인지 수행원인지 모를 남자를 뜯어보았다. 멍한 얼굴의 덩치 큰 사내는 허리에 총을 꽂고 있었다. 그는 충동적으로 물었다.

"법이 뭐지?"

덩치 크고 눈길을 끄는 사내는 놀라지도 않고 고분고분 대답했다.

제6장 **147**

"'생명을 빼앗지 말라' 입니다."

"그런데 총을 가지고 있군."

"아, 이 총, 이건 움직이지 못하게 하는 겁니다. 죽이진 않아요."

감시인은 그렇게 말하더니 웃었다. 그의 억양은 단어의 뜻과 상관없이 제멋대로였으며, 말과 웃음 사이에 약간의 간극이 있었다.

"이제 먹고, 마시고, 씻어요. 여기 좋은 옷이 있어요. 자, 옷이요."

"당신은 파괴된 이인가?"

"아니요. 난 진짜 지배자들의 호위대장이고, 8번 컴퓨터에 맞춰져 있습니다. 이제 먹고, 마시고, 씻어요."

"당신이 방에서 나가면."

가벼운 망설임.

"아, 네. 그럼요. 아가드 님."

덩치 큰 사내는 그렇게 말하고 누가 간질이기라도 한 것처럼 다시 웃음을 터뜨렸다. 어쩌면 컴퓨터가 뇌를 통해 말할 때마다 간지러움을 느끼는 것인지도 몰랐다. 사내는 물러났다. 팔크는 방 안쪽 벽을 통해 몸집 큰 두 감시인의 흐릿한 그림자를 볼 수 있었다. 그들은 복도 문 양쪽에 하나씩 서서 기다리고 있었다. 팔크는 세면실을 찾아내어 씻었다. 깨끗한 옷은 방 한쪽 끝을 가득 채운 크고 푹신한 침대 위에 펼쳐져 있었다. 붉은색, 자홍색, 보라색으로 거친 무늬를 짜 넣은 길고 헐렁한 로브였고, 그는 혐오스러운 눈으로 살펴보긴 했지만 결국 그 옷을 입었다. 낡은 배낭은 금을 박아 장식한 유리 같은 플라스틱 탁자 위에 놓여 있었는데, 내용물은 그대로인 것 같았지만 옷과 총은 눈에 띄지 않았다. 식사가 차려져 있는 걸 보니 배가 고팠다. 등 뒤로 닫히던 문 안으로 들어온 지 얼마나 지난 것일까? 도무지 짐작이 가지 않았지만 몹시 배가 고픈 것으로 미루어보아 시간이 꽤 지난 것 같았다. 그는 음식에 달려들었다. 향기가 진하고 이것저것 섞은 데다 소스도 많이 쳐서 정체를 알 수 없는 기묘한 음식들이었지만 그는 다 먹어치웠고 더 없나 찾아보기까지 했다. 더 이상의 음식은 없었고, 이것으로 하라고 요구받은 일도 다 한 셈이어서 그는 방 안을 좀 더 신중하게 살펴보았다. 그러고 보니 반투명한 청록색 벽 반대편에 있던 감시인들의 흐릿한 그림자가 더 이상 보이지 않았고, 조사를 하려던 그는 딱 멈춰서고 말았다. 거의 보이지 않는 수직 문틈이 벌어지고 있었고, 그 뒤에서 그림자 하나가 움직이고 있었다. 문은 직사각형 모양으로 열렸고, 그리로 한 사람이 들어왔다.

처음에는 여자아이인가 했지만 다시 보니 열여섯 살 남짓한 소년으로 팔크가 입은 깃과 비슷한 헐렁한 로브를 걸치고 있었다. 소년은 팔크에게 다가오지 않고 걸음을 멈추더니, 손바닥을 위로 해서 양손을 내밀고 영문 모를 말을 한참 지껄였다.

"누구지?"

"오르위."

소년은 다시 "오르위!"라고 하더니 알 수 없는 말을 더 지껄였다. 부서질 듯 흥분한 모습이었고 감정에 북받쳐 목소리가 흔들렸다. 그러더니 소년은 털썩 양 무릎을 꿇고 머리를 낮게 조아렸다. 팔크로서는 처음 보는 몸짓이었지만 그 의미는 명백했다. 그것은 팔크가 벌 지킴이들 사이에서나 캔자스 왕자의 신하들 사이에서 보았던 몸짓의 완전한 원형이었다. 뒤집어 말하자면 그가 본 것은 이 몸짓이 퇴화한 자취였다.

팔크는 놀라고 불편한 마음으로 사납게 말했다.

"갈라티카로 말해. 넌 누구지?"

"하르, 오르위, 프레치, 라마렌."

소년은 작게 속삭였다.

"일어나. 무릎을 떼고. 난……. 날 아는 건가?"

"프레치 라마렌, 절 기억하지 못하시는 건가요? 오르위예요. 하르 웨덴의 아들……."

"내 이름이 뭐지?"

소년은 고개를 들었고 팔크는 소년을 응시했다. 그의 눈을 똑바로 쳐다보는 소년의 눈을. 커다란 검은색 동공을 빼면 흐린 호박색이었다. 고양이나 수사슴의 눈처럼 흰자위 없이 홍채로 가득 찬, 어젯밤 거울 속에서를 빼면 한 번도 본 적이 없는 눈이었다.

"아가드 라마렌이십니다."

소년은 겁에 질리고 낮게 가라앉은 목소리로 대답했다.

"그걸 어떻게 알지?"

"전…… 전 쭉 알고 있었는걸요, 프레치 라마렌."

"넌 나의 동족인가? 우린 같은 종족인 건가?"

"전 하르 웨덴의 아들이에요, 프레치 라마렌! 맹세컨대 정말이란 말입니다!"

금회색 눈에 잠시 눈물이 고였다. 팔크도 압박을 받으면 늘 잠시 동안 눈물이 앞을 가리곤 했다. 한번은 이런 특징 때문에 창피해하는 그를 벅 아이가 나무라며 이건 순전히 생리학적인 반응이라고, 종족적인 특징인 것 같다고 말해 주기도 했다.

에스 토치에 들어온 후 계속 견뎌야 했던 혼란과 당황스러움, 방향 감각을 상실한 듯한 느낌 때문에 지금 팔크는 이 최후의 망령에 대해 질문을 던지고 판단을 내릴 상태가 아니었다. 마음의 일부분은 '이게 바로 놈들이 원하는 거야. 네가 혼란에 빠진 나머지 뭐든 믿게 되길 바라는 거지.'라고 말했다. 지금 그는 에스트렐이, 그토록 잘 알고 그토록 충심을 다해 사랑했던 에스트렐이 친구인지 싱인지 아니면 싱의 끄나풀인지, 그녀가 진실을 말해 왔던 것인지 쭉 거짓말만 한 것인지, 그녀가 그와 함께 함정에 빠진 것인지 아니면 그를 이 함정 속으로 유인한 것인지 하나도 알 수가 없었다. 그는 그녀의 웃음소리를 기억했다. 또한 그는 절망적인 포옹과 속삭임을 기억했다……. 그래서 이 소년을 어찌해야 할까. 그와 같이 지구의 것이 아닌 눈에 경외심과 고통을 담은 채 그를 보고 있는 이 소년을. 이 아이도 만지면 빛 덩어리로 변해 버릴까? 질문을 던지면 거짓말로 답할까, 아니면 진실을 말할까?

남아 있는 모든 환영과 오류와 속임수 속에서 팔크가 택할 길은 하나뿐이었다. 조브의 집에서부터 내내 따라온 길. 그는 다시 소년을 보고 진실을 말했다.

"난 널 모른다. 알아야 한다 해도 몰라. 4, 5년 전의 일은 기억하지 못하니까."

그는 헛기침을 하고 몸을 돌려 길고 높은 의자에 앉은 다음 소년에게도 앉으라고 손짓했다.

"웨렐도…… 기억 못하시는 건가요?"

"웨렐이 누구지?"

"우리 고향이요. 우리 행성 말입니다."

이번엔 아팠다. 팔크는 아무 말도 하지 못했다.

"이, 이리로 오던 여행 길은 기억하세요, 프레치 라마렌?"

소년은 더듬더듬 물었다. 목소리에 의심이 깔려 있었다. 아무래도 팔크가 한 말을 곧이곧대로 받아들이지 않은 모양이었다. 소년의 어조에서 존경심 내지는 두려움에 억제된 마음속의 동요와 연민이 느껴졌다.

팔크는 고개를 저었다.

오르위는 질문을 약간 바꿔서 되풀이했다.

"지구까지의 여행은 기억하시죠, 프레치 라마렌?"

"아니. 그 여행이 언제였지?"

"테라 연도로 6년 전이었어요. 용서하세요, 제발, 프레치 라마렌. 전 몰랐어요. 전 칼리포니아 해 너머에 있었는데 그들이 에어카를 보냈거든요. 자동 조작이 되는 걸로요. 제가 왜 필요한지는 말해 주지 않았죠. 와봤더니 지배자 크라지가 원정대 사람을 한 명 찾았다고 했고, 전 생각해 봤죠. 하지만 그는 기억에 대한 얘긴 안 했어요. 그럼…… 그럼 오직…… 오직 지구에 대해서만 기억하시는 건가요?"

마치 아니라고 말해 달라는 탄원 같았다.

"지구밖에 기억나지 않아."

팔크는 소년의 감정, 혹은 그 단순함, 혹은 얼굴과 목소리에 묻어나는 천진난만함에 휘둘리지 않기로 마음먹으며 말했다. 그는 이 오르위라는 소년이 보이는 모습 그대로가 아닐 거라고 생각해야 했다.

하지만 보이는 대로라면?

팔크는 씁쓸하게 생각했다.

'난 다시 한 번 바보가 되는 거지.'

'그래, 그렇겠지.'

마음속의 다른 부분이 반박했다.

'놈들이 널 우롱하고 싶어 한다면 넌 우롱당하게 될 거야. 그리고 네겐 그걸 막을 재간도 없지. 이 아이가 거짓으로 답하지 않을까 싶어서 아무 질문도 하지 않는다면 거짓이 완전히 이기는 거고, 여기까지의 여행으로 얻는 것이라곤 침묵과 조롱과 혐오감뿐이겠지. 넌 여기에 네 이름

을 알려고 왔어. 저 아이가 네게 이름을 말해 주잖아. 받아들이라고.'

"우리가…… 누군지 내게 말해 주겠나?"

소년은 열심히 또 횡설수설하다가 이해하지 못하겠다는 팔크의 눈길에 말을 뚝 그쳤다.

"켈샥을 어떻게 말하는지도 기억하지 못하시는 건가요, 프레치 라마렌?"

소년은 거의 슬피 우는 것 같았다.

팔크는 고개를 저었다.

"켈샥이 네 모국어인가?"

소년은 "네."라고 답하고 머뭇거리며 덧붙였다. "우리의 모국어예요, 프레치 라마렌."

"켈샥으로 '아버지'가 뭐지?"

"히오웨치. 아기들은 와와라고도 하고요."

오르위의 얼굴에 꾸밈없는 웃음이 스쳐 지나갔다.

"존경하는 노인은 뭐라고 부르지?"

"그런 말은 많아요. 친척이라면 프레브와, 키오이납, 스카 응 게호이……. 생각을 좀 해봐야겠어요, 프레치나. 켈샥을 말해 본 지가 한참 돼서……. 프레치노웨그라면, 그러니까 친척이 아닌 사람을 높이 일컫는 말이라면 티오키외 아니면 프레비오티오……."

"티오키외. 그 말을 한 번 쓴 적이 있어……. 어디에서 배운 말인지도 모르면서……."

정말로 시험이 아니었던 것이다. 여기에 시험 같은 것은 없었다. 에스트렐에게 숲 속에서 늙은 듣는 이와 보냈던 시간에 대해 이야기한 적은 없었지만, 놈들은 요전날 밤 그가 약물에 취해 놈들의 손에 떨어져 있는 동안 그의 뇌 속에 있는 모든 기억을, 그가 말했거나 행했거나 생각한 모든 것을 캐냈을지도 몰랐다. 놈들이 무슨 짓을 했는지 알 도리가 없었다. 놈들이 무슨 짓을 할 수 있는지, 할 작정인지도 알 수 없었다. 적어도 놈들이 무엇을 원하는지는 알 수 있었다. 그가 할 수 있는 일은 오로지 원하는 것을 얻고자 노력하며 앞으로 나아가는 것뿐이었다.

"넌 여기에 자유로이 오갈 수 있나?"

"아, 그럼요, 프레치 라마렌. 지배자들은 이제까지 무척 친절했어요. 그들은 오래전부터 원정대의 또…… 다른 생존자를 찾아다녔죠. 프레치나, 혹시 다른 사람들에 대해 아시……."

"나는 모른다."

"몇 분 전 제가 도착했을 때 크라지는 시간상 아저씨께서 어떤 야만족과 함께 이 대륙 동쪽에 있는 숲 속에 살고 계셨다는 것밖에 전해 주지 못하셨어요."

"알고 싶다면 내가 말해 주지. 하지만 먼저 다른 걸 말해 다오. 나는 내가 누군지, 네가 누군지, 원정대가 무엇인지, 웨렐이 무엇인지를 알지 못해."

"우리는 켈시예요."

소년은 나이는 물론이고 나이 이상의 무언가에서도 자기보다 윗사람이라고 생각했던 누군가에게 그렇게 낮은 수준에서부터 설명을 해주어야 한다는 사실이 당혹스러운 듯 어색해하며 말했다.

"웨렐의 켈샥이란 나라 사람들이죠. 우린 '알테라'라는 배를 타고 왔어요……."

"왜 여기로 왔지?"

팔크는 앞으로 몸을 숙이며 물었다.

그리고 천천히, 되돌아가기도 하고 같은 길을 되밟기도 하고 수많은 질문에 끊겨가면서 오르위는 설명을 계속했다. 오르위가 말하는 데 지치고 팔크는 듣는 데 지치고, 베일 같은 벽이 저녁 햇살로 빛날 때까지. 그리고 나서 그들은 잠시 동안 조용히 있었고, 멍청한 하인들이 먹을 것과 마실 것을 가져왔다. 그리고 먹고 마시는 내내 팔크는 마음속으로 모조품일 수도 있고 값을 매길 수 없을 만큼 귀할 수도 있는 보석을 응시하고 있었다. 이야기, 패턴, 진짜든 아니든 그가 잃어버린 세계의 번득임……

## 제 7 장

 용의 눈 같고, 일곱 개의 반짝이는 펜던트를 매단 파이어 오팔 같은 금 귤색 태양이 천천히 회전하며 긴 타원을 그린다. 초록색의 세 번째 행성이 1년을 채우는 데 지구 시간으로 60년이 걸린다. 오르위는 그 세계의 속담을 하나 옮겨주었다. '두 번째 봄을 보는 사람은 행운아다.' 행성이 태양에서 가장 멀어져 있을 때 그늘 쪽으로 기울어지는 북반구의 겨울은 춥고 어둡고 끔찍한 것이었다. 생애의 절반을 차지하는 광활한 여름은 말로 표현할 수 없이 풍요로웠다. 깊은 바다의 거대한 조류는 차고 이우는 데 400일이 걸리는 거대한 달에 복종했다. 이 세계에는 지진과 화산, 걸어 다니는 식물과 노래를 부르는 동물, 말을 하고 도시를 건설하는 인간들이 가득했다. 놀라움의 연속이었다. 20년 전, 이 유별나지는 않지만 기적 같은 세계에 외우주에서 배가 한 척 왔다. 오르위가 말한 20년이란 그 세계의 20년이었다. 즉 테라 식으로는 1200년이 넘는 시간이었다.

 그 배에 타고 온 사람들, 모든 세계의 연맹에서 나온 개척자와 힐퍼들은 새로 찾은 행성에 거주하는 지성 종족을 '연맹'에 편입하고 다가올 전쟁에 대비한 새로운 동맹군을 구하고자 연맹의 옛 중심 세계로부터 멀리 떨어진 행성에 일과 생활을 바치고 있었다. 몇 세대 전, 세계에서 세계로, 한 세기에서 다음 세기로 이동하던 정복자들의 물결이 스스로를 모든 세계의 연맹이라 자랑스럽게 일컫던 여든 개의 광대한 행성 무리를 향해 접근해 오며 하이아데스 성단 너머에서 경고를 보내온 이후 줄곧 연맹은 이런 정책을 고수해 왔다. 이 첫 배에 타고 온 개척자들은 모두 연맹의 심장부 가장자리쯤에 있으며 새로 발견된 행성 웨렐에 제일 가까운 연맹 행성인 테라 출신이었다. 원래는 연맹의 다른 행성에서도 다른 배를 보낼 예정이었으나, 배는 더 이상 오지 않았다. 전쟁이 먼저 닥쳤다.

지구, 근원 세계인 데이브넌트, 그 외 나머지 연맹과 개척자들을 이어 주는 통신 수단은 배에 실린 앤서블뿐이었다. 앤서블은 순간 송수신기였다. 오르위가 어떤 배도 빛보다 빨리 날지는 못한다고 말하자 팔크는 이 부분에서 오르위의 말을 바로잡아 주었다. 사실은 앤서블의 원리에 기초한 전투선이 건조된 적이 있었으나, 그것은 엄청나게 비싼 데다 살아 있는 생물은 태울 수 없고 자동 조작만으로 움직이는 죽음의 기계였다. 그때나 지금이나 광속과 그로 인해 일어나는 항해자의 시간 단축 효과는 유인 우주 비행의 한계였다. 그래서 웨렐 이민자들은 고향에서 한참 떨어져 오로지 앤서블에만 의지해 소식을 기다렸다. 적이 왔다는 소식은 그들이 웨렐에 있은 지 5년밖에 지나지 않았을 때에 왔고, 바로 그 직후부터 알아들을 수 없거나 앞뒤가 맞지 않는 메시지가 오고 종종 연락이 끊기더니 곧 완전히 두절되어 버렸다. 이민자들 중 3분의 1은 배를 타고 엄청난 세월의 간극을 넘어 지구로 돌아가기를, 동족들과의 재결

합을 택했다. 나머지는 스스로 유배자가 되어 웨렐에 남았다. 그들 살아생전에는 고향 별과 그들이 섬기는 연맹이 어떻게 되었는지, 적이 누구인지, 적이 연맹을 지배했는지 아니면 정복당했는지 전혀 알 수 없었다. 그들은 배도 통신기도 없이 고립된 채, 열등한 문명을 지니고는 있지만 지적으로는 동등하며 호기심 많고 적대적인 고도 지성 생명체에 둘러싸여 작은 거류지를 이루고 살았다. 그리고 별들이 침묵을 지키는 동안 그들은 기다렸고, 그들의 자손의 자손들도 기다렸다. 배도, 전언도 오지 않았다. 그들의 원래 배가 파괴되어 새로운 행성에 대한 기록이 소실된 것이 분명했다. 작은 금귤색 오팔은 별들 사이에서 망각돼 버렸다.

거류지는 알테라고 이름 붙여진 첫 번째 도시에서부터 쾌적한 해안 땅을 따라 퍼져나갔고 번성했다. 그리고 몇 년 후…….

오르위는 여기에서 멈추고 말을 바로잡았다. "그러니까 지구 식으로 하면 여섯 세기 정도 지나서였죠. 아마 정착 10년째였을 거예요. 전 겨우 역사를 배우기 시작한 참이었거든요. 하지만 아버지와…… 프레치 라마렌, 아저씨께선 항해를 떠나기 전에 제게 모든 걸 설명해 주려 하셨고 종종 이런 이야기들을 해주시곤 했죠……."

몇 세기 후, 거류지는 힘든 시기를 맞았다. 임신되는 아이의 수가 너무 적었고, 그나마 살아서 태어나는 경우는 더 적었다. 소년은 이 부분에서 다시 말을 끊고, 마지막 설명을 덧붙였다.

"아저씨께서 알테라 사람들은 무슨 일이 벌어지는지 몰랐다고, 그들은 근친 교배 때문에 일어난 일인 줄 알았지만 사실은 자연선택의 문제였다고 말씀해 주신 걸 기억해요. 이곳의 지배자들은 그랬을 리가 없다고, 외계 이주자는 한 행성에 정착한 지 아무리 오랜 시간이 지나더라도 외계인으로 남는다고 해요. 유전자 조작으로 원주민들과의 사이에 아이를 낳을 수는 있지만 그 아이들은 언제나 불임일 거라고 말이죠. 그래서 전 알테라 사람들에게 정확히 무슨 일이 일어난 건지 잘 모르겠어요. 아저씨와 아버지께서 그런 이야기를 해주려 하셨을 때 전 어린아이에 지나지 않았으니까요. 아저씨께서…… 생존 가능한 유형……으로의 자연선택에 대해 말씀하신 건 기억하지만……. 어쨌든 이민자들이 멸종 직전에 이르렀을 때, 남아 있던 사람들은 마침내 테바라는 웨렐의 원주민 종족과 동맹을 맺었지요. 그들은 함께 겨울을 났고, 봄의 교배기가 왔을 때 그들은 테바 사람들과 알테라 사람들이 아이를 낳을 수 있다는 사실을 알았어요. 하나의 혼혈종을 이루기엔 충분한 숫자였죠. 이곳 지배자들은 그게 불가능하다고 말해요. 하지만 전 아저씨께서 해주신 이야기를 기억하고 있어요."

소년은 근심 어리고 약간은 넋이 나간 표정이었다.

"우린 그 종족의 후손인가?"

"아저씬 거류지가 10년째 겨울을 날 수 있도록 이끈 지도자 알테라 아가트의 직계손이세요! 소년 학교에서도 아가트에 대해서는 배웠는걸요. 프레치 라마렌, 그게 아저씨 이름이잖아요. 차렌의 아가드라는 이름 말이에요. 전 그런 혈통은 아니지만 증조모님께서 키오우의 에스미 가문이셨어요. 그건 알테라 이름이죠. 물론 이곳 지구처럼 민주적인 사회에선 이런 구분이 무의미하겠지만요. 그렇죠?"

오르위는 다시 마음속에 모호한 갈등이라도 이는 것처럼 걱정스러운 표정을 지었다. 팔크는 다시 웨렐의 역사로 방향을 돌렸다. 오르위가 내놓을 수 있는 것은 온갖 추측과 추론으로 여백을 메운 어린아이 같은 이야기뿐이었다.

위기의 10년째 겨울 이후 몇 년이 지나자 테바 알테라의 새로운 혼혈

종과 혼혈 문화는 화려하게 꽃을 피웠다. 작은 도시들이 생겨났다. 북반구 대륙 전체에 상업 문화가 자리 잡았다. 몇 세대가 지나자 겨울을 지내고 살아남는 것이 좀 더 쉬운 남쪽 대륙의 원시적인 사람들에게까지 상업 문화가 퍼져나갔다. 인구가 증가했다. 과학과 기술이 급격히 발전하기 시작했고, 언제나 우주선 서재에서 나온 알테라의 책들이 길잡이가 되어 도움을 주었다. 이주민의 먼 후손들이 잃어버린 지식을 다시 배워 나감에 따라 그 책들의 신비는 차츰 풀려나갔다. 그들은 몇 세대가 지나도록 계속 그 책들을 보존하고 복제했으며, 그 책에 쓰인 언어를 배웠다. 그 언어란 물론 갈라티카였다. 마침내 옛 북쪽 땅에 자리한 강대한 켈샥 제국이 여기저기 흩어진 도시들과 대립 관계에 있는 국가들을 평정하여 균형을 잡고 위성과 자매 행성까지 모두 탐사한 뒤, 평화와 활력의 시대가 정점에 이르렀을 때 제국은 광속 우주선을 건조하여 내보냈다.

알테라라고 이름 붙여진 그 배는 지구에서 온 이민선이 도착한 후 18년과 반 년, 그러니까 지구 식으로는 1200년의 세월이 흐른 뒤 웨렐을 떠났다. 승무원들은 지구에서 무엇을 찾게 될지 전혀 알지 못했다. 웨렐은 아직 앤서블 송신기의 원리를 재구성해 내지 못했고, 무선 방송은 연맹이 두려워했던 적이 통치하는 세계에 이쪽 위치를 알리는 결과를 낳을까 봐 망설였다. 정보를 얻으려면 살아 있는 사람들이 알테라 인들의 옛 고향까지 긴 밤을 가로질러 갔다가 돌아와야만 했다.

"그 항해는 얼마나 걸렸지?"

"웨렐 연도로 2년이 넘었어요……. 아마 130내지 140광년이었을 겁니다. 프레치 라마렌, 전 그때 어린아이였어요. 이해할 수 없는 것들도 있었고, 저에겐 말씀해 주시지 않는 것도 많았죠……."

팔크는 소년이 왜 이런 무지함을 부끄러워하는지 알 수 없었다. 그에게는 열대여섯 살로밖에 보이지 않는 오르위가 150년 가까운 세월을 살아왔다는 점이 훨씬 인상적이었다. 어쩌면 팔크 자신도 그런 걸까?

오르위는 계속해서 말했다. 알테라 호는 목적 좌표를 테라로 맞추고 오래된 해안 도시 테바 근처의 기지에서 출발했다. 탑승자는 열아홉 명으로, 대부분이 켈샥이자 이주자의 자손으로 인정되는 남자, 여자와 아이들로 이루어졌다. 성인들은 훈련 상태와 지적인 수준, 용기와 관대함과 알레쉬를 기준으로 제국의 조화로운 평의회에서 뽑았다.

"갈라티카로는 뭐라고 하는지 모르겠어요. 그냥 알레쉬라고 하거든요."

오르위는 예의 그 천진한 미소를 떠올렸다.

"랄레는…… 올바른 일을 하는 거예요. 학교에서 여러 가지를 배우는 것처럼, 혹은 물길을 따라가는 강처럼요. 그리고 알레쉬는 랄레에 기원을 두죠."

"도(道) 말인가?"

팔크는 그렇게 물었지만, 오르위는 인간의 옛 경전에 대해 들어본 적이 없었다.

"배에는 무슨 일이 일어난 거지? 다른 열일곱 명에게는?"

"'장벽'에서 습격을 받았어요. 알테라 호가 부서지고 습격자들이 흩어진 직후에야 싱이 왔죠. 공격해 온 건 행성 간 탈것에 탄 반란군이었어요. 싱은 저 하나밖에 구하지 못했죠. 나머지 사람들은 살해당했는지 반란군에게 끌려갔는지 알 수가 없었어요. 그들은 행성 전역을 계속 찾아 헤맸고, 1년 전쯤에 동쪽 숲에 사는 남자에 대한 소문을 들었지요. 아무래도 우리 동족 같은……."

"넌 이 모든 것을……, 그러니까 습격과 같은 것들을 얼마나 기억하지?"

"전혀 기억 못해요. 광속 비행이 어떤 효과를 미치는지 아시잖……."

"광속 우주선에 탄 사람들에겐 시간이 흐르지 않는다는 것은 알지. 하지만 그게 어떤 느낌인지는 전혀 몰라."

"음, 저도 그렇게 또렷이 기억나진 않아요. 전 어린아이였으니까요. 지구 식으로는 아홉 살이었죠. 그리고 저 아니라 누구라도 그걸 또렷이 기억할 순 없을 거예요. 여러 가지 것들이 어떻게……, 어떻게 연관되어 있는지 알 수가 없거든요. 보고 듣기는 하지만 그게 한데 맞물리질 않죠. 아무것도 아무 의미도 없어요. 설명할 수가 없네요. 끔찍하긴 한데, 그냥 꿈같아요. 하지만 다시 현실 공간으로 내려오면서 여기 지배자들이 '장벽'이라고 부르는 걸 통과하게 되고, 이때 대비하고 있지 않은 승객들은 의식을 잃어요. 우리 배는 대비하고 있지 않았죠. 공격을 받았을 때 우린 아무도 깨어 있지 않았고, 그래서 저도 아저씨보다 많이 기억하지 못하죠, 프레치 라마렌. 정신이 들었을 땐 싱의 배에 타고 있었어요."

"왜 어린아이인 너도 데려온 거지?"

"제 아버지께서 원정대 대장이셨어요. 어머니도 배에 타셨고요. 프레치 라마렌, 아저씨도 아시다시피 그렇게 하지 않으면……, 음, 돌아가봐야 아는 사람들은 오래오래 전에 모두 죽어 있는 거잖아요. 어차피 이젠 상관없죠. 부모님이 다 돌아가셨으니. 아니면 아저씨와 같은 취급을 받아서, 다시 만나게 되더라도 절 못 알아보실지도 모르고요."

"원정대에서 내 역할은 뭐였니?"

"항법사셨어요."

이 얄궂은 아이러니에 팔크는 주춤했지만, 오르위는 공손하고 순진한 태도로 말을 이었다.

"물론 그건 아저씨께서 배의 항로와 좌표를 조절하신다는 뜻이죠. 아저씨는 모든 켈시 중에서 가장 뛰어난 프로스테니…… 그러니까 수학자 겸 천문학자셨어요. 제 아버지 하르 웨덴을 빼면 승무원 중에서도 프레치노와셨죠. 아저씬 8등급이란 말이에요, 프레치 라마렌! 그래도, 그래도 뭔가 기억나는 건 있겠죠?"

팔크는 고개를 저었다.

소년은 힘이 쭉 빠진 얼굴로 슬프게 말했다.

"아저씨가 기억을 잃었다는 걸 도무지 믿을 수가 없어요. 그러실 때만 빼면."

"고개를 젓는 것?"

"웨렐에선 아니라고 대답할 때 어깨를 들썩이죠. 이렇게요."

오르위의 순진함은 어찌할 수가 없는 것이었다. 팔크는 어깨를 들썩이려 해보았다. 그러자 뭔가 적절한 동작을 찾아낸 것 같은 느낌이 들었다. 그게 예전의 습관이 맞는 것 같았다. 그는 미소를 지었고 오르위는 바로 기운을 차렸다.

"프레치 라마렌, 정말 아저씨 같으면서 또 정말 다르시네요! 용서하세요. 하지만 그들이 대체 무슨 짓을 한 거죠? 무슨 짓을 했기에 그렇게 많은 걸 잊어버리신 거죠?"

"그들은 나를 파괴했지. 물론 나는 나와 비슷하지. 나는 나야. 나는 팔크야……."

그는 손 안에 머리를 묻었다. 당황한 오르위는 아무 말도 하지 못했다. 조용하고 서늘한 방 안 공기가 주위에서 청록색 보석처럼 반짝였다. 저물어가는 햇빛이 서쪽 벽에 비쳤다.

"여기에서 그들이 널 얼마나 가까이서 지켜보고 있지?"

"지배자들은 제가 에어카를 타고 나올 땐 통신기를 가지고 가는 걸 좋아해요."

오르위는 왼쪽 손목에 찬 팔찌를 건드렸다. 겉보기에는 단순한 금 사슬이었다.

"뭐라고 해도 원주민들 사이에 있는 건 위험할 수 있으니까요."

"하지만 가고 싶은 곳은 자유로이 갈 수 있겠지?"

"그럼요. 이 방은 협곡 건너편에 있는 제 방과 거의 똑같아요."

오르위는 다시 당황한 표정을 짓더니 용기를 내어 말했다.

"아시겠지만 여기엔 우리의 적이 없어요, 프레치 라마렌."

"없다고? 그럼 우리의 적이 어디에 있나?"

"뭐, 바깥이겠죠. 아저씨가 오신……."

그들은 서로를 제대로 이해하지 못한 채 마주보았다.

"넌 인간이, 그러니까 테라 인들이 우리의 적이라고 생각하는 거지? 내 마음을 파괴한 것도 그들이라고 생각하고?"

"그럼 대체 누가 했단 말씀이죠?"

오르위는 겁에 질린 듯 눈을 크게 뜨고 물었다.

"외계인들이지……. 적……. 싱 말이다!"

소년은 과거에 자신의 주인이자 선생이었던 사람이 얼마나 무지하고 빗나가 있는지 이제야 깨달았다는 듯, 머뭇거리며 상냥하게 말했다.

"그렇지만 적 같은 건 없었는걸요. 대전은 일어나지도 않았어요."

방이 거의 들리지 않는 진동을 울리는 벨처럼 살며시 떨리더니 잠시 뒤에 실체가 보이지 않는 목소리가 울렸다.

"평의회가 열립니다."

문이 스르륵 열리더니 새하얀 로브에 검은색 장식 가발을 쓴 위풍당당한 인물이 들어왔다. 눈썹은 밀어낸 다음 높게 그렸으며, 번들거리지 않도록 곱게 화장을 한 얼굴은 건장한 중년 사내의 것이었다. 탁자 앞에 앉아 있던 오르위는 재빨리 일어나서 허리를 굽히며 속삭였다.

"지배자 아번디봇."

"하르 오르위."

남자는 역시 들릴락 말락 속삭이는 소리로 오르위의 인사를 받고 팔크에게 고개를 돌렸다.

"아가드 라마렌. 환영합니다. 당신의 질문에 답하고 당신의 요구에 대해 고려해 보기 위해 지구 평의회가 열립니다. 이제 보십시오……."

그자는 팔크에게 아주 잠깐 눈길을 주었고, 두 웨렐 인 중 어느 쪽에도 가까이 다가오지 않았다. 그자에게는 묘하게도 막강한 힘과 더불어 철저한 자기 억제와 자기 도취의 분위기가 감돌았다. 그자는 접근하기 어려운 존재로 외따로 떨어져 있었다. 잠시 동안 세 사람 모두 가만히 서 있었다. 그리고 다른 두 사람의 시선을 따라간 팔크는 방 안쪽 벽이 흐릿해지며 변하는 것을 보았다. 벽은 이제 투명한 회색 젤리 같은 것이 되었고 그 속에서 선과 형태들이 깜박이고 흔들렸다. 이윽고 영상이 선명해지자 팔크는 숨을 훅 들이켰다. 그것은 에스트렐의 얼굴이었다. 열 배쯤 확대된. 그림 속에서처럼 초연하고 차분한 눈이 그를 응시했다.

"스트렐라 시오벨벨입니다."

영상의 입술이 움직였지만, 목소리는 어디에서 나오는지 알 수 없이 방 안의 공기 전체를 흔드는 차갑고 추상적인 속삭임이었다.

"저는 제1대륙 동쪽에 살고 있다는 소문이 들리는 웨렐 원정대원을 안전하게 도시로 모셔오기 위해 파견되었습니다. 저는 이 사람이 그 인물이라고 믿습니다."

그리고 에스트렐의 얼굴이 사라지더니 팔크의 얼굴이 그 자리를 대신했다.

실체가 없는 목소리가 쉬 소리를 내며 물었다.

"하르 오르위는 이 사람을 알아보겠습니까?"

화면에 오르위의 얼굴이 보이더니 대답이 들렸다.

"이분은 알테라 호의 항법사 아가드 라마렌입니다."

소년의 얼굴이 사라지고, 혼령들 사이에 이루어지는 혼란스러운 토론처럼 수많은 목소리가 알 수 없는 언어로 속삭이고 웅성이며 허공을 떠다니는 동안 화면은 텅 빈 채 떨리고 있었다. 이것이 싱이 평의회를 여는 방식이었다. 각자 따로 자기 방 안에서, 오직 속삭이는 목소리로만 참여하는 것이다. 이해할 수 없는 질문과 답변이 이어지는 동안 팔크는 오르위에게 작은 소리로 물었다.

"넌 이 언어를 아나?"

"아니요, 프레치 라마렌. 저에게는 늘 갈라티카로 말해요."

"왜 직접 만나지 않고 이런 식으로 이야기하는 거지?"

"너무 많아서요. 지배자 아번디봇의 이야기로는 지구 평의회에 수천수만 명이 모인대요. 그런데 그 사람들이 행성 전역에 흩어져 있거든요. 도시는 에스 토치 하나뿐이지만요. 지금 저 사람은 켄 케넥이에요."

실체 없는 목소리들의 웅성임이 사그라지고 화면에 죽은 사람처럼 창백한 피부에 새까만 머리카락, 엷은 눈동자를 지닌 한 남자의 얼굴이 나타났다.

"아가드 라마렌, 우린 당신이 지구에서 임무를 완수하고 원한다면 고향으로 돌아갈 수 있도록 해주기 위해 평의회를 소집하고 당신을 초대했습니다. 지배자 펠레우 아번디봇이 당신에게 마음으로 말할 겁니다."

갑자기 화면이 텅 비더니 평소와 같은 투명한 녹색 벽으로 돌아갔다. 방 저쪽에 있는 키 큰 남자는 팔크를 가만히 바라보고 있었다. 그의 입술은 움직이지 않았지만 팔크는 그의 목소리를 들었다. 속삭이는 소리가 아니라 또렷한, 기이할 정도로 또렷한 목소리였다. 마음이야기라고 믿기지 않을 정도였지만, 다른 것일 수는 없었다. 개성과 음색, 직접적인 목소리가 제거되어 오해의 여지가 없는, 상대의 이성에 말을 하는 이성이었다.

"당신이 진실만 들을 수 있도록 마음으로 말하려 합니다. 스스로를 싱이라 부르는 우리들만이 아니라 다른 어떤 이들이라도 초언어 대화에서 진실을 곡해하거나 감출 수 있다는 것은 사실이 아니기 때문입니다. 우리가 거짓말을 한다는 사람들의 얘기는 그 자체가 거짓이지요. 하지만 음성 대화 쪽을 택하시겠다면 그렇게 하십시오. 우리도 똑같이 하겠습니다."

팔크는 잠시 뒤 큰 소리로 말했다.

"내겐 마음으로 이야기하는 기술이 없어요."

저 훌륭한, 소리 없는 마음 접촉이 있은 뒤에 목소리를 내자 요란하고 조잡하게 들렸다.

"그래도 성심껏 듣겠습니다. 진실을 요청하지는 않겠어요. 내가 뭔데 진실을 요구하겠습니까? 하지만 당신이 내게 말하기로 선택한 것은 기꺼이 들어야겠지요."

어린 오르위는 충격받은 듯했다. 아번디봇의 얼굴에는 아무 표정도 떠오르지 않았다. 텔레파시가 다시 전해지기 시작하자 오르위가 귀를 기울이는 것으로 보아 아무래도 아번디봇은 팔크와 오르위 두 사람 모두에게 파장을 맞춘 모양이었다. 팔크의 경험으로는 극히 희귀한 재주였다.

"인간들이 당신의 마음을 파괴하고 자기들이 원하는 내용, 믿고 싶어 하는 것을 가르쳤습니다. 가르침받은 대로 당신은 우리를 믿지 않지요. 우리는 그렇게 될 것을 우려했습니다. 하지만 묻고 싶은 대로 물어보십시오, 웨렐의 아가드 라마렌. 우리는 사실대로 대답할 겁니다."

"내가 여기 온 지 얼마나 지났지요?"

"엿새입니다."

"왜 처음에 약을 먹이고 바보로 만든 겁니까?"

"당신의 기억을 되살리려는 시도였습니다. 실패했지만."

'믿지 마. 믿지 마라.' 팔크는 앞에 선 싱에게 엠파시 기술이 조금이라도 있다면 바로 전달받을 만큼 급박하게 다짐했다. 그래도 상관없었다. 게임의 규칙을 모두 그들이 만들었고 그들이 모든 기술을 다 지니고 있다 해도 게임은 계속되어야 했고, 그것도 그들의 방식으로 진행되어야 했다. 그의 어리석음은 문제가 되지 않았다. 그의 정직함만이 중요했다. 그는 지금 오로지 한 가지 믿음에 매달려 있었다. 정직한 사람은 기만당할 수 없으며, 게임이 제대로 끝에 이른다면 그 진실이 진실로 인도해 주리라는 믿음.

그는 말했다.

"왜 내가 당신들을 믿어야 하는지 말해 봐요."

전자 음악같이 깨끗하고 맑은 마음의 목소리가 다시 들리기 시작했다. 텔레파시를 보내는 아번디봇과 듣는 팔크와 오르위 모두 체스 판의 말처럼 가만히 서 있었다.

"당신이 싱으로 알고 있는 우리는 사실 인간입니다. 당신의 조상, 웨렐 첫 거류지의 자콥 아가트와 마찬가지로 지구 사람들 사이에서 태어난 테라 인이죠. 인간들은 당신에게 웨렐에 거류지가 세워진 이래 1200년 동안의 지구 역사에 대해 자신들이 믿는 내용을 가르쳤어요. 우리 역시 인간입니다만, 이제 우리가 아는 역사를 가르쳐드리겠습니다.

머나먼 별들로부터 모든 세계의 연맹을 공격하러 온 적 같은 것은 없었습니다. 연맹은 혁명과 내전, 내부의 부패와 군국주의, 폭정에 의해 멸망했습니다. 모든 행성에 반란, 폭동, 찬탈이 벌어졌고 '최초의 세계'로부터 돌아온 보복은 많은 행성을 불태워 검은 모래로 만들어버렸지요. 더 이상 위험한 미래를 향해 나서는 광속선은 없었습니다. 오직 미사일 우주선이며 세계의 파괴자인 FTL기만 움직였지요. 지구는 파괴되지 않았지만 그 인구의 절반은, 도시와 배와 앤서블, 기록과 문화는 파멸되었습니다. 겨우 2년간의 끔찍한 내전으로 말입니다. 충성파나 반란군이나 입에 담을 수도 없는 무기들로 무장하고 있었지요. 연맹이 외계의 적과 싸우기 위해 개발한 무기들 말입니다.

잠시 동안 싸움을 주도하다 계속되는 역반란과 파괴와 파멸을 피할 수 없다는 사실을 깨닫고 절망에 빠진 일부 지구인은 새로운 무기를 쓰기로 했습니다. 거짓말을 한 겁니다. 그들은 자기들만의 이름과 언어, 그들이 온 머나먼 고향 세계에 대한 애매모호한 이야기들을 지어낸 다음 지구 전역에, 자기네 군대와 충성파 주둔지 양쪽에 적이 왔다는 소문을 퍼트렸지요. 내전은 모두 그 적 때문에 일어난 것이라고. 어디에나 침투해서 연맹을 무너뜨리고 지구를 조종해 온 적이 이제 힘을 갖고 전쟁을 멈추려 한다고. 그리고 그들은 이 모든 것을 전혀 예상할 수 없었던 사악한 외계의 힘으로 이루어냈다고. 텔레파시로 거짓말을 할 수 있는 힘으로 그랬다고 말입니다.

사람들은 그 거짓말을 믿었습니다. 그들은 공포와 좌절, 피로에 젖어 있었으니까요. 주위 세계를 온통 폐허로 만든 그들은 기꺼이 적이 초자연적이고 절대 이길 수 없는 존재라고 믿고 그들에게 굴복했습니다. 평화의 미끼를 문 거죠.

그리고 그 후로 줄곧 평화롭게 살고 있는 겁니다.

에스 토치의 우리들은 태초에 창조주가 어마어마한 거짓말을 했노라는 자그마한 신화를 이야기하지요. 태초에 아무것도 없었으나 창조주가 있다고 말하자 존재했다고. 그러니 보십시오, 신의 거짓말을 신의 진실로 만들기 위해 우주가 존재하기 시작한 게 아닙니까…….

인류의 평화가 거짓에 의해 유지되는 것이라 할지라도 그 거짓을 지키고자 하는 이들도 있었습니다. 사람들이 적이 와서 지구를 지배한다고 주장했기에 우리는 그 적이라고 자칭하고 통치했습니다. 아무도 우리의 거짓말을 의심하거나 우리의 평화를 깨뜨리러 오지 않았어요. 연맹에 속했던 행성들은 모두 산산이 흩어졌고 항성 간 비행의 시대는 지나갔습니다. 어쩌면 한 세기에 한 번 정도, 당신들처럼 먼 별에서 온 배가 우연히 이곳에 들렀을지도 모르지요. 장벽에서 당신들의 배를 공격한 이들처럼 우리의 통치에 대한 반란자들도 있습니다. 옳든 그르든 벌써 1000년 동안이나 인류의 평화라는 짐을 짊어지고 온 우리는 그런 반란군들을 제어하려 노력합니다. 엄청난 거짓말을 했기에 지금 우리는 엄청난 법칙을 떠받들어야 합니다. 우리들, 인간 중의 인간들이 강조하는 법이 무엇인지 아시지요. 인류 역사상 가장 끔찍했던 시간에 배운 한 가지 법 말입니다."

단조로우면서도 선명한 마음이야기가 멈췄다. 스위치를 눌러 불을 끄는 것 같았다. 뒤따라온 어둠 같은 침묵 속에서 어린 오르위가 소리 내어 속삭였다.

"생명에 대한 존중."

다시 침묵이 내려앉았다. 팔크는 얼굴 표정이나 저쪽이 엿듣고 있을지도 모르는 자신의 생각에 지금 느낀 혼란과 갈등을 드러내지 않으려 애쓰며 가만히 서 있었다. 이제까지 배운 모든 것이 거짓이었단 말인가? 진정 인류에게 적 같은 것은 없었단 말인가?

그는 마침내 말했다.

"이게 진짜 역사라면 왜 사람들에게 알리고 증명해 보이지 않죠?"

"우리가 사람들입니다."

텔레파시로 답이 날아왔다.

"진실을 아는 우리도 수천 수만 명입니다. 우리는 힘과 지식을 갖고, 그 힘과 지식을 평화를 위해 쓰는 이들이지요. 인류 역사를 통틀어, 악마들이 세상을 지배하고 있다고 여긴 암흑기는 몇 번이나 왔고, 지금도 그 중 하나입니다. 우리는 그들의 신화 속 악마의 역할을 맡은 거죠. 그들이 이성으로 신화를 대체하기 시작하면 우리가 그들을 돕고, 그들은 진실을 알게 되는 겁니다."

"왜 나에게 이런 것들을 이야기해 주는 거죠?"

"진실 자체를 위해서, 그리고 당신을 위해서지요."

"내가 누구기에 진실을 들을 자격이 있던가요?"

팔크는 방 저편에 선 아번디봇의 가면 같은 얼굴을 보며 차갑게 말했다.

"당신은 잃어버린 세계, 혼란의 시대에 모든 기록이 사라진 거류지로부터 온 '전하는 이'였습니다. 당신은 지구로 왔고, 우리들 지구의 지배자들은 당신을 보호하지 못했지요. 이는 부끄러울 뿐 아니라 슬픈 일입니다. 당신을 공격하고 당신의 동료들을 죽이거나 그들의 마음을 파괴한 이들은 지구인이었어요. 수많은 세월이 흐른 뒤에 당신들이 돌아온 행성, 지구의 사람들이었단 말입니다. 공격한 자들은 이곳 제1대륙처럼 원시적이지도 않고 이렇게 사람들이 흩어져서 살지도 않는 제3대륙에서 온 반란군이었습니다. 훔쳐낸 행성 간 탈것을 쓰고 있었지요. 그들은 광속선은 무조건 '싱'에게 속한 것이라고 간주했고, 그래서 경고도 없이 공격했습니다. 더 경계했더라면 막을 수도 있었으련만. 그러니 우린 당신에게 할 수 있는 일이라면 무엇이든 해서 갚아야 할 빚을 진 셈이지요."

"이들은 내내 아저씨와 다른 분들을 찾아 헤맸어요."

오르위가 끼어들어 열심히, 약간은 변명조로 말했다. 오르위는 분명 팔크가 이 모든 이야기를 믿고, 받아들이기를 원했다······. 그래서 무엇을 하도록 말인가?

팔크는 말했다.

"내 기억을 복구하려 했다고 했지요. 어째서요?"

"여기까지 온 이유가 그걸 위해서가 아니었습니까? 잃어버린 자아를 되찾고자 한 게 아니었던가요?"

"그래요. 그렇지요. 하지만 나는······."

더 이상 무슨 질문을 해야 할지도 알 수 없었다. 들은 이야기를 모두 믿을 수도 안 믿을 수도 없었다. 전부 판단할 기준이 없었다. 조브나 다른 이들이 그에게 거짓말을 했다는 것은 생각할 수도 없는 일이었지만, 그들 자신이 속고 있으며 무지하다는 것은 충분히 가능한 일이었다. 그는 아번디봇이 단언한 내용을 모조리 의심했지만, 그 말들은 거짓말이 불가능한 투명하고 즉각적인 마음 언어를 통해 마음으로 전해졌다······.

아니면 마음 언어로도 거짓말을 할 수 있는 것인가? 거짓말쟁이가 거짓말이 아니라고 말한다면……. 팔크는 다시 생각하기를 포기해 버렸다. 그는 다시 아번디봇을 보며 말했다.

"마음으로 말하지 말아줘요. 나는, 나는 목소리를 듣는 편이 낫겠습니다. 그러니까 내 기억을 복구할 수 없다고 했나요?"

거침없이 전해지던 연설 뒤에 갈라티카로 흘러나오는 아번디봇의 약하고 귀에 거슬리는 속삭임을 들으니 이상한 느낌이 들었다.

"우리가 쓴 방법으로는 안 됩니다."

"다른 방법으로는?"

"어쩌면요. 우리는 당신에게 초최면성 블록이 걸렸을 거라고 생각했습니다. 그런데 그게 아니라 마음이 파괴당했지요. 우리가 극비 사항으로 숨겨온 그 기술을 반란군이 어떻게 알아냈는지 모르겠습니다만, 그보다 더한 기밀은 파괴된 마음도 복구할 수 있다는 사실입니다."

가면 같은 무거운 얼굴에 언뜻 미소가 스치더니 흔적 없이 사라졌다.

"당신 같은 경우에는 우리의 정신 컴퓨터 기술로 복구해 낼 수 있으리라 봅니다. 하지만 이 시술은 대체 인격을 영원히, 완벽하게 봉쇄합니다. 그렇기 때문에 당신의 동의 없이 진행하고 싶지 않았던 것이지요."

대체 인격……, 그건 딱히 아무것도 의미하지 않는다. 그게 무슨 뜻이지?

팔크는 스멀스멀 기어드는 한기를 느끼며 조심스레 말했다.

"그러니까 예전의 나를 기억하기 위해서는…… 지금의 나를 잊어야 한다는 겁니까?"

"불행히도 그렇습니다. 정말 유감입니다. 하지만 겨우 몇 년 동안 형성된 대체 인격을 잃는 것은 원래 당신의 마음을 되찾고, 별들 사이를 건너 그토록 용맹하게 찾으러 왔던 지식을 가지고 고향으로 돌아가는 위대한 임무를 마칠 기회에 비하면 아쉽기는 해도 그렇게 값비싼 대가는 아닐 겁니다."

익숙지 않은 느낌의 서투른 속삭임이었지만 아번디봇은 마음으로 이야기할 때만큼이나 유창하게 말했다. 아번디봇의 말은 거침없이 쏟아져 나왔고 팔크는 그 말들이 세 번째인가 네 번째 되뙬 즈음에서야 겨우 그 의미를 이해했……. 그게 제대로 이해한 것이라면 말이지만.

"마칠…… 기회……?"

그는 바보처럼 그 말을 되뇌고 도움을 구하듯 오르위를 돌아보았다.

"그러니까, 당신들이 나를, 아니 우리를…… 내가 떠나왔을 행성으로 돌려보내 주겠다는 얘깁니까?"

"우리는 당신에게 고향 웨렐로 돌아갈 광속 우주선을 드리는 것을 영광이자 마땅히 해야 할 보상의 첫걸음으로 생각합니다."

"내 고향은 지구요."

팔크는 버럭 소리쳤다. 아번디봇은 아무 말도 하지 않았다. 잠시 후 소년이 말했다.

"프레치 라마렌, 제 고향은 웨렐이에요."

소년의 목소리엔 그리움이 묻어 있었다.

"그리고 전 아저씨 없이는 절대 고향에 돌아갈 수 없죠."

"어째서?"

"전 웨렐이 어디에 있는지 몰라요. 전 어린아이였죠. 습격을 당했을 때 우리 우주선은 부서졌고, 항법 컴퓨터와 다른 모든 것이 날아가 버렸어요. 전 그 항로를 다시 계산해 낼 수 없어요!"

"하지만 이 사람들은 광속 우주선과 항법 컴퓨터를 가지고 있잖아! 무슨 말이지? 웨렐이 어떤 별 주위를 도는지만 알면 되는 일이잖아."

"하지만 전 그걸 모른다고요."

"말도 안 돼."

팔크는 의심이 더하다 못해 화를 내기 시작했다. 아번디봇이 손을 들어올렸다. 이상하게 설득력 있는 몸짓이었다.

"소년이 설명하게 해주시지요, 아가드 라마렌."

오르위는 얼굴이 새빨개져서 떨리는 목소리로 말했다.

"사실이에요, 프레치 라마렌. 만일, 만일 원래의 아저씨라면 말하지 않아도 아실 거예요. 전 아홉 번째 월기였어요. 아직 1등급이었죠. 등급이라는 건…… 음, 고향에 있는 우리 문명은, 그건 여기 있는 어떤 문명과도 다른 것 같아요. 지금 여기 지배자들이 행하려는 바와 민주주의 이상에 비추어보면 우리 문명이 어떤 면에서는 상당히 후진적이라는 생각도 들지만요. 어쨌든 모든 직권과 계급을 초월하는 '등급' 이 있어서 그게…… 프레치노예의 기본적인 조화를 이루죠. 프레치노예는…… 갈라티카로 뭐라고 해야 할지 모르겠어요. 아마 지식일 거예요. 어쨌든 전 어린아이여서 1등급이었고, 아저씨는 8등급이고 직권자셨죠. 그리고 각 등급엔 그 등급에 들기 전에는 배우지 못하는 것, 듣지 못하는 것, 그리고 들어서도 이해해서도 안 되는 것들이 있어요. 7등급 이하는 세계의 진정한 이름이나 태양의 진정한 이름을 배우지 못해요. 그냥 세계, 웨렐이고 그냥 태양, 프라한이죠. 진정한 이름들은 오래된 것으로 거류지의 책들, 알테라의 책들 중에서 여덟 번째 선집에 실려 있어요. 갈라티카로 씌어 있으니까 이곳 지배자들에게도 뜻이 통하겠죠. 하지만 전 그 이름들을 몰랐기 때문에, 말해 줄 수가 없었어요. 제가 아는 이름은 '태양' 과 '세계' 뿐이고 그걸로는 고향에 갈 수가 없어요. 아저씨도 마찬가지예요. 전에 알았던 것들을 기억하지 못하신다면! 어느 태양이죠? 어느 세계죠? 아, 지배자들이 기억을 되찾아 주도록 허락하셔야 해요, 프레치라마렌! 아시겠어요?"

"알겠다. 거울로 보는 것같이 희미하게*."

그리고 야웨 경전에 나오는 말을 인용함과 더불어 불현듯 숲의 집, 나뭇가지 드리운 바람 부는 발코니에서 보았던, 개척지 위로 밝게 빛나던 태양의 모습이 선명하게 떠올랐다. 어리둥절한 속에서도 확실하게. 그러니까 그가 이곳까지 배우러 온 것은 그의 이름이 아니라 태양의 이름이었던 것이다. 태양의 진정한 이름.

---

* 「고린도전서」 13장 12절을 부분 인용. 전체 문장은 공동 번역 성서에 의하면 다음과 같다. "우리가 지금은 거울에 비추어보듯이 희미하게 보지만 그때에 가서는 얼굴을 맞대고 볼 것입니다. 지금은 내가 불완전하게 알 뿐이지만 그때에 가서는 하느님께서 나를 아시듯이 나도 완전하게 알게 될 것입니다."

## 제8장

지구의 지배자들이 연 기묘하고 실체 없는 평의회는 끝났다. 아번디봇은 떠나면서 팔크에게 말했다.

"팔크로 남아 우리의 손님으로 지구에 머물거나, 천성을 되찾아 웨렐의 아가드 라마렌으로서 할 일을 완성하거나, 선택은 당신의 몫입니다. 우리는 그 선택이 적당한 때에 적절하게 이루어지기를 바랍니다. 당신의 결정을 기다려 그대로 따르겠습니다."

그리고 오르위에게는 이렇게 말했다.

"하르 오르위, 혈족 분에게 자유로이 도시를 보여드리고 원하는 건 뭐든지 우리에게 알려주세요."

아번디봇의 등 뒤로 문이 미끄러져 열리고, 그는 물러났다. 아번디봇의 커다란 몸집은 튕겨나간 것처럼 홀연히 문 밖으로 사라졌다. 정말 실체가 있기는 했던 것일까, 아니면 모종의 투사체였던 걸까? 팔크는 확신할 수 없었다. 그는 자신이 싱을 본 것인지, 아니면 싱의 그림자와 상(像)

만을 본 것인지 의아했다.

"어디 걸을 수 있는 곳이 있을까? 문밖에 말이야."

이곳의 우회적이고 실체 없는 길과 벽들에 질린 데다 실제로 어느 정도나 자유로운 것인지 궁금해진 팔크는 소년에게 무뚝뚝한 어조로 물었다.

"어디든지요, 프레치 라마렌. 거리에 나가도 괜찮고……. 아니면 슬라이더를 탈까요? 아니면 이 궁전 안에 정원도 있어요."

"정원으로 가보지."

오르위는 앞장서서 밝고 크며 텅 빈 복도를 내려간 다음 여닫이문을 통해 작은 방 안으로 들어갔다.

"정원."

오르위는 큰 소리로 말하고 여닫이문을 닫았다. 움직인다는 느낌은 전혀 없었지만 그 문이 다시 열리자 그들은 정원으로 걸어 나갔다. 거의 문밖이라 할 수 없었다. 반투명한 벽과 바닥에는 한참 아래 도시의 불빛들이 희미하게 깜박였다. 유리 지붕에는 보름에 가까운 달이 몽롱하게 일그러진 모습으로 빛났다. 그곳에는 열대 관목과 빛과 그림자의 완만한 움직임이 가득했다. 격자 울타리를 휘감고 정자에 매달린 덩굴들로 빽빽했고 크림색과 진홍색의 꽃 무더기는 덥고 습기 가득한 공기에 달콤한 향을 뿌렸으며 그 잎사귀는 사방 몇 피트 너머의 시야를 차단했다. 팔크는 불현듯 뒤를 돌아보고 입구로 통하는 길이 여전히 열려 있는지 확인했다. 향기 가득한 뜨겁고 무거운 정적은 기분 나쁠 정도였다. 그는 한순간 알 수 없이 모호하고 농도 짙은 이 정원이 까마득히 멀고 낯선 무엇인가의 실마리를 품고 있다는 느낌을 받았다. 짙은 향기와 환영, 늪과 변태의 행성……, 잃어버린 세계의 모습, 분위기, 복잡성.

오르위는 그림자처럼 아련한 꽃들 사이로 난 좁은 길에 잠시 발을 멈추고 상자에서 작고 하얀 관을 하나 꺼내더니 끝 쪽을 입술 사이에 끼우고 열심히 빨았다. 팔크는 다른 생각에 푹 빠져서 별로 주의를 기울이지 않았지만, 소년은 조금 난처한 듯 설명했다.

"파리타라는 진정제예요. 지배자들은 다 이걸 쓰죠. 기운을 북돋아주는 효과가 있거든요. 생각 있으시면……"

"고맙지만 괜찮다. 물어보고 싶은 게 더 있는데."

하지만 망설여졌다. 새로운 의문은 그렇게 직접적으로 물어볼 수 없는 것이었다. 거북살스럽게도 그는 "평의회"와 아번디봇의 설명에서 거듭거듭 이 모든 것이 하나의 연극이라는 느낌을 받았다. 캔자스 왕자의 서재에 있던 고대 텔레스크롤에서 본, 늙은 왕 리어가 폭풍이 휩쓸고 간 벌판에서 미치광이처럼 고함을 지르던 헤인의 몽극(夢劇) 같은. 하지만 그를 위해서가 아니라 오르위를 위해 펼쳐진 연극이라는 인상이 강했던 점이 이상했다. 어째서인지는 알 수 없었지만, 그는 자꾸 아번디봇의 말은 전부 소년에게 뭔가를 증명해 보이기 위한 것이라는 느낌이 들었다.

그리고 소년은 그대로 믿었다. 오르위에게는 그게 연극이 아니었다. 아니면 그 역시 배우였는지도 모른다.

팔크는 조심스럽게 말했다.

"한 가지 알 수 없는 게 있구나. 너는 웨렐이 지구에서 130 아니면 140 광년 거리에 있다고 했지. 딱 그 거리에 있는 별이 많지는 않을 텐데."

"지배자들은 115광년에서 150광년 사이 거리에 우리 태양계일 수도 있는 별이 네 개 있다고 해요. 하지만 그 별들은 각기 다른 네 방향에 있고, 싱이 우주선을 보내어 네 개 중에 어느 게 맞는 별인지 찾으려면 실제 시간으로는 1300년이 걸릴지도 모르죠."

"아무리 어린아이였다고는 하지만 네가 얼마나 걸리는 여행인지, 말하자면 집에 도착하면 몇 살이 되는지도 몰랐다는 건 좀 이상한데."

"2년이라고 들었어요, 프레치 라마렌. 지구 시간으로는 대충 120년이죠. 그게 정확한 수치가 아니라는 건 분명했지만 전 정확한 수치를 물어볼 수 없었어요."

웨렐을 돌이킨 소년은 잠시 동안 이제까지 보여주지 않았던 침착하고 단호한 어조로 말했다.

"어쩌면 지구에서 누구를, 혹은 무엇을 찾게 될지 몰랐던 원정대의 어른들은 마음을 방어하는 기술이 없는 우리 어린아이들이 적에게 웨렐의 위치를 누설하지 못하게 확실히 해두려 하셨는지도 몰라요. 어쩌면 모르는 게 제일 안전했을지도요."

"웨렐에서 별들이 어떻게 보였는지는 기억하니? 별자리 말이다."

오르위는 어깨를 들썩여 아니라고 답하며 미소를 지었다.

"지배자들도 그렇게 물었어요. 전 겨울에 태어난 아이예요, 프레치 라마렌. 봄은 우리가 떠날 때 막 시작되고 있었죠. 그러니까 전 구름 없는 하늘을 본 적이 별로 없어요."

이 모든 게 사실이라면, 그렇다면 그와 오르위가 어디에서 왔는지 말할 수 있는 사람은 사실상 그, 아니 그의 억눌린 자아 라마렌뿐인 것 같았다. 그렇다면 그게 제일 핵심적인 수수께끼를 설명해 주는 걸까? 왜 싱이 그에게 관심을 쏟는지, 왜 에스트렐의 보호 아래 여기까지 데려왔는지, 왜 그의 기억을 되살려주겠다고 하는지 말이다. 그들의 통제하에 있지 않은 세계가 있고, 그 세계는 광속 우주선도 다시 발명했다. 응당 그게 어디에 있는지 알아내고 싶을 것이다. 그리고 그들이 그의 기억을 복구해 낸다면 그가 어디인지 말해 줄 수 있을 것이다. 그들이 정말로 그의 기억을 되살릴 수 있다면. 그러니까 그들이 한 말 중에 일부라도 진실이 있다면.

그는 한숨을 내쉬었다. 그는 의심의 소용돌이와 과다하게 쏟아진 실체 없는 경이에 지쳐버렸다. 때로는 아직 약물의 영향이 남아 있는 게 아닌가 싶기도 했다. 어떻게 해야 할지 판단하기엔 자신이 너무 부족하게 느껴졌다. 그는, 그리고 어쩌면 이 소년도, 믿을 수 없는 이상한 이들의 손아귀에 쥐어진 장난감 같았다.

"그 아번디봇이라는 사람은 조금 전 방 안에 있었던 거냐, 아니면 투사체, 그러니까 환영이었던 거냐?"

"전 몰라요, 프레치 라마렌."

관으로 빨아들이던 물실이 마음을 달래고 기운을 북돋아준 모양이었다. 쭉 어린애 같았던 오르위는 이제 쾌활하고 태평하게 말했다.

"있었다고 생각해요. 하지만 그들은 절대 가까이 다가오지 않거든요. 이상하지만 전 여기 6년이나 있었는데, 그렇게 오래 있으면서 한 번도 그들을 건드려보지 못했어요. 그들은 각각 따로 따로, 멀찍이 떨어져서 거리를 유지해요. 그렇다고 친절하지 않다는 건 아니지만요."

소년은 무슨 나쁜 인상을 주지는 않았는지 싶어 맑은 눈으로 팔크를 쳐다보며 급히 덧붙였다.

"그들은 정말 친절해요. 전 지배자 아번디봇과 켄 케넥, 팔라를 무척 좋아해요. 하지만 그들은 너무 멀어요……. 저보다 한참 위에 있죠……. 그들은 아는 게 참 많아요. 참 많은 걸 견뎌내고요. 나머지 지구인들은 아무런 책임도 지지 않고 야만적인 자유를 누리는데 그들은 1000년 동안이나 지식을 그대로 보존하고, 평화를 유지하고, 짐을 져왔어요. 동료 인간들은 그들을 증오하고 그들이 제시하는 진실을 배우려고도 하지 않죠. 그래서 그들은 늘 따로 떨어져 외롭게 지내야 하는 거예요. 그들이 없으면 이 전사 부족과 외딴 집들과 방랑자들, 그리고 돌아다니는 식인종들 속에서 사라져버릴 평화와 기술과 지식을 보존하기 위해서요."

"모두가 식인종은 아니다."

팔크는 메마른 목소리로 말했다.

교육받은 내용도 다했는지 오르위는 팔크의 말에 동의했다.

"그럼요. 그렇진 않겠죠."

"어떤 이들은 자기들이 이렇게 미개해진 것은 싱이 그 상태를 유지시키기 때문이라고 하지. 사람들이 지식을 구하면 싱이 막고, 사람들이 도시를 형성하려 하면 싱이 그 도시와 사람들을 파괴한다고 말이야."

잠시 침묵이 흘렀다. 오르위는 다 빤 파리타 관을 기다란 형광 빨간색 꽃이 늘어진 관목 뿌리 근처에 조심스레 묻었다. 팔크는 소년의 답을 기다리다가 서서히 답은 없으리라는 사실을 깨달았다. 그가 한 말은 소년의 마음에 스며들지 못했다. 의미를 갖지도 못했다.

그들은 희미하게 흐린 달을 머리에 이고서 정원의 흔들리는 빛과 축축한 향기 사이로 잠시 걸었다.

"조금 전, 맨 처음에 나타났던 영상의 주인공 말인데……. 그 여자를 아느냐?"

소년은 쉽사리 대답했다.

"스트렐라 시오벨벨 말씀이죠? 알아요. 전에 평의회 모임에서 본 적이 있어요."

"싱인가?"

"아뇨. 그 여자는 지배자가 아니에요. 원래는 산에 사는 원주민인데

에스 토치에서 자랐을 거예요. 지배자들의 은혜 속에 자라도록 자기 아이들을 데려오거나 보내는 사람이 많거든요. 그리고 지능이 낮은 아이들은 데려와서 정신 컴퓨터에 연결해 그들마저 중요한 일에 한몫할 수 있게 하죠. 잘 모르는 이들이 꼭두각시라고 부르는 게 그들이에요. 스트렐라 시오벨벨과 같이 오신 거죠, 프레치 라마렌?"

"같이 왔지. 같이 걷고, 같이 식사를 하고, 같이 잤어. 그 여자는 스스로가 방랑자 에스트렐이라고 했지."

"그 여자가 싱이 아니라는 건 알 수 있으……."

소년은 말을 하다 말고 얼굴을 붉히더니 진정제가 든 관을 하나 더 꺼내어 빨기 시작했다.

"싱이라면 나와 같이 잤을 리가 없다고?"

팔크가 묻자 소년은 여전히 빨갛게 물든 얼굴로 그렇다는 뜻을 표시했다. 그리고 겨우 약물에 힘입어 입을 열었다.

"그들은 보통 사람들과는 접촉하지 않아요, 프레치 라마렌……. 신들 같죠. 차갑고, 친절하고, 또 현명하고……. 그들은 멀리 떨어져 있어요……."

소년은 말이 많았지만 어린아이 같고 조리가 없었다. 고아가 되어 낯선 세계에서, 거리를 둔 채 간섭하지 않으며 이야기는 실컷 주입하지만 실체는 얻지 못하게 내버려두는 이들 속에서 유년기를 보내고 청소년기에 들어선, 열다섯에 약물을 통해 만족을 찾는 이 아이가 스스로가 얼마나 고독한지 알기는 하는 걸까? 소년은 자신의 고립 자체를 알지 못하는 게 분명했다. 어떤 것에 대해서도 명확한 개념을 갖지 못하는 것 같았다. 그러나 팔크는 가끔씩 소년의 눈에서 그리움을 보았다. 그리움과 무기력한 희망, 바싹 마른 소금 사막에서 목마름에 시달리며 신기루를 보는 사람 같은 표정. 팔크에게는 묻고 싶은 것이 아직 많았지만, 물어봐야 별 소용은 없었다. 팔크는 동정심에서 오르위의 가느다란 어깨에 손을 얹었다. 소년은 그의 손길에 흠칫 놀라더니 수줍게 애매한 미소를 지으며 진정제를 다시 빨았다.

그의 편의를 위해 (혹은 오르위에게 감명을 주기 위해서일까?) 모든 것이 사치스럽게 배열된 방으로 돌아온 팔크는 한동안 우리에 갇힌 곰처럼 서성이다가 겨우 누워 잠들었다. 꿈속에서 그는 어떤 집 안에 있었다. 숲의 집과 같은 집이었지만 꿈속에 나온 사람들은 그와 같이 마노와 호박색의 눈을 지니고 있었다. 그는 나도 당신들의 동족이라고 말하려 했지만, 그들은 그의 말을 이해하지 못했고, 더듬더듬 올바른 말을, 진정한 말을, 진정한 이름을 찾아 헤매는 그를 이상한 눈으로 바라보았다.

잠에서 깨자 꼭두각시들이 대기하고 있었다. 팔크가 쫓아내자 그들은 나갔다. 그도 홀로 나갔다. 아무도 그를 막지 않았다. 걸으면서 마주치는 사람도 없었다. 길고 몽롱한 복도나 경사로나 도무지 문을 찾을 수 없는 흐릿한 벽에 둘러싸인 보일락 말락 한 방들 안에나 움직이는 사람이 하나도 없었다. 버려진 공간 같았다. 그런데도 내내 그는 감시당하고 있다는 느낌, 일거수일투족을 지켜보는 이들이 있다는 느낌을 받았다.

길을 되짚어 방으로 돌아가 보니 오르위가 기다리고 있었다. 그는 팔크에게 도시를 구경시켜주고 싶어 했다. 그들은 오후 내내 패리스톨리스 슬라이더를 타기도 하고 걷기도 하면서 에스 토치의 거리와 계단식 정원, 다리와 궁전과 주거지들을 둘러보았다. 오르위는 돈으로 쓰이는 이리듐 조각을 두둑하게 지니고 있었고, 팔크가 지금 입고 있는 화려한 옷차림이 마음에 들지 않는다고 말하자 바로 옷가게에 가서 마음에 드는 옷을 사자고 우겼다. 팔크는 색색의 장식 무늬를 넣어 짜기도 하고 비닐로 만들기도 한 눈부시게 화려한 옷이 쌓인 탁자와 옷걸이들 사이에 서서, 햇빛 속에서 작은 베틀로 회색 천에 흰 두루미를 짜 넣던 파스를 생각했다.

"난 검은 옷을 지어 입을 거야."

그녀가 했던 말을 기억하며 그는 오색찬란한 로브와 가운과 의복들 속에서 검은색 바지와 거무스름한 셔츠, 그리고 검은색 겨울감으로 만든 짧은 외투를 골랐다.

"고향의……, 웨렐의 옷과 조금 비슷하네요."

오르위는 미심쩍은 눈으로 제가 입은 새빨간 튜닉을 내려다보며 말했다.

"고향에는 겨울감이 없지만요. 아, 우린 지구에서 웨렐로 정말 많은 걸 가져갈 수 있을 거예요. 이야기해 줄 것도 많고 가르쳐줄 것도 많아요. 갈 수만 있다면!"

그들은 협곡 위에 걸친 반투명한 단 위에 지어놓은 식당으로 갔다. 높은 산맥 속의 차고 밝은 저녁이 아래쪽의 심연을 어둡게 칠하자 협곡 가장자리에 솟아오른 건물들은 진주 빛으로 번득였고 거리와 구름다리는 눈부신 빛으로 번쩍였다. 그들은 음악이 물결치는 곳에서 향료를 잔뜩 친 정체 모를 음식을 먹으며 도시의 군중이 오가는 모습을 지켜보았다. 에스 토치 안을 걷는 이들 중에는 남루한 차림의 사람도 있었고 사치스러운 차림의 사람도 있었다. 많은 수가 성별이 뒤바뀐 야한 옷을 입고 있었다. 에스트렐이 그런 복장을 하고 있던 것이 어렴풋이 떠올랐다. 여러 가지 인간이 있었고, 처음 보는 유형도 있었다. 하얀 피부에 푸른 눈, 지푸라기 같은 노란 머리카락을 한 무리도 있었다. 팔크는 그들이 몸을 표백한 줄 알았지만, 오르위가 설명하길 그들은 제2대륙에서 온 부족민들로, 싱이 그들의 문물을 장려하고 있어 그들의 지도자와 젊은이들을 에어카로 에스 토치에 데려와 그 방식을 보고 익히게 한다고 했다.

"보세요, 프레치 라마렌. 지배자들이 원주민을 가르치지 않으려 한다는 건 사실이 아니라니까요. 원주민들 쪽에서 배우지 않으려 하는 거라고요. 이 하얀사람들은 지배자들과 지식을 나누잖아요."

"그리고 그런 상을 받기 위해 뭘 잊어버렸을까?"

팔크의 질문은 오르위에게 아무 의미도 없었다. 소년은 "원주민"에 대해 거의 아는 게 없었다. 그들이 어떻게 사는지, 그들이 무엇을 아는지. 소년은 상점 관리인과 식당 웨이터를 상냥하고 겸손한 태도로 대했다. 열등한 이들을 대하는 사람처럼. 이런 오만함은 웨렐에서 가져온 것일 수도 있었다. 소년은 켈샥 사회를 서열이나 등급에 따른 개인의 위치를 강하게 의식하는 계층 사회로 묘사했다. 팔크로서는 그 서열이 어떤 기준에 따르는지, 어떤 가치 위에 서 있는지 이해할 수 없었다. 타고난 계급만으로 결정되는 게 아니라는 것은 분명했지만, 오르위의 어릴 적 기억으로는 선명한 그림을 그려낼 수가 없었다. 어쨌든 팔크는 오르위의 입에서 나오는 "원주민"이라는 말의 어감이 마음에 들지 않았고, 참다못해 결국 빈정대는 말투로 묻고 말았다.

"누구에게 고개를 숙여야 하고 누구에게 절을 받아야 할지 어떻게 알지? 난 지배자와 원주민을 구분하지 못하겠다. 지배자들 '도' 원주민이지. 안 그러냐?"

"그렇죠. 원주민들이 스스로를 원주민이라고 부르는 거예요. 그들은 지배자들이 외계인 정복자라고 주장하니까요. 저도 늘 그들을 구분하진 못해요."

소년은 늘 그렇듯 애매모호하고 애교 있는 천진한 웃음을 떠올리며 말했다.

"이 거리에 있는 사람들 대부분이 싱인가?"

"그럴걸요. 본 적이 있는 사람은 얼마 없지만요."

"지배자들, 그러니까 싱이 똑같은 테라 인이라면 뭘로 원주민과 차이를 두는지 이해가 가질 않는구나."

"뭐긴요. 지식과 힘이죠……. 지배자들은 아치노와가 켈시를 다스린 것보다 더 오랫동안 지구를 다스려왔잖아요!"

"하지만 계속 스스로를 다른 카스트로 유지한단 말이지? 너는 지배자들이 민주주의를 신봉한다고 했는데."

민주주의란 먼지 쌓인 골동품 같은 말이었고, 오르위가 그 말을 썼을 때 팔크는 충격을 받았다. 그 뜻을 확실히 알지는 못했지만, 그게 대중의 정치 참여와 관련되어 있다는 사실은 알고 있었다.

"그럼요, 그렇고말고요, 프레치 라마렌. 평의회는 모두의 이익을 위해 민주적으로 다스리고, 왕이나 독재자 같은 건 없는걸요. 파리타 홀에 가볼까요? 파리타가 싫으시면 다른 흥분제도 있고, 댄서랑 티아느브 연주자들도……."

"음악을 좋아하니?"

"아뇨."

소년은 미안하다는 듯한 어조로 솔직하게 말했다.

"음악을 들으면 울거나 소리를 지르고 싶어져요. 물론 웨렐에선 동물과 어린아이들만 노래를 하죠. 다 자란 어른이 노래를 부르는 건 잘못이지요. 아니, 잘못인 것 같아요. 하지만 지배자들은 토착 예술을 장려하거든요. 그리고 춤도요. 때로는 아주 아름다……."

"아니다."

팔크의 마음속에 상황을 완전히 간파하고 끝까지 가보려는 의지와 활력이 강하게 솟아올랐다.

"아번디봇이라는 자에게 묻고 싶은 게 있어. 만나볼 수 있을지 모르겠다만."

"만나러 오고말고요. 오랫동안 제 스승이었는걸요. 이걸로 부를 수 있어요."

오르위는 손목에 걸린 금사슬 팔찌를 입가에 들어올렸다. 소년이 팔찌에 대고 말을 하는 동안 팔크는 앉아서 에스트렐이 부적에 대고 중얼거리던 기도를 떠올리고 스스로의 우둔함에 놀랐다. 바보라도 그게 송신기라는 정도는 알았으련만. 바보라도……. 이 바보만 빼면 어느 바보라도.

"지배자 아번디봇이 가능한 한 빨리 오겠대요. 지금 동쪽 궁전에 있네요."

그들은 식당을 나섰다. 오르위는 그들이 나가는 것을 보고 허리를 굽힌 웨이터에게 돈 조각을 던졌다.

봄의 먹구름이 별과 달을 가렸지만 거리는 불빛으로 형형했다. 팔크는 무거운 마음으로 거리를 지났다. 그토록 두려웠지만 동시에 도시를 보고 싶었다. '엘로나에', 인간이 있을 곳을. 그러나 이 도시는 그에게 근심만 더해 주었다. 열 채가 넘는 집이나 백 명이 넘는 사람을 한꺼번에 본 적이 한 번도 없기는 하지만, 군중 때문에 마음이 심란한 것은 아니었다. 팔크의 기를 꺾은 것은 도시의 현실이 아니라 그 비현실성이었다. 이곳은 '인간의 장소'가 아니었다. 에스 토치에는 역사의 흔적이 없었다. 이곳에서는 이전 시간이나 바깥 공간이 느껴지지 않았다. 1000년이나 세계를 지배했는데도 말이다. 조브의 집에 있던 고대 텔레스크롤에 나오는 도서관이나 학교, 박물관 같은 것은 찾아볼 수 없었다. 위대한 인간의 시대를 되살려주는 기념물이 전혀 없었다. 배움의 흐름은 물론이고 상품의 흐름도 없었다. 이곳에서 쓰이는 돈은 싱이 인심 쓴 물건일 뿐, 그 돈에 진짜 활력을 부여할 만한 경제가 존재하지 않았다. 그렇게 많다는 지배자들은 지구상에 이 도시 하나만을 유지했다. 지구 자체가 한때 연맹을 형성했던 수많은 세계와 멀리 떨어진 것처럼 이 도시도 홀로 떨어져 있었다. 에스 토치는 독립적이고, 자급자족하며, 뿌리 없는 도시였다. 에스 토치의 광휘와 덧없는 불빛, 기계와 얼굴들, 넘쳐나는 이방인과 사치스러운 복잡성 모두가 갈라진 틈, 공허한 장소 위에 걸쳐서 있었다. 이곳은 '거짓의 장소'였다. 그러나 출렁했다. 지구의 너른 황야에 떨어진 보석 세공품처럼 훌륭하고, 처음도 끝도 없이 영원했으며, 이질적이었다.

슬라이더는 그들을 태우고 난간 없이 급강하하는 다리를 건너 빛나는 탑으로 향했다. 까마득히 아래 보이지 않는 어둠 속에 강이 흘렀다. 산맥의 모습은 밤과 폭풍과 도시의 광휘에 가려졌다. 탑 입구에서 꼭두각시가 팔크와 오르위를 맞아들여 엘리베이터에 태우고, 늘 그렇듯 창문이 없고 반투명한 벽이 푸르스름하게 반짝이는 안개로 이루어진 듯한 방으로 안내했다. 두 사람에게 앉으라고 권하고는 음료수가 담긴 커다란 은잔을 주었다. 팔크가 조심스레 맛을 보니 놀랍게도 캔자스 영지에서 한 번 먹어본 노간주나무 향 술이었다. 그는 그것이 독한 알코올임을 알고 있었으므로 더 이상 마시지 않았다. 하지만 오르위는 맛있게 들이켰다. 흰 로브를 걸치고 가면 같은 얼굴을 한 키 큰 아번디봇이 들어오더니 가벼운 손짓으로 꼭두각시를 내보냈다. 아번디봇은 팔크와 오르위에게 거리를 두고 멈춰 섰다. 꼭두각시는 작은 대 위에 세 번째 은잔을 놓고 나갔는데, 아번디봇은 경례라도 하듯 잔을 들어올려 쭉 들이켜더니 작고 메마른 목소리로 말했다.

"라마렌 님은 드시질 않는군요. 지구에 아주 오래된 말이 있지요. 와인 안에 진실이 있다는."

아번디봇은 미소 짓다가 웃음을 거두고는 말을 이었다.

"하지만 당신의 갈증은 와인이 아니라 진실을 향한 것일 테지요."

"묻고 싶은 게 하나 있습니다."

"하나뿐입니까?"

그 말투에 깃든 조소가 팔크에게는 너무나 또렷하게 느껴졌다. 너무 또렷해서 오르위도 알아차렸는지 싶어 슬쩍 돌아보게 될 정도였다. 그러나 소년은 흐린 금빛 눈을 내리깔고 파리타 관을 빨 뿐, 아무것도 알아차리지 못하고 있었다.

팔크는 무뚝뚝하게 말했다.

"잠시 동안 둘이서만 이야기하고 싶군요."

이 말에 오르위는 어리둥절해서 눈을 들었다. 싱은 말했다.

"물론 원하시는 대로 할 수 있습니다. 그러나 하르 오르위가 여기 있든 없든 제 대답에 차이는 없을 겁니다. 하르 오르위에게 말하고 당신에게 숨기는 게 없는 것과 마찬가지로, 당신에게 말하고 하르 오르위에게 숨길 것도 없으니까요. 그러나 하르 오르위가 없는 편이 좋으시다면 그렇게 해야겠지요."

"홀에서 기다려라, 오르위."

팔크가 말했다. 소년은 유순한 태도로 나갔다. 오르위가 나가고 수직으로 세운 입술 같은 문이 닫히자 팔크는 말했다. 여기에선 모두가 속삭였으므로, 그 역시 속삭이다시피 말했다.

"전에 했던 질문을 되풀이하고 싶군요. 내가 제대로 이해한 건지 모르겠어서. 당신들은 나의 현재 기억을 대가로 해서만 과거 기억을 복구할 수 있다, 맞습니까?"

"내게 왜 무엇이 진실인지를 묻습니까? 대답한다면 믿겠습니까?"

"어째서, 어째서 믿지 말아야 한다는 거죠?"

팔크는 그렇게 대꾸했지만, 싱이 아무 힘도 능력도 없는 동물을 갖고 놀듯 그를 희롱하고 있음을 느끼고는 마음이 무거워졌다.

"우리는 거짓말쟁이들이잖습니까? 우리가 하는 말은 무엇 하나 믿지 말아야지요. 조브의 집에서 그렇게 배웠고, 지금도 그렇게 생각하고 있지 않습니까. 당신이 무슨 생각을 하는지 알아요."

"내 질문에나 대답해 봐요."

팔크는 대꾸해 봐야 소용없다는 것을 인식하며 말했다.

"전에 이야기했던 대로, 그리고 제 나름대로 최선을 다해 말씀드리겠습니다. 이 문제를 제일 잘 아는 건 켄 케넥이라고, 우리의 가장 뛰어난 마음 조종자입니다만……. 그를 호출할까요? 기꺼이 이 자리에 모습을 투사할 겁니다. 싫으시다고요? 물론 아무래도 상관없는 일입니다. 거칠게 표현해서 당신의 질문에 대한 답은 이렇습니다. 당신의 마음은 파괴당했습니다. 마음의 파괴는 일종의 수술입니다. 물론 외과 수술은 아니고, 정신 전자 장비를 이용한 초정신성 수술로 그 효과는 최면 블록 정도와는 비교도 안 되게 절대적이지요. 그러므로 파괴된 마음의 복구는 가능하기는 하되 최면 블록을 제거하는 것보다 훨씬 거친 치료가 될 수밖에 없습니다. 지금 이 순간 당신에게 문제가 되는 것은 이차적이며 표면에 덧씌워진 부분 기억과 인격 구조, 즉 당신이 지금 스스로의 '자아'라고 부르는 것입니다. 사실 이건 문제가 안 됩니다. 편견을 걸고 보십시오. 이차적으로 자라난 이 자아는 깊숙이 감춰져 있는 진정한 자아에 비교하면 초보적이고, 감정 발달은 미숙한 데다 지적으로도 불완전한 것에 지나지 않습니다. 하지만 우리도 당신이 상황을 편견 없이 볼 수 있으리라고는 기대할 수도 없고 기대하지도 않아요. 그러니 당신에게 라마렌을 복구해도 팔크 역시 지속된다고 단언할 수 있었으면 좋겠어요. 실제로 당신이 두려움과 의심을 덜고 결정을 쉽게 내릴 수 있도록 거짓말을 할까 하는 유혹도 느꼈지요. 하지만 당신이 진실을 아는 게 최선입니다. 우리는 다른 방법을 알 수가 없고, 아마 당신도 그럴 겁니다. 진실은 이렇습니다. 켄 케넥과 그의 정신 컴퓨터가 수행하고자 하는 믿기지 않을 만큼 복잡한 시술을 이렇게 단순화해도 될지 모르겠지만, 우리가 당신의 원래 정신이 지닌 정상 상태와 시냅스 총체의 기능을 복구할 경우, 지금 당신이 스스로의 마음과 자아라고 여기는 이차 시냅스 총체는 완전히 폐쇄됩니다. 이 이차 총체는 돌이킬 수 없이 억압됩니다. 즉 이쪽이 파괴될 차례인 것이지요."

"그러니까 라마렌을 되살리려면 팔크를 살해해야 하는 거군요."

"우리는 살해하지 않습니다."

싱은 귀에 거슬리게 속삭이는 소리로 그렇게 말하더니 타오르듯 강렬한 텔레파시로 되풀이해 말했다.

'우리는 살생을 하지 않아요.'

잠시 침묵이 흘렀다.

싱이 소곤거렸다.

"큰 것을 얻으려면 작은 것을 포기해야 합니다. 언제나 그런 법이죠."

"살고자 하면 죽어야 하느니."

팔크는 그렇게 말하고 가면 같은 얼굴이 주춤하는 것을 보았다.

"좋습니다. 동의하지요. 당신들이 나를 죽이도록 허락하겠습니다. 내 허락 같은 건 사실 별 문제도 아닐 텐데요. 그래도 원한다니 허락하지요."

"우린 당신을 죽이지 않습니다."

속삭임이 조금 커졌다.

"우리는 살해하지 않아요. 생명을 빼앗지 않습니다. 우린 당신의 진정한 삶과 존재를 되살려주는 겁니다. 단지 잊어야 할 뿐이지요. 그게 대가입니다. 어떤 선택이나 의혹도 없습니다. 라마렌이 되려면 팔크를 잊어야만 합니다. 이를 위해 당신은 동의해야 합니다만, 우리가 요구하는 건 그게 전부입니다."

"하루만 더 시간을 줘요."

팔크는 그렇게 말하고 일어나서 대화를 끝냈다. 그는 졌다. 그는 무력했다. 그래도 그는 잠깐이나마 가면이 주춤하게 만들고 거짓의 속살을 건드렸고, 그 순간 진실이 아주 가까운 곳에 있다는 것을 감지했다. 그 진실에 닿을 지혜나 힘만 있다면…….

팔크는 오르위와 함께 건물을 떴고, 거리에 나가서 말했다.

"잠깐만 같이 가자. 저 벽들 너머에서 이야기를 좀 나누고 싶구나."

그들은 환한 거리를 지나 벼랑 가장자리로 가서, 거리 끝에서부터 가파르게 떨어지는 검은 구렁 위로 다리의 불빛들이 지나쳐 달려가는 가운데 차가운 봄의 북풍을 맞으며 나란히 섰다.

팔크는 천천히 말했다.

"내가 라마렌이었을 때, 네 도움을 요구할 권리가 있었나?"

"뭐든 말씀만 하세요."

소년은 웨렐에서의 어린 시절 훈련을 되살린 듯 침착하고 기민하게 대답했다.

팔크는 잠시 동안 소년의 눈을 똑바로 들여다보았다. 그는 오르위의 손목에 걸린 금사슬 팔찌를 가리키고, 몸짓으로 그 팔찌를 벗어서 협곡에 던져버리라는 뜻을 전했다.

오르위가 무슨 말을 꺼내려 하자 팔크는 입술에 손가락을 갖다 댔다.

소년의 눈빛이 흔들렸다. 그는 주저하다가 금사슬을 벗어 어둠 속에 던졌다. 그리고 다시 두려움과 혼란, 인정받고픈 갈망이 또렷이 드러난 얼굴로 팔크를 보았다.

팔크는 처음으로 오르위에게 마음이야기를 시도했다.

"다른 장치나 장신구를 하고 있니?"

소년은 처음에는 이해를 하지 못했다. 싱에 비교하면 팔크의 텔레파시는 서툴고 약했다. 마침내 팔크의 뜻을 이해한 소년은 상당히 명료한 초언어로 대답했다.

"아니요. 그 송신기뿐입니다. 왜 그걸 던져버리라고 하신 거죠?"

"오르위, 너만 들을 수 있게 말하고 싶어서다."

소년은 겁먹은 얼굴로 소리 내어 소곤거렸다.

"지배자들은 들을 수 있는걸요. 그들은 어디에서든 마음이야기를 들을 수 있어요. 프레치 라마렌······. 그리고 전 마음 방어 기술을 막 배우기 시작한 참이고······."

"그럼 소리 내서 이야기하자."

팔크는 싱이 모종의 기계 장치에 도움받지 않고 '어디에서나' 마음이야기를 들을 수 있을지 의심스러웠지만 일단 그렇게 말했다.

"내가 부탁하고 싶은 건 이거야. 이들 에스 토치의 지배자들이 날 이리 데려온 건 라마렌으로서의 내 기억을 복구하기 위해서인 것 같아. 하지만 그들은 오직 지금 나의 기억, 내가 지구에서 배운 모든 것을 대가로 받고만 그럴 수 있거나 그러려고 하지. 이것이 그들이 고집하는 바야. 하지만 나는 그러길 바라지 않아. 내가 알고 추측하는 것들을 잊고 그들의 손아귀에 든 무지한 도구가 되고 싶지 않아. 죽기 전에 또 죽고 싶지 않다고! 저항할 수 있을지 모르겠지만 노력은 해볼 작정이고, 네게 부탁하고 싶은 건……."

아직 계획이 선 것은 아니었기 때문에 그는 여기에서 말을 멈추고 선택을 망설였다.

잠시 들떴던 오르위는 이제 다시 혼란으로 흐려진 얼굴로 말했다.

"하지만 왜……."

"뭐?"

팔크는 잠깐이나마 소년에게 발휘했던 권위가 증발하는 것을 알아차렸다. 그래도 오르위가 '왜?'라고 물을 정도로는 놀랐으니, 말이 통할 만한 순간이 있다면 바로 지금뿐이었다.

"왜 지배자들을 믿지 않으시는 거죠? 왜 그들이 지구에서의 아저씨 기억을 억누르고 싶어 한다고 생각하세요?"

"왜냐하면 라마렌은 내가 아는 것을 알지 못하니까. 너도 알지 못하고. 그리고 우리의 무지 때문에 우리를 여기로 보낸 세계를 배반하게 될지도 모르니까."

"하지만 아저씨는, 우리 세계를 기억하지도 못하시잖아요……."

"못하지. 하지만 이 세계를 지배하는 거짓말쟁이들을 위해 일하진 않겠다. 내 말을 들어보렴. 그들이 원하는 게 무엇인지 내가 짐작할 수 있는 것은 이 정도뿐이다. 그들이 내 이전 마음을 복구하려 하는 것은 우리 고향 세계의 진정한 이름, 그러니까 그 위치를 알기 위해서야. 아마 내 마음을 헤집는 동안에 그걸 알아낸다면 그 자리에서 날 죽여버리고 네게는 시술이 잘못되었다고 말하겠지. 아니면 내 마음을 다시 한 번 파괴하고 네게는 시술이 실패했다고만 할 것이고. 하지만 그렇게 해서 알아내지 못한다면 최소한 내가 그들이 원하는 것을 말해 줄 때까지는 살려 둘 거야. 그리고 라마렌으로서의 나는 상황을 충분히 알지 못하니 그들에게 말을 하지 않을 이유가 없겠지. 그러면 그들은 우리를 웨렐로 돌려 보내겠지. 위대한 원정을 떠나 몇 세기가 지난 다음에 돌아가서 웨렐에 야만적인 암흑기의 지구에서 싱이 얼마나 용감하게 문명의 등불을 밝혀 들고 있는지 말해 줄 유일한 생존자들로 말이야. 인간의 적이 아닌 싱, 스스로를 희생하는 지배자들, 진짜 지구 사람이고 외계인이나 정복자가 아닌 현명한 지배자들 싱……. 우리는 웨렐에 가서 이런 우호적인 싱을 이야기할 것이고 그들은 우리 말을 믿겠지. 그들도 우리가 믿는 거짓을 믿을 거야. 그러면 그들은 싱으로부터의 공격을 걱정하지도 않을 것이고 지구인들, 거짓으로부터 해방되길 기다리고 있는 진짜 인간에게 도움을 보내지도 않겠지."

"하지만 프레치 라마렌, 그건 거짓말이 아닌걸요."

오르위가 말했다.

팔크는 널리 퍼진 밝은 빛, 떠도는 빛들 속에서 잠시 동안 소년을 바라보았다. 마음이 무겁게 가라앉았지만 마침내 그는 말했다.

"내가 부탁하는 일을 해주겠지?"

"예."

소년은 속삭였다.

"살아 있는 다른 어떤 이에게도 말하지 않고?"

"예."

"이것뿐이다. 네가 라마렌을 처음 보게 될 때, 보게 된다면 나에게 이 말을 해다오. 책의 첫 장을 읽어보라고."

"'책의 첫 장을 읽어보세요.'"

오르위는 유순하게 그 말을 되풀이했다.

잠시 침묵이 흘렀다. 팔크는 거미줄에 칭칭 감긴 파리처럼 헛된 노력에 에워싸인 것 같은 느낌이었다.

"그렇게만 하면 되는 건가요, 프레치 라마렌?"

"그게 전부다."

소년은 고개를 숙이고 모국어로 그 문장을 되뇌었다. 뭔가를 약속하는 공식 같은 문장. 그러고 나서 그는 물었다.

"팔찌 통신기에 대해서는 뭐라고 말해야 하죠, 프레치 라마렌?"

"있는 그대로. 다른 비밀만 지킨다면 상관없다."

팔크는 말했다. 어쨌든 그들도 소년에게 거짓말하는 방법은 가르치지 않은 것 같았다. 단지 거짓과 진실을 구분하는 방법을 가르쳐주지 않았을 뿐.

오르위는 팔크를 슬라이더에 태워 다리 건너로 돌아갔고, 팔크는 다시 에스트렐이 처음 데려갔던 찬란한 안개 벽 궁전 안으로 들어갔다. 방에 혼자 있게 되자 그는 자신이 얼마나 철저히 우롱당했으며 무력해졌는지 실감하며 두려움과 분노에 몸을 내맡겼다. 겨우 분노를 수습한 다음에도 그는 죽음에 대한 공포와 싸우며 우리에 갇힌 곰처럼 방 안을 돌아다녔다.

간절히 애원하면 그들이, 그들에게 쓸모는 없지만 해로울 것도 없는 팔크로 살게 놔둬 주지 않을까?

아니. 그러지 않을 것이다. 불 보듯 뻔한 일이었고, 그저 겁이 나서 해

본 생각일 뿐이었다. 그런 쪽으로는 희망이 없었다.

도망칠 수 있을까?

어쩌면. 이 거대한 건물이 텅 비어 보이는 것은 속임수이거나 함정, 혹은 이곳의 다른 많은 것들처럼 환영인지도 몰랐다. 그는 숨어 있는 누군가 혹은 감춰진 장치가 청각적으로나 시각적으로 계속 그를 감시하고 있다는 느낌을 받았고 또 그럴 것이라고 생각했다. 문은 모두 꼭두각시나 전자 모니터가 감시했다. 하지만 설령 에스 토치에서 도망친다 하더라도, 그 다음엔 뭘 어쩐단 말인가?

산맥을 가로지르고 평원을 건너, 숲 속을 뚫고 마침내 파스가 있는 개척지로 돌아갈 수도 있겠지……. 아니! 그는 화가 나서 스스로에게 제동을 걸었다. 돌아갈 수는 없었다. 이렇게 멀리까지 길을 따라온 이상, 반드시 끝까지 가야 했다. 죽어야만 그럴 수 있다면 그래서라도. 이방인으로, 외계인의 영혼으로 다시 태어나는 한이 있어도.

하지만 여기엔 이방인, 외계인에게 진실을 말해 줄 사람이 하나도 없었다. 이곳에는 팔크 자신 말고는 팔크가 믿을 수 있는 사람이 없었고, 그러므로 팔크는 그냥 죽는 게 아니라 그 죽음으로 적의 의지에 봉사하는 셈이었다. 그 점이 참을 수가 없었다. 용납할 수 없었다. 그는 녹색을 띤 어둡고 조용한 방 안을 거닐었다. 천장 너머로 소리 없이 흐릿하게 번개가 번쩍였다. 거짓말쟁이들을 위해 일하지는 않겠다. 그들이 원하는 것을 말해 주지는 않을 것이다. 신경이 쓰이는 것은 웨렐이 아니었다. 알고 있는 모든 것에도 불구하고 그의 머릿속은 이런 저런 추측으로 뒤죽박죽이었다. 웨렐도 거짓이고 오르위는 더 정교한 에스트렐일 수도 있었다. 무어라 말할 수 없는 일이었다. 그러나 그는 지구를 사랑했다. 지구에서는 외계인이었지만, 그에게 있어 지구란 숲 속에 있는 집, 개척지에 쏟아지는 햇살, 그리고 파스를 뜻했다. 그는 이것들을 배신할 수 없었다. 모든 압력과 속임수에 대항하여 그들을 배신하지 않을 방법이 있으리라 믿어야만 했다.

그는 거듭거듭 팔크로서의 자신이 라마렌으로서의 자신에게 메시지를 남길 방법을 생각해 내려 애썼다. 문제 자체가 워낙 기괴하다 보니 생각이 떠오르지 않았고, 게다가 어떻게든 해결할 방법이 없었다. 싱이 그가 메시지를 적는 것을 보지 못한다 해도 일단 쓴 메시지는 찾아낼 것이다. 처음에는 오르위를 매개자로 활용하여 라마렌에게 "싱의 질문에 대답하지 마세요."라고 말하도록 명령할까도 생각했지만, 오르위가 그 명령에 따르거나 다른 비밀을 지키리라고 믿을 수가 없었다. 싱에게 마음을 조작당한 소년은 이미 본질적으로 그들의 도구라고밖에 볼 수 없었다. 어쩌면 팔크가 남긴 무의미한 메시지도 벌써 지배자들에게 알려졌을지 모른다.

피하거나 빠져나갈 방법이나 길이 보이질 않았고 마땅한 비결이나 책략도 없었다. 희망이라곤 오직 하나뿐이었고, 그나마도 무척 작은 희망이었다. 놈들이 무슨 짓을 하든 스스로를 지키고, 잊기를 거부하고 죽기를 거부할 수 있다는 믿음. 거기에 매달릴 수밖에 없었다. 그가 그것이 가능할지 모른다는 희망을 품게 된 바탕은 오직 하나, 싱이 그것은 불가능하다고 말했다는 점이었다.

그들은 그가 불가능하다고 믿기를 원했다.

그렇다면 에스 토치에 처음 왔을 때 몇 시간인지 몇 날인지에 걸쳐 겪은 망상과 환각과 환영은 오직 그를 혼란스럽게 만들고 스스로에 대한 그의 믿음을 약화시키기 위한 것이었으리라. 그게 그들이 노린 바였다. 그들은 팔크가 스스로를 믿지 못하기를, 스스로의 믿음, 스스로의 지식,

스스로의 힘을 믿지 못하기를 원했다. 같은 맥락에서 마음 파괴에 대한 모든 설명도 팔크가 그들의 초최면 시술에 저항할 수 없으리라고 확신하게 만들기 위한 위협이요, 허풍이었다.

라마렌은 저항하지 못했다…….

라마렌은 놈들의 능력이나 놈들이 하려는 짓에 대해 아무런 의심도 경계도 품지 않았지만 팔크는 달랐다. 그 점에서 차이가 있을지도 모른다. 그렇다 하더라도 라마렌의 기억은 돌이킬 수 없이 파괴당하지 않았다. 라마렌의 기억을 돌이키려 하는 것이 증거가 되지 않겠는가. 정작 팔크의 기억은 돌이킬 수 없이 폐쇄되리라 주장하지만…….

희망. 아주 작은 희망. 그가 할 수 있는 일이란 그저 진짜일지도 모르는 희망을 안고 '나는 살아남을 것이다.'라고 말하는 것뿐이었다. 운이 좋으면 살아남겠지. 그리고 운이 없으면……?

'희망이란 믿음보다 더 가늘지만 질긴 것이지.' 그는 머리 위로 희미하게 소리 없는 번갯불이 번쩍이는 가운데 방 안을 걸어 다니며 생각했다. 모름지기 좋은 시절에는 삶을 믿지만 나쁜 시절에는 오직 희망을 가질 뿐. 하지만 믿음이나 희망이나 본질은 같다. 마음이 다른 마음들과, 세계와, 그리고 시간과 맺어야만 하는 관계들. 믿음이 없어도 사람은 살지만, 그것은 사람다운 삶이 아니다. 희망이 없으면 사람은 죽는다. 관계가 존재하지 않을 때, 손을 뻗어 닿을 수 있는 것이 없는 곳에서 감성은 텅 비어 오그라들고 지성은 말라붙는다. 사람들 사이에 남는 연결 고리는 오직 주인과 노예, 혹은 살해자와 피해자의 그것뿐이다.

법이란 사람들이 가장 두려워하는 충동에 대항하여 만들어지는 것. 싱이 과시하는 유일한 법은 '살해하지 말라.'였다. 다른 것은 모두 허용되었다. 그것은 어쩌면 그들이 진정으로 원하는 것이 그 외에는 거의 없다는 뜻일지도 몰랐다……. 뿌리 깊은 살생의 유혹을 두려워한 나머지 그들은 생명 존중을 설파하여 끝내는 스스로의 거짓으로 스스로를 우롱하고 있었다.

어쩌면 그들에게 대항하여 이길 수 있는 유일한 길은 거짓말쟁이가 맞설 수 없는 한 가지 속성, 즉 정직뿐일지도 몰랐다. 어쩌면 그들은 사람이 아무 힘도 없이 그들의 손아귀에 붙잡힌 순간에도 저항을 할 수 있을 만큼 스스로에게 충실하게 살 수 있다고는 생각하지 못할 것이다.

어쩌면. 어쩌면.

마침내 신중하게 생각을 정리한 팔크는 캔자스의 왕자에게 받은, 그리고 왕자의 예언과 달리 아직 잃어버리지 않은 책을 집어 들고 잠들기 전까지 잠시 동안 열중해서 읽었다.

다음 날, 어쩌면 이번 삶의 마지막일지도 모르는 아침이 오자 오르위는 에어카를 타고 관광을 나가는 게 어떻겠냐고 제안했고, 팔크는 서쪽 바다를 보고 싶다고 말했다. 아번디봇과 켄 케넥, 두 싱은 공손하기 짝이 없는 태도로 명예로운 손님과 동행하고 싶다고, 지구 통치에 대해서나 내일로 잡힌 시술에 대해 묻고 싶은 게 있으면 얼마든 대답해 드리겠다고 말했다. 사실 팔크는 놈들이 그의 마음에 무슨 짓을 하려는지 좀 더 상세히 알아내면 더 강하게 저항할 수 있을지도 모른다는 막연한 희망을 품고 있었다. 하지만 소용없었다. 켄 케넥은 뉴런과 시냅스, 인양과 봉쇄와 해제, 약물과 최면과 초최면과 두뇌에 연결된 컴퓨터에 대해 끝도 없는 장광설을 늘어놓았다. 어느 것 하나 의미가 와 닿지 않았고 모두 무섭기만 했다. 팔크는 곧 이해해 보려는 노력을 그만두었다.

조종간을 늘인 것과 다를 바 없는 벙어리 꼭두각시가 조종하는 에어카는 산맥을 넘고, 덧없는 봄꽃으로 빛나는 사막 위를 서쪽으로 돌진했다. 그들은 몇 분 만에 서쪽 산맥의 화강암 표면에 접근했다. 2000년 전의 지각변동이 아직 생생하게 남아 부서지고 깎인 시에라는 눈 틈으로 삐죽삐죽한 봉우리를 밀어올리고 서 있었다. 그 산등성이 너머에 햇살을 받아 환하게 빛나는 바다가 펼쳐졌다. 파도 아래로 거무스름하게 물에 잠긴 땅이 보였다.

그곳에 도시가 있었다. 지워져버린 도시가. 팔크의 마음속에 잊혀져버린 도시와 잃어버린 장소, 잃어버린 이름들이 잠겨 있는 것처럼. 에어카가 빙그르르 돌아 동쪽으로 향하자 팔크는 말했다.

"내일은 지진이 일어나겠군요. 그리고 팔크는 물 밑으로 잠기겠지요……."

"유감천만한 일입니다, 라마렌 님."

아번디봇은 만족스럽다는 듯 말했다. 적어도 팔크에게는 그렇게 느껴졌다. 아번디봇이 말하면서 어떤 감정을 표현할 때마다, 그 표현이 너무 어색하게 울린 나머지 정반대 감정을 함축하는 것만 같았다. 하지만 어쩌면 실제로 그 표현 속에는 어떤 감정이나 느낌도 담겨 있지 않은 건지도 몰랐다. 새하얀 얼굴에 엷은 색 눈, 나이를 알 수 없는 얼굴에 보통 체격의 켄 케넥은 말을 할 때나 지금처럼 표정 없이 가만히 앉아 있을 때나 감정을 표현하는 일도 가장하는 일도 없었다. 그는 침착한 것도 둔감한 것도 아닌 철저한 폐쇄성을 보여주며 독립적으로, 멀리 떨어져 있었다.

에어카는 쏜살같이 날아 에스 토치와 바다 사이에 펼쳐진 사막을 건넜다. 그 드넓은 땅 어디에도 사람의 흔적은 없었다. 그들은 팔크의 방이 있는 건물 지붕에 착륙했다. 차갑고 무거운 싱의 존재감에 몇 시간 동안 시달리고 나니 사람을 미혹하는 그 방의 고독마저 그리웠다. 그들은 팔크가 그 고독을 누리게 해주었다. 그는 안개 벽에 둘러싸인 방 안에서 혼자 남은 오후와 저녁 시간을 보냈다. 싱이 또다시 약을 먹이거나 환영을 보내어 마음을 흐트러뜨리고 약하게 하지는 않을까 두려웠지만, 아무래도 그에 대해 더 이상의 예방 조치는 필요 없다고 생각한 모양이었다. 그는 방해받지 않고 반투명한 바닥 위를 걷거나, 가만히 앉아 있거나, 책을 읽었다. 결국 그들의 뜻 앞에서 그가 무엇을 할 수 있겠는가?

그 긴 시간 동안 그는 되풀이 또 되풀이해서 '옛 경전'으로 돌아갔다. 손톱으로도 표시는 남기지 못했다. 그저 잘 아는 내용 그대로를 한 장 한 장 몰두해서 읽고, 그 내용에 흠뻑 빠져서 걷거나 앉거나 누운 채로 되뇌며 다시 또 다시 맨 처음으로, 첫 장의 첫 번째 구절로 돌아갈 뿐이었다.

> 길로 갈 수 있는 길은
> 영원한 길이 아니며
> 이름 붙일 수 있는 이름은
> 영원한 이름이 아니니.

그리고 어둠 속으로 멀리, 피곤과 굶주림, 생각해서는 안 된다는 생각과 죽음에 대한 두려움의 압력 아래에서 마침내 그의 마음은 그가 갈구하던 상태에 들어섰다. 벽이 멀어졌다. 자아가 떨어져 나갔고, 그는 이제 아무것도 아니었다. 그는 말씀이었다. 아무도 듣는 이 없는 태초의 어둠 속, 시간의 첫 장에 나온 말씀. 자아는 떨어져 나갔고 그는 완전하고 영원한 그 자신이었다. 이름도 없는, 단 하나의 존재.

차츰 시간이 돌아오고 사물은 이름을 되찾았으며 벽이 생겼다. 그는 다시 한 번 책의 첫 장을 읽고, 누워서 잠에 빠졌다.

동쪽 벽이 이른 햇살에 에메랄드 빛으로 환해졌을 때 한 쌍의 꼭두각시가 와서 그를 데리고 몽롱한 홀과 층층 아래 거리로 내려갔고, 다시 슬라이더에 태워 어슴푸레한 거리와 심연을 건너 다른 탑으로 향했다. 이 둘은 이제까지 그의 시중을 들던 하인들이 아니라 덩치가 크고 말을 못 하는 경비원들이었다. 처음 에스 토치에 들어왔을 때 당한 무자비하고 조직적인 폭력, 싱이 주입한 첫 번째 자기 불신의 수업을 떠올려보니, 팔크가 마지막 순간에 탈출하려 할까 봐 기를 꺾기 위해 이 경비원들을 보낸 것 같았다.

그는 온통 벽에 둘러싸이고 거대한 컴퓨터 복합체의 화면과 뱅크들이 위압적으로 늘어선 환한 지하 쪽방들로 끝나는 방들의 미로 속으로 들어갔다. 그중 한 군데에서 켄 케넥이 그를 맞이하러 나왔다. 혼자였다. 어째서 싱을 한 번에 한둘밖에 볼 수 없는지, 그리고 왜 다해 봐야 그렇게 수가 적은지 생각해 보니 이상한 일이었다. 그러나 이제는 그 수수께끼를 풀어낼 시간이 없었다. 켄 케넥이 입을 여는 순간까지 잠시 동안 모호한 기억의 가장자리에서 그럴듯한 까닭이 춤을 추기는 했지만…….

싱은 단조로운 목소리로 속삭였다.

"어젯밤에 자살 시도는 하지 않았군요."

팔크는 한 번도 그런 생각은 떠올려 본 적이 없었다.

"그 부분은 당신이 알아서 한 줄 알았는데요."

켄 케넥은 주의 깊게 귀를 기울이는 분위기를 풍겼지만 실제로는 아무런 주의도 기울이지 않았다.

"모든 게 준비됐습니다. 6년 전 당신의 일차 정신 및 초정신 구조를 폐쇄하는 데 쓰인 것과 같은 뱅크와 정확히 똑같은 접속 부분들이 있지요. 당신의 동의가 있는 한 그 폐쇄를 푸는 것은 어렵지도 않고 외상도 남지 않아요. 억압의 경우엔 그렇지 않지만 복구에는 동의가 반드시 필요하지요. 이제 준비됐습니까?"

입 밖에 내어 말하는 것과 거의 동시에 켄 케넉은 감탄스러울 만큼 명료한 마음이야기로 말했다.

"준비됐습니까?"

그는 팔크가 "됐어요." 비슷하게 대답할 때 주의 깊게 귀를 기울였다.

그 대답에 만족했는지, 아니면 그 엠파시 음에 만족했는지 싱은 고개를 한 번 끄덕이고 단조로운 목소리로 속삭였다.

"그러면 약물 없이 시작하지요. 약물은 초최면 과정을 흐릿하게 만듭니다. 약물 없이 하는 편이 쉽지요. 거기 앉으십시오."

팔크는 마음을 잔잔히 가라앉히려 애쓰며 조용히 그 말에 따랐다.

켄 케넉이 악기 앞에 앉는 연주자처럼 컴퓨터 뱅크 앞에 앉는 동시에 무언의 신호를 받은 조수가 들어와서 팔크에게 다가왔다. 잠시 동안 팔크는 캔자스의 공식 알현실에 있던 거대한 패턴 틀, 그 위를 맴돌며 능숙한 손길로 불안정한 돌, 별, 사고의 특정 패턴을 만들고 무너뜨리던 검은 손을 떠올렸다……. 눈과 마음 위로 커튼처럼 암흑이 내려왔다. 그는 뭔가가, 두건이나 모자 같은 것이 머리를 죄는 것을 알 수 있었다. 그 다음엔 아무것도 느낄 수 없었다. 그저 어둠, 무한한 어둠, 어둠뿐이었다. 그 암흑 속에서 하나의 목소리가 마음속에 한마디 말을 되뇌고 있었다. 이해할 듯 말 듯한 한마디. 몇 번이고, 몇 번이고 되풀이되는 말, 말, 말, 이름……. 불이 확 타오르듯 살아남으려는 의지가 타올랐고, 그는 무시무시한 노력을 기울여 모든 역경을 뚫고 말없이 선언했다.

'나는 팔크다!'

곧이어 암흑이었다.

## 제9장

깊은 숲 속처럼 조용하고 어두침침한 곳이었다. 그는 오랫동안 힘없이 자다 깨다를 반복했다. 종종 더 먼저의, 더 깊은 잠 속에서 꾼 꿈의 조각들을 꿈꾸거나 떠올리기도 했다. 그러고는 다시 잠들었고, 다시 초록 일색의 빛과 고요 속에서 깨어났다.

가까이에 움직이는 것이 있었다. 그는 머리를 돌리고 낯선 젊은이를 보았다.

"누구요?"

"하르 오르위예요."

그 이름은 평온하게 꿈에 잠긴 마음속에 돌처럼 떨어져 잠겼다. 그 돌이 일으킨 파문만이 느리고 부드럽게 퍼져나갔고, 마침내 가장 바깥쪽의 원이 물가에 부딪히며 깨어졌다. 오르위, 하르 웨덴의 아들, 우주선에 타고 있던……, 사내아이. 겨울에 태어난 아이.

잠의 웅덩이의 잔잔한 수면이 희미하게 출렁였다. 그는 다시 눈을 감고 수면 아래로 내려가려 했다.

그는 눈을 감은 채 중얼거렸다.

"꿈을 꾸었다. 많은 꿈을 꾸었어······."

하지만 그는 다시 깨어나 겁에 질려 우물쭈물하고 있는 소년의 얼굴을 들여다보았다. 웨덴의 아들 오르위는 이제 겨우 다섯, 아니면 여섯 월기일 텐데. 그것도 그들이 여행에서 살아남았다면 말이지만.

무엇을 잊어버린 걸까?

"여긴 어디냐?"

"제발 가만히 누워 계세요, 프레치 라마렌······. 아직 말씀하지 마세요. 제발 가만히 누워 계세요."

"내가 어떻게 된 거지?"

현기증이 일어나 소년의 말대로 다시 드러누워야 했다. 몸이, 심지어 입술과 혀의 근육까지도 제대로 말을 듣지 않았다. 약해져서 그런 게 아니라 이상하게 제어가 안 되는 느낌이었다. 손을 들어올리기 위해 의식적으로 신경을 기울여야 했다. 마치 다른 사람의 손을 집어 드는 것 같았다.

누군가 다른 사람의 손······. 그는 한참 동안 팔과 손을 응시했다. 이상하게도 피부가 그을린 한의 가죽처럼 까매져 있었다. 팔뚝에서 손목까지 푸르스름한 흉터가 죽죽 났는데, 바늘을 반복해 찔러서 만든 것처럼 오톨도톨했다. 손바닥마저도 우주여행 센터의 실험실과 컴퓨터실, 평의회 홀과 웨제스트에 있는 침묵의 장소들 대신 바깥에서 오랜 풍파를 겪은 것처럼 거칠어져 있었다······.

그는 돌연 주위를 돌아보았다. 그가 있는 방에는 창문이 없었지만, 이상하게도 그 녹색 벽 안쪽에서, 벽을 통해 햇빛을 볼 수 있었다.

그는 마침내 말했다.

"사고가 있었지. 발진하면서였는지, 아니면……. 하지만 우린 여행을 해냈어. 해냈다고. 그게 꿈이었나?"

"아니에요, 프레치 라마렌. 우린 여행을 해냈어요."

다시 침묵. 그는 한참 있다가 말했다.

"그 여행이 마치 하룻밤이었던 것처럼, 한 번의 긴 밤, 어젯밤이었던 것처럼밖에 기억나지 않는구나……. 하지만 어린아이였던 너는 그 여행으로 어른에 가까운 나이를 먹었어. 그 부분은 우리가 틀렸던 거로군."

"아니요……. 여행으로 나이를 먹은 게 아니에요……."

오르위는 말을 잇지 못했다.

"다른 사람들은 어디 있지?"

"잃어버렸어요."

"죽었단 말이냐? 제대로 말해 봐라, 베스프레치 오르위."

"아마 죽었을 거예요, 프레치 라마렌."

"여긴 어디지?"

"제발, 지금은 쉬세요……."

"대답해라."

"행성 지구의 에스 토치라는 도시에 있는 어느 방이에요."

소년은 사실 그대로 대답을 하고 나서 울음 비슷한 것을 터뜨렸다.

"모르시는 거예요? 지구에 대해 하나도 기억이 안 나세요? 이건 전보다 더 나빠……."

"내가 어떻게 지구를 기억하겠니?"

라마렌은 속삭였다.

"저는…… 저는 이렇게 말씀드리기로 했어요. '책의 첫 장을 읽어보세요.'라고."

라마렌은 소년이 더듬거리며 한 말에 아무 관심을 기울이지 않았다. 그는 이제 모든 것이 잘못되었고, 알지 못하는 시간이 흘렀음을 알았다. 그러나 이 기묘하게 약한 몸 상태를 어찌지 못하는 한에는 할 수 있는 일이 없었고, 그래서 그는 어지럼증이 모두 지나갈 때까지 마음을 가라앉혔다. 그 다음에는 닫힌 마음으로 5등급 독백을 일부 되뇌고, 독백으로 충분히 마음이 차분해지자 잠을 불렀다.

다시 한 번 꿈이 떠올랐다. 복잡하고 무섭기도 했지만 오래된 숲의 어둠 속으로 새어드는 햇살처럼 달콤하게 스쳐 지나가는 꿈들. 더 깊이 잠들자 이런 환상들은 흩어지고, 꿈은 하나의 선명한 기억으로 변했다. 그는 도시로 가는 아버지와 동행하기 위해 비행기 옆에서 기다리고 있었다. 차른의 낮은 언덕 위 숲은 긴 죽음에 직면하여 반쯤 잎을 떨어뜨린 모습이었지만, 공기는 따뜻하고 깨끗하고 평온했다. 예복을 입고 투구를 쓰고 의식용 돌을 든 호리호리한 노인, 그의 아버지 아가드 카르센은 딸과 함께 느긋하게 잔디밭을 가로질러 다가왔고, 아버지가 딸의 첫 구혼자에 대해 농담을 하는 가운데 둘 다 소리 내어 웃고 있었다.

"파스야, 그 녀석 잘 감시해라. 네가 곁을 주면 인정사정없이 졸라댈 녀석이야."

그는 오래전, 젊은 날 긴 금빛 가을 햇살 속에서 들었던 말들을 다시 들었고, 그 말에 화답하는 여자의 웃음소리를 들었다. 사랑하는 여동생 아르난……. 지금 아버지가 그 애를 뭐라고 불렀지? 원래 이름이 아니라 뭔가 다른, 다른 이름이었는데…….

라마렌은 잠에서 깨어났다. 그는 명확히 그의 몸에 대한 통제력을 취하려는 노력을 기울이며 일어나 앉았다. 그렇다. 그의 몸. 아직 머뭇거리고 흔들리기는 했지만 확실히 그의 몸이었다. 깨어나면서 잠시 동안은 스스로가 외계인의 살갗 속에 잘못 들어간, 길 잃은 영혼처럼 느껴졌다.

괜찮다. 그는 외톨이 산 차른의 흰 봉우리 아래, 넓은 잔디밭 한가운데에 선 은빛 돌집에서 태어난 아가드 라마렌이었다. 아가드의 후계자, 가을에 태어나 전 생애를 가을과 겨울에 보낸 그는 한 번도 봄을 보지 못했고, 알테라 호가 봄의 첫날에 지구로의 여행을 시작한 이상 앞으로도 봄을 보지 못할 것이었다. 그래도 그가 청년기, 청소년기, 유년기를 보낸 긴 겨울과 가을은 샘으로 거슬러 올라가는 강처럼 그의 뒤로 뻗어나갔고 선명하고 완전하게 기억이 났다.

오르위는 더 이상 방에 있지 않았다.

"오르위!"

이제 스스로에게, 동료들에게, 알테라 호와 작전 수행에 무슨 일이 일어났는지 알 준비가 되었고 알아보기로 결심한 그는 큰 소리로 소년의 이름을 불렀다. 대답도 기척도 없었다. 방에는 창문만이 아니라 문도 없는 것 같았다. 그는 마음으로 소년을 부르려는 충동을 자제했다. 오르위가 아직까지 그의 마음에 동조하는지 어떤지도 알 수 없었고, 그의 마음이 어떤 손상이나 간섭을 경험한 게 분명한 이상, 의도적인 제어를 당한 것인지 아니면 반(反)시간 징후인지 알 때까지만이라도 조심해서 다른 마음과의 동조를 차단하는 게 좋을 것 같았다.

그는 일어서서 어지럼증과 짧고 날카로운 후두부의 통증을 흩어버린 다음, 방 안을 몇 차례 왔다 갔다 하며 근육의 조화를 회복하는 한편으로 걸치고 있는 낯선 옷과 괴상한 방 안을 뜯어보았다. 하나같이 길고 가느다란 다리가 달린 침대며 탁자, 의자 등 가구가 많았다. 반투명한 녹색 벽은 확연히 눈을 교란시키는 분열된 문양들로 덮였는데, 그중에 하나는 세로 문을, 또 하나는 반신 거울을 감추고 있었다. 그는 걸음을 멈추고 잠시 거울에 비친 제 모습을 보았다. 마르고 풍파에 시달린 얼굴이었으며 나이가 더 든 것 같기도 했다. 알 수 없었다. 이상하게도 제 모습을 보며 자의식이 강하게 느껴졌다. 이 거북한 느낌, 이 산란한 느낌은 무엇일까? 무슨 일이 일어났고, 무엇을 잃어버린 것인가? 그는 다시 주의를 돌려 방을 뜯어보기 시작했다. 수수께끼 같은 물건이 여러 가지 있었고, 세부적인 면은 낯설지만 형태는 익숙한 물건도 두 가지 보였다. 탁자 위에 놓인 물 잔과 그 옆에 놓인 종이 책이었다. 그는 책을 집어 들었다. 오르위가 했던 말이 가물거리다가 다시 꺼져버렸다. 제목을 적은 문자는 확실히 '책'의 언어에 쓰인 알파벳과 연관 관계가 있어 보였지만, 의미는 알 수 없었다. 그는 책을 펼쳐 훑어보았다. 왼쪽 장에는 신성한 상징이거나 표의문자, 혹은 전문적인 속기일 듯한 정교하기 그지없는 문양이 줄지어 적혀 있었다. 손으로 쓴 글씨 같았다. 오른쪽 장도 손으로 쓴 내용이었지만 그 문자는 '책'에 쓰인 문자, 즉 갈라티카와 닮아 있었다. 암호 책일까? 하지만 그가 한두 단어 이상을 풀어내기 전에 문이 소리 없이 열리더니 한 사람이 들어왔다. 여자였다.

 라마렌은 두려움 없이 마음을 놓은 채, 강한 호기심을 갖고 그녀를 바라보았다. 단지 스스로가 약하다는 느낌 때문에 그의 태생과 획득한 등급, 그리고 알레쉬에 따른 곧고 권위적인 시선을 약간 강하게 돋우었을지는 모르겠다. 그녀는 태연히 그의 시선을 맞받았다. 그들은 잠시 동안 말없이 서 있었다.

 그 여자는 잘생기고 우아했으며 야릇한 옷을 입었고, 머리카락은 탈

색을 했거나 붉게 물들인 듯했다. 눈은 흰 타원 안에 검은 원이 들어간 모양이었다. 옛 도시의 연맹 회당에 그려진 얼굴들, 프레스코 벽화 속에서 도시를 건설하고 겨울 이주자들과 전쟁을 벌이며 별들을 바라보던 검은 피부에 키가 큰 사람들, 이주민들, 알테라의 테라 인들과 비슷한 눈…….

이제 라마렌은 정말로 자신이 지구상에 있다는, 여행을 마쳤다는 사실에 대한 의혹을 떨쳐버렸다. 그는 자존심과 자기방어 본능을 제쳐두고 그 여자에게 무릎을 꿇었다. 그에게, 그리고 그에게 825조 마일의 진공을 가로지르는 임무를 맡긴 사람들에게 그 여자는 시간과 기억과 망각이 성스러움으로 물들여 놓은 종족의 일원이었다. 그녀는 한 개인으로 그의 앞에 서 있었으나 인간 종족의 일원이었고 그 종족의 눈으로 그를 보았으며, 그는 역사와 신화와 조상들의 긴 유배 생활에 경의를 표하는 뜻에서 그녀에게 고개를 숙이고 무릎을 꿇었다.

그는 일어서서 환영한다는 뜻의 켈샥 몸짓으로 손을 펼쳐 내밀었고, 여자는 말을 하기 시작했다. 몹시 이상하게 들렸다. 처음 보는 여자였는데 목소리는 너무나 귀에 익었고, 그녀가 쓰는 언어도 알지 못했건만 한마디, 두 마디씩 이해가 갔다. 잠시 동안은 이 부자연스러운 현상에 소스라치게 놀랐고 또 그녀가 그의 외부 방어벽을 뚫을 수 있는 마음이야기를 사용하는가 싶어 두려웠지만, 곧 그녀가 책의 언어, 즉 갈라티카를 쓰고 있다는 사실을 깨달았다. 단지 억양과 유창함 때문에 바로 알아차리지 못한 것뿐이었다.

여자는 이미 이상하게 차갑고 빠른 데다 활기 없는 말투로 몇 문장을 이야기한 다음이었다.

"……내가 여기 온 걸 몰라요. 이제 우리 둘 중에 누가 거짓말쟁이고 누가 신의 있는 사람인지 말해 봐요. 난 당신과 함께 끝없는 길을 걸었고 백 번의 밤을 당신과 함께 누웠는데, 지금 당신은 내 이름조차 알지 못하죠. 아닌가요, 팔크? 내 이름을 알아요? 자신의 이름은 아나요?"

"나는 아가드 라마렌입니다."

그에게는 자신의 목소리로 뱉은 자신의 이름이 그렇게 낯설게 들릴 수가 없었다.

"누가 그래요? 당신은 팔크야. 팔크라는 이름의 사내를 몰라요? 그가 당신의 살갗을 입었었죠. 켄 케넥과 크라지는 나보고 당신에게 그의 이름을 말하지 말라고 했지만, 난 그들의 게임만 따르는 데 진력이 났어. 이젠 나만의 게임을 하고 싶어요. 당신 이름을 기억하지 못하나요, 팔크? 팔크, 팔크……. 당신 이름이 기억나지 않아요? 아, 당신은 전과 다름없이 어리석군요. 뭍에 올라온 물고기 같은 눈이라니!"

그 말이 떨어지기가 무섭게 그는 눈을 내리깔았다. 웨렐 인들 사이에서 다른 사람의 눈을 똑바로 들여다보는 것은 민감한 문제였고, 터부와 예절에 의해 엄한 제지를 받았다. 그녀의 말에 대한 최초의 반응은 그뿐이었지만 그의 내적인 반응은 즉각적이면서도 다양했다. 우선 그의 숙련된 지각이 보고한 바에 따르면 그녀는 흥분 환각제 계통의 약물에 살짝 취해 있었다. 이 점이 인간 종족에 대해 암시하는 바가 마음에 들건 들지 않건, 확실한 일이었다. 또 하나, 그가 그녀의 말을 다 알아들은 것인지 확실치 않았고 대체 무슨 이야기를 하고 있는지도 이해할 수가 없었지만 그녀의 의도는 공격적이고 파괴적이었고, 그 공격은 효과를 거두었다. 이해할 수는 없었어도 그녀의 묘한 비웃음과 그녀가 자꾸만 되풀이하는 이름은 그의 마음을 움직이고 괴롭혔으며, 그를 흔들고, 그에게 충격을 주었다.

그는 몸을 약간 틀어서 그녀가 원하지 않는다면 다시는 시선을 교환하지 않겠다는 의사를 표시한 다음, 그의 동족들은 오래된 거류지 책들을 통해서만 알고 있는 고풍스러운 언어로 부드럽게 말했다.

"당신은 인간 종족입니까, 아니면 적입니까?"

그녀는 억지웃음을 지었다.

"둘 다예요, 팔크. 적은 없어요. 하지만 난 그들을 위해 일하거든요. 이봐요, 아번디봇에게 당신 이름이 팔크라고 말해요. 켄 케넥에게 말해요. 모든 지배자들에게 당신의 이름은 팔크라고 말해요……. 걱정 좀 해 보라죠! 팔크……."

"그만."

전과 똑같이 부드러운 목소리였지만 이번에는 최대한의 권위가 실려 있었다. 그녀는 입을 딱 벌린 채 말을 멈췄다. 잠시 후 다시 말문을 연 그녀는 애걸하듯 떨리는 목소리로 아까 불렀던 이름을 되풀이할 뿐이었다. 가여울 정도였지만 그는 대답하지 않았다. 그녀는 일시적이거나 영구적인 정신이상 상태였고, 그는 이런 상황에서 그녀의 이야기를 더 듣기엔 스스로가 너무 약하고 불안정하다고 생각했다. 그는 스스로가 심하게 동요하는 것을 느끼고, 이차적으로만 그녀의 존재와 목소리를 인식할 수 있도록 멀찍이 떨어졌다. 마음을 가다듬을 필요가 있었다. 뭔가 아주 이상한 것이 있었다. 약물은 아니었다. 최소한 그가 아는 약물은 아니었다. 7등급 정신 훈련의 어떤 유도성 광기보다도 더 나쁜, 심층적인 치환과 불균형의 느낌이 존재했다. 하지만 그에게는 시간이 별로 주어지지 않았다. 등 뒤에서 들리던 목소리가 날카로운 증오를 띠며 높아졌고, 그는 폭력적인 기운과 더불어 두 번째 존재를 감지했다. 재빨리 몸을 돌렸다. 화려한 옷 속에서 척 보기에도 무기 같은 물건을 꺼내던 그녀는 그가 아니라 문간에 선 키 큰 남자를 보고 얼어붙은 듯 멈춰 서 있었다.

소리는 들리지 않았지만, 새로 온 사람은 여자에게 라마렌이 주춤할 정도로 파괴적이고 고압적인 텔레파시 명령을 내렸다. 무기는 바닥에 떨어졌고, 여자는 가늘고 날카로운 소리를 내지르며 그 텔레파시 명령의 파괴적인 내용으로부터 도망치려는 듯 몸을 구부리고 방에서 뛰쳐나갔다. 그녀의 흐릿한 그림자는 잠시 동안 벽에 흔들리다가 사라졌다.

키 큰 남자는 가장자리가 흰 눈을 라마렌에게 돌리고 보통의 힘을 실어 마음으로 "당신은 누굽니까?"라는 질문을 발했다.

라마렌은 같은 방식으로 "아가드 라마렌"이라고만 대답했을 뿐 더 이상의 말은 하지 않았고, 고개를 숙이지도 않았다. 저음에 생각했던 것보다 더 지독했다. 이들은 누구란 말인가? 조금 전에 직면한 것은 광기와 잔인성과 공포뿐이었다. 존경심이나 신뢰를 부여할 만한 면이 하나도 없었다.

그러나 키 큰 남자는 딱딱하고 활기 없는 얼굴에 미소를 띠고 약간 앞으로 다가서며 책의 언어로 정중하게 소리 내어 말했다.

"저는 펠레우 아번디봇입니다. 지구에 오신 것을 마음 깊이 환영합니다. 동족이여, 오랜 유배의 아들, 잃어버린 거류지에서 온 전령이여!"

이 환영 인사에 라마렌은 짧게 고개를 숙이고 말없이 서 있다가 말했다.

"아무래도 제가 한동안 지구에 있으면서 저 여인과 원수를 맺고 몇 개의 흉터를 얻은 모양입니다. 이게 어찌된 일인지, 그리고 제 동료들은 어떻게 죽었는지 말씀해 주시겠습니까? 원하신다면 마음으로 말씀하십시오. 저는 당신처럼 갈라티카를 능숙하게 쓰지 못합니다."

"프레치 라마렌……."

상대방은 그렇게 운을 뗐다. 아무래도 오르위가 쓰는 것을 보고 그냥 존칭이겠거니 생각한 모양으로, 무엇이 프레치노예의 관계를 구성하는가는 전혀 알지 못하는 듯했다.

"우선 소리 내어 말씀드리는 것을 용서하시기 바랍니다. 다급한 순간이거나 손아랫사람에게가 아니면 마음이야기를 쓰지 않는 것이 저희 관습이라서요. 그리고 다음으로 미친 나머지 법에서 벗어난 행동을 한 저 여인의 침입을 용서하십시오. 저희가 치료하겠습니다. 다시는 당신을 괴롭히지 않을 겁니다. 궁금하신 문제는 모두 답해 드리겠습니다. 하지만 짧게 요약하자면 이것이야말로 불행한 이야기가 마침내 행복한 결말을 맺은 셈이지요. 당신의 우주선 알테라 호는 지구 대기권으로 들어오던 중에 저희의 적인 무법자 반란군에게 습격당했습니다. 그들은 저희 경비선이 가기 전에 두어 분을 알테라 호에서 끌어내어 저네들의 작은 행성 간 탈것에 태웠지요. 경비선이 도착하자 놈들은 알테라 호와 남아 있던 모든 것을 파괴한 다음 소형 우주선에 타고 뿔뿔이 흩어졌습니다. 저희는 하르 오르위가 잡혀 있던 배를 잡았습니다만, 당신은 끌려가 버렸습니다. 무슨 목적으로 그랬는지는 알 수 없습니다. 놈들은 당신을 죽이지 않고, 대신 기억을 지워 언어를 배우기 전 상태로 돌린 다음 험한 숲 속에 풀어주었습니다. 죽을 줄 알고 그랬겠지만 당신은 살아남았고, 숲 속에 사는 야만인들에게 거처를 구했습니다. 그리고 마침내 저희 조사원이 당신을 찾아내어 이리로 데려왔고, 저희는 초최면 기술을 이용하여 당신의 기억을 복구하는 데 성공했습니다. 저희가 할 수 있는 일은 그게 전부였어요. 사실 보잘것없는 일입니다만."

라마렌은 주의 깊게 귀를 기울였다. 그는 지금 들은 이야기에 동요했고, 감정을 숨기려 하지 않았다. 그러나 또한 그는 뭐라 말할 수 없는 불편함 혹은 의혹을 느꼈다. 아번디봇은 아주 짧기는 했지만 마음으로 말을 걸었고, 따라서 어느 정도 그와 동조했다. 그러고 나서 텔레파시 전송을 딱 끊고 엠파시 방벽을 올렸다고는 하지만 완벽한 것은 아니었다. 대단히 민감한 데다 뛰어난 훈련을 받은 라마렌은 아번디봇의 말에서 치매 혹은 거짓말에 해당하는 모순된 엠파시 흔적을 포착했다. 아니면 라마렌 자신이 스스로와의 조화를 잃은 것일까? 초최면의 부작용으로 엠파시 수신의 정확도가 떨어진 것인가?

그는 마침내 잠깐 동안 외계인의 눈을 쳐다보며 물었다.

"얼마나 오래……?"

"테라 식으로 6년 전입니다. 프레치 라마렌."

테라의 1년은 한 번의 월기와 비슷한 길이였다.

"긴 시간이군요."

받아들일 수가 없었다. 친구들, 동료 원정대가 죽은 지 그렇게 오래되었고, 그 시간 동안 혼자서 지구에 살았다니…….

"6년이라고요?"

"그동안의 일들이 전혀 기억나지 않으십니까?"

"전혀."

"당신의 진짜 기억과 인격을 회복시키기 위해 그 시간 동안 쌓인 원시적인 기억은 지울 수밖에 없었습니다. 삶에서 6년을 잃어버리게 된 것은 정말 유감입니다만, 어차피 건전하거나 즐거운 기억들은 아니었을 겁니다. 짐승 같은 무법자들은 당신을 자기들보다 더 짐승 같은 존재로 만들어놓았지요. 그 시절을 기억하지 못하셔서 기쁩니다. 프레치 라마렌."

기쁜 정도가 아니라 회희낙락이었다. 이 남자는 엠파시 능력이나 훈련 정도가 몹시 부족한 게 틀림없었다. 그렇지 않다면 방벽을 좀 더 잘

쳤을 것이다. 반면 텔레파시 방벽은 흠잡을 데가 없었다. 라마렌은 아번디봇의 말에서 불투명함 혹은 거짓의 암시를 받으면서 점점 정신이 산란해진 데다 계속해서 조화를 이루지 못하는 마음과 여전히 느리고 불확실한 신체 반응까지 더해져서 뭔가 반응을 하기 위해 온 힘을 쏟아 스스로를 추스려야 했다. 기억……. 어떻게 한순간도 기억하지 못한 채 6년이 흘러가 버릴 수가 있단 말인가? 하지만 광속 우주선이 웨렐에서 지구까지 오는 동안 지나간 140년도 그는 오직 한순간으로만 기억했다. 끔찍하고 영원한 한순간으로……. 그 미친 여인이 부른 이름, 원한을 품은 듯 흥분하여 슬픈 목소리로 울부짖은 이름이 무엇이었더라?

"요 6년 동안 내 이름은 뭐였지요?"

"이름이라고요? 원주민들 사이에서 말씀이십니까, 프레치 라마렌? 그자들이 무슨 이름을 붙였는지 잘 모르겠군요. 그런 귀찮은 일을 하기나 했다면 말입니다만……."

팔크. 그 여자는 그를 팔크라고 불렀다.

그는 불쑥 켈샤의 호칭 예법을 갈라티카로 옮겨 불렀다.

"동포여, 가능하다면 나중에 더 듣겠습니다. 당신의 이야기에 마음이 어지럽군요. 잠시만 혼자 있게 해주시지요."

"그럼요, 그럼요, 프레치 라마렌. 어린 친구 분이 함께 있고 싶어 합니다만, 오르위를 불러드릴까요?"

그러나 자신의 요구가 받아들여지자 라마렌은 이미 자신의 등급에 상응하는 요령으로 외부와의 연결을 끊고 정신적으로 물러난 상태였다. 아번디봇이 무슨 다른 말을 하든 소음으로밖에 들리지 않았다.

"확실히 회복되시면 말이지만, 저희도 알고 싶은 게 많습니다."

침묵. 그리고 다시 소음.

"저희 하인들이 대기하고 있습니다. 음식이나 동료가 필요하시면 문간으로 가셔서 말씀만 하시면 됩니다."

다시 침묵. 그리고 마침내 무례한 존재는 물러갔다.

그는 그 존재에 대해 아무 생각도 하지 않았다. 스스로에게 몰두하느라 이 괴상한 주인에 대해 신경 쓸 겨를이 없었다. 마음속의 혼란은 점점 격렬해지고, 일종의 위기가 다가오고 있었다. 마치 차마 정면으로 볼 수 없는 무엇인가를 향해 질질 끌려가는 것 같았고, 동시에 그것을 직시하고 찾아내고 싶은 마음이 간절하기도 했다. 7등급 훈련을 받던 혹독한 나날도 지금 이 감정과 정체성의 붕괴에 비하면 별것 아니었다. 그때는 일부러 유도한, 주의 깊게 통제된 정신분열이었지만 지금은 그의 통제에서 벗어나 있었다. 아니, 그 반대인가? 스스로 이 위기를 강요한 것인가? 하지만 강요한 것은 누구고 강요당하는 것은 누구란 말인가? 그는 살해당하고, 다시 살아났다. 그렇다면 죽음은 또 무엇인가. 그가 기억하지 못하는 죽음은?

그는 내면에서 솟아오르는 끔찍한 공포에서 벗어나기 위해 뭔가 집중할 것을 찾아 주위를 둘러보았다. 초기 무아 훈련에서 배운, 뭔가 구체적이고 단단한 사물에 집중하여 거기에서부터 세계를 다시 쌓아올리는 '과정' 기술이었다. 그러나 주위에 보이는 것이라곤 온통 낯설고 거짓된 외계의 물건뿐이었다. 딛고 선 바닥도 뿌연 안개 바다였다. 그가 기억하지 못하는 이름으로 그를 부르던 여인이 들어왔을 때 보던 책이 보였다. 잊고 있었다. 책. 그는 책을 손에 쥐었다. 책은 현실이었다. 그는 조심조심 책을 들어올려 펼쳐진 부분을 들여다보았다. 아름답고 무의미한 문양들, 그가 오래전 '최초의 어록'에서 배운 문자들을 이상하게 변형한, 알아볼락 말락 한 필적이 가지런히 이어져 있었다. 뚫어져라 들여다보면서도 읽을 수는 없었건만, 알지 못하는 단어로부터 의미가 떠올랐다. 첫 번째 단어.

  길로……

  그는 책에서 책을 든 손으로 시선을 옮겼다. 외계의 태양 아래 그을고 상처 입은 손. 누구의 손이란 말인가?

  길로 갈 수 있는 길은
  영원한 길이 아니며
  이름……

  그는 이름을 기억할 수 없었다. 그는 내용을 읽은 게 아니었다. 꿈에서, 죽음처럼 긴 잠 속에서 이 말들을 읽은 적이 있었다.

  이름 붙일 수 있는 이름은
  영원한 이름이 아니니.

  그리고 그와 함께 파도처럼 꿈이 솟아올라 그를 덮치고는 부서졌다.
  그는 팔크였고 라마렌이었다. 그는 바보이며 현자였다. 두 번 태어난 사람이었다.
  최초의 무시무시한 몇 시간 동안 그는 때로는 이쪽 인격에서, 때로는 저쪽 인격에서 해방되길 빌고 또 빌었다. 한번은 분노에 차서 모국어로 고함을 질렀는데 입에서 나온 말을 이해할 수가 없어서 비참하고 끔찍한 나머지 흐느껴 울기도 했다. 모국어를 이해하지 못한 것은 팔크였지만 흐느낀 것은 라마렌이었다.

비참함 속에서 그는 처음으로, 아주 짧은 순간 중심을, 균형축을 건드렸고 한순간 '그 자신'이 되었다. 다음 순간에는 다시 잃었지만 그래도 다시 조화를 이룰 수 있으리라는 희망은 남았다. 조화. 라마렌이었을 때 그는 조화라는 개념과 규율에 매달렸고, 바로 그 켈샥의 중추 교리 덕분에 광기의 가장자리 너머로 떠밀려가지 않을 수 있었다. 그러나 아직 그의 두뇌를 공유하고 있는 두 개의 마음과 인격은 통합되거나 균형을 이루지 않았다. 그는 두 마음 사이를 추처럼 오가야 했다. 한쪽을 위해 다른 쪽을 비웠다가 바로 다음 순간에는 거꾸로 가는 일이 반복되었다. 자신에게 몸이 둘이라는 생각, 사실상 두 명의 다른 사람이라는 착각에 사로잡혀 제대로 움직일 수도 없었다. 지칠 대로 지쳤지만 감히 잠을 잘 수도 없었다. 다시 깨어나는 것이 너무나 두려웠.

밤이었고, 그는 혼자였다. 정확히 말하자면 혼자 '들'인 셈이었지만. 처음에는 이런 시련에 대비하고 있던 팔크 쪽이 강했다. 먼저 대화를 시작한 것도 팔크였다.

'나는 잠을 좀 자야 해, 라마렌.'

라마렌은 마치 텔레파시로 듣는 것처럼 그 말을 수신했고, 생각하지 않고 대답했다.

'나는 잠들기가 무서워.'

그리고 잠시 동안 라마렌은 경계를 늦추지 않았고, 마음속으로 그림자와 메아리처럼 팔크의 꿈들을 인식했다.

그는 가장 지독한 이 최초의 시간을 견뎌냈고, 녹색 장막 같은 벽으로 흐릿하게 아침 햇살이 빛날 무렵에는 두려움을 떨치고 두 개의 생각과 행동을 제대로 제어하기 시작했다.

물론 두 개의 기억은 제대로 맞물리지 않았다. 팔크는 고도로 지적인 두뇌, 즉 라마렌의 머릿속에서 쓰지 않고 놀려두었던 휴경지 안에 막대한 뉴런을 차지하고 앉은 또 하나의 의식이 되었다. 기본적인 운동과 감각 신경의 통로는 막힌 적이 없었고 어떤 의미에서는 양쪽이 쭉 공유해 온 셈이었다. 오히려 그 점 때문에 운동 기억과 지각 방식의 중복으로 인한 어려움이 일어나기는 했지만 말이다. 팔크로 보느냐 라마렌으로 보느냐에 따라 하나의 사물도 다르게 보였고, 길게 보아서는 이런 중복성이 그의 지성과 지각력의 증대를 뜻하는 것일 수도 있겠지만 당장은 혼란스럽다 못해 현기증이 날 정도였다. 감정적으로도 서로 상당한 차이가 있어서, 어떤 부분에서는 느낌이 완전히 상충되기도 했다. 그리고 팔크의 기억은 라마렌과 마찬가지로 전 "생애"에 걸친 것이었기 때문에, 두 가지 기억이 순차적으로 이어지는 대신 동시에 존재하는 것처럼 보이는 경향이 있었다. 라마렌으로서는 그의 의식이 존재하지 않는 동안에 흘러간 시간의 간극을 허용하기가 힘들었다. 열흘 전에 그는 어디에 있었는가? 지구 위 눈 덮인 산맥 속에서 노새를 타고 있었고, 팔크는 그것을 알았다. 하지만 라마렌은 웨렐의 초록색 고원에 있는 집에 아내를 남겨두고 떠나던 순간을 떠올렸다……. 또한 테라에 대한 라마렌의 추측은 종종 팔크가 아는 바와 충돌했고, 웨렐에 대한 팔크의 무지는 라마렌의 과거에 기묘한 전설의 후광을 드리웠다. 하지만 얼떨떨한 가운데에서도 그가 성취하고자 노력하는 통일과 상호 작용의 싹은 텄다. 그 싹만 있으면 그는 육체적으로나 연대상으로나 한 사람이었다. 사실은 통합을 이루는 것이 아니라 이해하는 것만이 문제였다.

통합은 까마득했다. 제대로 생각하고 행동하려면 여전히 두 개의 기억 구조 중의 어느 한쪽이 지배해야 했다. 알테라 호의 항법사는 과단성 있고 강한 사람이었던 반면 팔크는 스스로가 어린애 같다고 여기고 자신감이 없었으므로, 이제는 라마렌 쪽이 더 자주 주도권을 잡았다. 팔크는 가지고 있는 지식을 제공할 수 있었지만 라마렌의 힘과 경험에 의지했다. 지금 이 두 마음의 남자는 지극히 모호하고 위험한 상황에 처해 있었으므로 팔크와 라마렌 양쪽 모두가 필요했다.

다른 어떤 질문보다도 우선하는 질문 하나. 간단한 질문이었다. 싱을 믿을 수 있느냐 없느냐. 만일 팔크가 '지구의 지배자들'에 대해 근거 없는 공포를 주입받은 것뿐이라면 위험과 모호함 역시 근거 없는 것이리라. 처음에 라마렌은 그럴지도 모른다고 생각했다. 그러나 그 생각은 오래가지 않았다.

이미 그의 이중 기억은 뻔한 거짓말과 모순을 몇 개나 간파했다. 아번디봇은 싱이 초언어 소통을 피한다면서 라마렌에게 마음으로 이야기하기를 거부했다. 팔크는 그것이 거짓말임을 알 수 있었다. 왜 아번디봇이 그런 말을 했을까? 분명 알테라 호와 그 승무원들에게 무슨 일이 일어났는가에 대한 싱 버전의 설명을, 거짓말을 하고 싶었고 감히 라마렌에게 텔레파시로 그런 거짓을 말할 수 없었기 때문일 것이다.

하지만 아번디봇은 팔크에게 마음이야기로 거의 똑같은 이야기를 했었다.

그러니까 그게 꾸며낸 이야기라면 싱은 텔레파시로 거짓말을 할 수 있고, 했던 것이다. 틀린가?

라마렌은 팔크의 기억을 불러냈다. 처음에는 짝을 맞추는 것이 불가능해 보였지만, 조용한 방 안을 왔다 갔다 하며 애를 쓰는 동안 점점 수월해지다가 갑자기 선명해졌다. 그는 침묵 속에서 찬란하게 빛나던 아

제9장 **223**

번디봇의 말을 돌이킬 수 있었다. "당신이 싱으로 알고 있는 우리는 사실 인간입니다……." 그리고 기억 속에서 듣는 것만으로도 라마렌은 그 말이 거짓임을 알 수 있었다. 믿을 수 없는 일이었지만 확실했다. 싱은 텔레파시로 거짓말을 할 수 있었다. 지배당하는 인류의 추측과 두려움이 옳았다. 싱이 진정 '적'이었다.

그들은 인간이 아니라 이질적인 힘을 가진 외계인이었다. 그 힘으로 연맹을 무너뜨리고 지구에 힘을 행사한 것도 확실했다. 그리고 지구 대기권으로 들어오는 알테라 호를 공격한 것도 그들이었다. 반란군에 대한 이야기는 모두 허구였다. 그들은 어린아이인 오르위만 빼고 모든 승무원을 죽이거나 마음을 파괴했다. 라마렌은 그 이유를 추측할 수 있었다. 그들은 승무원 중에 라마렌이나 고도로 숙련된 다른 초언어 능력자를 조사하다가 웨렐 인이 마음 거짓말을 구별할 수 있다는 사실을 알게 되었을 것이다. 이 사실을 발견한 싱은 겁에 질렸고, 해를 끼칠 수 없는 어린아이만 정보원으로 남기고 어른들을 모두 제거했던 것이다.

라마렌에게는 동료 원정대원들이 죽은 것이 바로 어제 일이나 다름없었고, 그는 충격에 맞서 싸우면서 다른 사람들도 지구 어딘가에 살아 있을지 모른다고 생각하려 애썼다. 하지만 그는 몹시 운이 좋은 경우였다. 게다가 다른 사람이 살아남았던들 지금 어디에 있단 말인가? 그가 필요하다는 사실을 깨달은 싱이 그 소재를 파악하는 데만도 힘든 시간을 보내지 않았는가. 겨우 한 사람을 상대로도 말이다.

그들이 무엇 때문에 그를 필요로 하는가? 왜 그를 찾아서 여기까지 데려오고, 자기들이 파괴한 기억을 복구했는가?

오직 팔크로서의 그가 내렸던 결론만이 그 이유를 설명해 줄 수 있었다. 싱은 그가 온 행성의 위치를 알아내고자 했던 것이었다.

이 생각에 팔크 라마렌은 처음으로 즐거움을 느꼈다. 정말 그렇게 단순했다면 우습지 않은가. 그들은 오르위가 어리기 때문에 살려두었다. 훈련도 받지 않았고 인격도 제대로 형성되지 않았으며 약하고 순종적이었기 때문에, 완벽한 도구이자 정보원이었기 때문에 말이다. 확실히 오르위는 그 모든 조건에 들어맞았다. 그러나 고향이 어디인지는 알지 못했다……. 그리고 그들이 그 사실을 안 것은 이미 그들이 원하는 것을 아는 이들의 마음을 깨끗이 지워버리고, 사고나 굶주림 아니면 야생 동물이나 사람들의 공격으로 죽어버리도록 황폐해진 지구에 뿔뿔이 흩어놓은 다음이었다.

켄 케넥은 어제 정신 컴퓨터로 그의 마음을 조작하면서 웨렐의 태양이 갈라티카로 어떤 이름인지 끌어내려 애썼을 것이다. 그리고 그가 그 이름을 누설했다면 지금쯤 죽었거나 마음을 잃어버렸을 것이다. 그들은 라마렌을 원하지 않았다. 오직 라마렌의 지식을 원할 뿐이었다. 그러나 그들은 원하는 지식을 얻지 못했다.

그것만으로도 그들은 속이 탔을 것이다. '잊혀진 거류지의 책들'에 관계된 켈샥 비밀 코드는 마음 방어의 기술과 함께 발전했다. 비밀 엄수, 더 정확하게 표현하자면 비밀 억제의 비결은 원래 이주자들이 수행한 과학 기술 지식의 엄격한 통제로부터 시작해 오랜 시간 발달해 왔다. 그것은 이주 행성으로의 문화 유입을 금지하는 연맹의 문화 금제법에서 자연스레 파생된 결과물이었다. 지금까지 웨렐 인들의 문화는 억제라는 개념을 근본으로 했고, 웨렐 사회의 계층화는 지식과 기술은 반드시 지적인 통제 아래에 있어야 한다는 신념에서 나왔다. 태양의 진정한 이름 같은 세부 사항은 형식적이고 상징적인 것이었지만, 그 형식성은 너무나 진지하게 받아들여졌다. 켈시에서 지식은 종교요, 종교적 지식이었기 때문에. 그들은 인간의 마음속에 있는 무형의 성소를 지키기 위해 깨어지지 않는 무형의 방어벽을 고안해 냈다. 라마렌은 '침묵의 장소'에 들어가 그의 등급에 걸맞은 형태로 말하지 않는 한 절대로 말로든 글로든 마음이야기로든 그의 세계가 도는 태양의 진정한 이름을 전할 수 없었다.

물론 그는 그에 상응하는 지식을 갖고 있었다. 웨렐에서 지구까지 알테라 호의 좌표를 표시할 수 있게 해주는 복잡다단한 천문학 수치, 두 태양 사이의 정확한 거리, 천문학자로서 웨렐에서 보는 별들에 대한 명확한 기억. 그들은 아직 이런 정보를 얻어내지 못한 상태였다. 어쩌면 켄케넥의 조작으로 처음 복구되었을 때 그의 마음이 너무 혼란스러운 상태였기 때문일 수도 있고, 아니면 그때에도 초최면적으로 강화시킨 마음 방어와 특수 방벽이 작용해서였는지도 몰랐다. 지구에 아직 적이 있을지도 모른다는 사실을 알고 있던 알테라 호의 승무원들은 대비 없이 출발하지 않았다. 싱의 정신과학이 웨렐의 것보다 훨씬 강하지 않은 한, 지금 그들은 그에게서 아무것도 들을 수 없었다. 그들은 그를 설득하고 유도하려는 희망을 품고 있었다. 그러므로 현재까지 그는 육체적으로는 안전한 셈이었다.

……그가 팔크로서의 삶을 기억해 냈다는 사실을 그들이 알지 못하는 한에는.

그런 생각을 하자 오싹했다. 미처 생각하지 못한 부분이었다. 팔크로서의 그는 그들에게 쓸모가 없었지만, 해도 없었다. 라마렌으로서의 그는 그들에게 유용했고, 해도 없었다. 그러나 팔크 라마렌으로서의 그는 위협적인 존재였다. 그리고 놈들은 위협을 너그럽게 보아 넘기지 않았다. 참아내지 못했다.

그리고 거기에 마지막 질문의 답이 있었다. 그들은 왜 그토록 절실하게 웨렐의 위치를 알고 싶어 하는가, 웨렐이 왜 문제가 되는가?

다시 한 번 팔크의 기억이 라마렌의 지성에게 설명해 주었다. 이번에는 차분하고 태평한, 아이러니한 목소리가 떠올랐다. 깊은 숲 속에 살던 늙은 듣는 이, 팔크가 지구에서 본 어느 누구보다도 고독하던 노인이 말했다. "싱은 그렇게 많지 않아……."

대단한 소식이자 지혜이며 충고라고, 노인은 그렇게 말했다. 그리고 그것은 문자 그대로 사실임에 틀림없었다. 팔크가 조브의 집에서 배운 옛 역사에서는 싱이 하이아데스 너머, 어쩌면 수천 광년 떨어진 머나먼 은하계에서 온 외계인이라고 보았다. 정녕 그렇다면, 그렇게 광대한 시공을 많은 수가 건너오지는 못했을 것이다. 타고난 마음 거짓말 능력과 소유하고 있거나 소유했던 다른 기술 혹은 능력으로 잠입하여 연맹을 무너뜨리기에는 충분한 숫자였겠지만, 과연 그들이 분열시키고 정복한 모든 세계를 통치하기에도 충분했을까? 행성 간의 공간을 제외하더라도 행성들은 그 자체로 상당히 컸다. 싱은 조금씩 흩어져서 점령 행성들이 다시 뭉치고 반란에 가담하지 않도록 신경을 많이 써야 했을 것이다. 오르위는 팔크에게 싱이 광속으로 여행을 하거나 무역을 하는 일이 많지 않은 것 같다고 말했었다. 오르위는 싱의 광속 우주선을 한 대도 본 적이 없었다. 수백 년의 지배를 통해 차츰 멀어져 간 다른 세계의 동족들을 두려워해서 그런 것일까? 아니면 생각건대 지구만이 아직 싱의 지배하에 있는 행성이고, 다른 세계에서 오는 원정대를 모조리 막고 있는 것일까? 알 수 없었다. 하지만 지구상에 싱이 그다지 많지 않은 것만은 사실인 듯했다.

그들은 테라 인들이 어떻게 웨렐의 생물학 기준에 가깝게 변이했으며 마침내는 원래 웨렐에 살던 인류와 섞이게 되었는가에 관한 오르위의 이야기를 믿지 않으려 했다. 그런 일은 불가능하다고 말했다. 이것은 그들에게는 그런 일이 일어나지 않았다는 뜻이었다. 그들은 테라 인들과 짝을 지을 수 없었다는 뜻이었다. 그러니까 그들은 1200년이 지나도록 여전히 외계인이고, 여전히 고립되어 있는 것이다. 그런데 정녕 그들이 이 도시 한 곳에서 인류 전체를 지배한단 말인가? 라마렌은 다시 한 번 팔크를 통해 답을 구했고, 답은 '아니다'였다. 싱은 관습과 책략과 두려움과 무기를 이용해서, 강력한 부족이 일어나거나 그들을 위협할 수도 있는 지식이 모일 경우 재빨리 막아버림으로써 인간을 통제했다. 그들은 인간이 아무것도 하지 못하게 했다. 하지만 그들 또한 아무것도 하지 못했다. 그들은 지배하지 않았다. 오직 파괴할 뿐이었다.

그렇다면 왜 웨렐이 그들에게 무서운 위협인지도 명확했다. 싱은 오래전에 망가뜨리고 바꿔놓은 문화를 가까스로, 황폐하게 움켜쥐고 있었다. 그러나 테라 인과 자신들이 혈족 관계라는 믿음은 물론이고 싱과 동등한 정신과학과 무기까지 지닌, 강력하고 수도 많으며 기술적으로 발전한 인종이라면 한 방에 그들을 박살낼 수 있을 것이었다. 그들로부터 인류를 해방시킬 것이고.

만약 그들이 라마렌에게서 웨렐의 위치를 알아낸다면 위험한 세계가 자신들의 존재를 알기 전에 파괴하고자 광속 폭격기를 보낼까? 수십 광년에 걸쳐 타들어가는 긴 도화선처럼…….

그럴싸했지만, 두 가지가 거슬렸다. 그들은 어린 오르위가 전령으로 움직이기를 원한 듯 철저히 준비시켰다. 그리고 그들의 하나뿐인 법이 있었다.

팔크 라마렌은 '생명 존중'이라는 법칙이 싱의 도시 아래 입을 벌린 검은 협곡처럼 싱의 행위 아래 도사린 자기 파괴의 심연을 가로지르는 유일한 널빤지이며 하나뿐인 참된 믿음인지, 아니면 그저 싱의 모든 거짓 중에서 가장 큰 거짓인지 알 수가 없었다. 싱은 정말로 지각력 있는 존재를 죽이지 않으려 하는 것 같았다. 그를 살려두었고, 아마 다른 승무원도 죽이지 않았을 것이다. 공들여 정체를 감춘 그들의 음식은 모두 식물성이었다. 인구를 억제하기 위해서는 부족 간에 싸움을 붙였고, 전쟁을 시작하되 살인은 인간이 하게 했다. 그리고 역사에 따르면 통치 초기에 그들은 대량 학살 대신 우생학과 재식민을 이용하여 제국의 초석을 다졌다. 그러니까 그들은 정말로 자신들의 법에 복종하는지도 모른다. 자신들만의 방식으로.

그렇다면 어린 오르위를 훈련시킨 것은 전령으로 삼기 위해서였다. 오르위는 원정의 유일한 생존자가 되어, 시간과 공간의 심연 너머 웨렐로 돌아가서 싱이 지구에 대해 해준 이야기들을 고스란히 되풀이하게 되어 있었다……. '생명을 빼앗는 것은 나쁘다.'고 꽥꽥거리던 새들, 인간이 사는 집의 토대에서 찍찍거리던 쥐들, 도덕적인 곰……. 오르위는 아무 지각 없이 성실하게 재앙을 초래할 '거짓'을 웨렐로 실어 나를 것이다.

도의와 거류지의 기억이 강력한 힘을 지닌 웨렐은 지구에서 도움을 청한다면 도움의 손을 뻗을 것이다. 하지만 적이 없으며 애초부터 없었다는 말을 듣는다면, 지구는 고풍스럽고 행복한 정원 같은 곳이라는 말을 듣는다면 그저 구경만 하자고 긴 여행을 감행하지는 않을 것이다. 온다 해도 라마렌과 그 동료들이 그랬던 것처럼 비무장으로 올 것이고.

기억 속에서 또 하나의 목소리가 울렸다. 더 오래전, 숲 속 더 깊숙이에서 들었던 목소리.

"영원히 이런 식으로 해나갈 수는 없어. 희망이, 신호가 있어야만 해……."

그는 조브가 꿈꾼 것처럼 인류에게 메시지를 전하러 온 사람이 아니었다. 희망은 더 낯설었고 신호는 더 모호했다. 그는 살려달라는 인류의 비명을, 구해 달라는 인류의 메시지를 전해야 했다.

'집에 가야 해. 진실을 말해 줘야 해.' 그는 싱이 무슨 수를 써서라도 그를 막을 것이며, 오르위만 떠나고 그는 이곳에 발이 묶이거나 살해당하리라는 것을 알면서도 이렇게 생각했다.

한참 동안 애써 조리 있게 생각하느라 녹초가 된 의지력이 한꺼번에 가라앉고, 긴장과 근심에 시달리던 두 개의 마음을 제어하던 아슬아슬한 균형이 깨어졌다. 지칠 대로 지친 그는 긴 소파에 주저앉아 양손으로 머리를 감싸 쥐며 생각했다. '집에 갈 수만 있다면. 다시 한 번 파스와 함께 긴 밤을 걸을 수만 있다면……'

그것은 꿈꾸는 자의 통곡이었다. 꿈을 꾸는 팔크의 슬픔이었다. 라마렌은 아내를, 천 개의 작은 은사슬이 달린 가운을 입은 검은 머리카락에 금빛 눈의 아드리세를 떠올려 그 부질없는 그리움을 걷어내려 했다. 하지만 결혼반지는 없어졌고, 아드리세는 죽었다. 오래전, 아주 오래전에 죽어버렸다. 그녀는 라마렌이 테라로 떠날 것이고 두 사람이 함께 있을 시간은 한 번의 월기밖에 안 된다는 것을 알면서도 그와 혼인했다. 그리고 라마렌이 겪은 무시무시한 한순간의 우주 비행 동안에 그녀는 삶을 견뎌내고, 늙고, 죽었다. 아마 그녀가 죽은 지 지구 연도로 100년은 지났을 것이다. 별들 사이에서 세월을 가로지른 지금, 어느 쪽이 꿈꾸는 사람이고, 어느 쪽이 꿈인가?

"자네는 한 세기 전에 죽었어야 할 인물이야."

캔자스의 왕자는 무슨 말인지 이해하지 못하는 팔크에게 그런 말을 했다. 팔크 안에 쓰러져 누운 남자, 아주 오래전에 태어난 남자를 본 것일까, 느낀 것일까, 아니면 안 것일까. 그리고 이제 라마렌이 웨렐로 돌아간다면, 더 먼 미래로 가게 될 것이다. 그가 떠난 이후로 3세기가, 웨렐의 긴 '해'로 5년 가까운 시간이 흐른 뒤. 모든 것이 변해 있을 것이고 그는 지구에서 그랬던 것처럼 웨렐에서도 낯선 존재일 것이다.

그가 정말로 갈 수 있는 집은, 그를 사랑하는 사람들이 따뜻하게 맞이해 줄 곳은 오직 한 곳 조브의 집뿐이었다. 그러나 그곳은 다시는 볼 수 없었다. 그의 길이 이딘가로 이어진다면 지구 바깥일 것이다. 그는 그가 가야 할 길 위에 서 있었고, 할 일은 오직 하나뿐이었다. 그 길을 마지막까지 따라가기 위해 최선을 다하는 것.

## 제10장

 이제 훤한 대낮이었고, 몹시 배가 고파진 라마렌은 감춰진 문으로 다가가서 갈라티카로 음식을 청했다. 응답은 없었지만 곧 꼭두각시 하나가 들어와서 식사를 차렸다. 그리고 라마렌이 식사를 끝낼 무렵 문밖에서 작은 신호음이 들렸다.
 "들어와요!"
 라마렌은 켈샥으로 말했고, 하르 오르위가 들어왔다. 그 뒤에 키 큰 싱 아번디봇과 두 명의 싱이 더 들어왔다. 라마렌은 한 번도 본 적이 없는 이들이었지만 그들의 이름은 마음속에 있었다. 켄 케넥과 크라지. 아번디봇이 그들을 소개했고 둘은 정중하게 인사했다. 라마렌은 스스로를 꽤 잘 다룰 수 있었다. 그가 자연스럽게 행동할 수 있게 편의상 팔크를 완전히 감추고 억눌러 놓아야 했다. 정신기술자인 켄 케넥이 상당한 기술과 힘을 지니고 그의 마음을 조사하려 든다는 것을 알아차리고 있었지만, 걱정은 하지 않았다. 초최면 덮개 밑에서도 잘 견뎌낸 그의 방벽이 지금 와서 약해질 리가 없었다.

싱은 아무도 그에게 마음으로 말을 걸지 않았다. 그들은 누가 건드릴까 봐 두려워하는 듯한 기묘하고 뻣뻣한 자세로 서서 소곤소곤 말했다. 라마렌은 그럭저럭 라마렌으로서의 그가 지구와 인류, 싱에 대해 물어볼 만한 질문을 몇 개 던지고 진지한 얼굴로 답을 들었다. 한번은 어린 오르위에게 상(相)을 보내려고도 해봤지만 실패했다. 소년은 제대로 된 경계력을 갖추지 못했지만 어린시절에 배운 약간의 상 붙잡기 기술을 제거하는 정신 요법을 거쳤을 수도 있었다. 게다가 습관이 되어버린 약물의 영향 아래 있기노 했디. 라마렌이 가볍게 그들의 프레치노예 관계를 암시하는 친숙한 신호를 보냈는데도 오르위는 파리타 판을 빨기 시작했다. 파리타가 제공하는 반 환각의 선명하고 혼란스러운 세계 속에서 오르위의 지각은 둔해졌고, 아무것도 수신하지 못했다.

"아직 이 방 말고는 지구에서 보신 게 없지요."

여자처럼 차려입은 싱, 크라지가 귀에 거슬리는 목소리로 소곤거렸다. 라마렌은 그들 모두를 경계했지만, 특히 크라지는 본능적인 공포 내지는 혐오감을 불러일으켰다. 크라지의 흐르는 듯한 로브와 긴 흑자색 머리카락, 명확하고 귀에 거슬리는 속삭임에서 희미하게 악몽의 기운이 느껴졌다.

"마땅히 더 보고 싶어 해야겠지요."

"보고 싶으신 곳은 어디라도 보여드리겠습니다. 지구는 귀하신 손님에게 활짝 열려 있답니다."

라마렌은 웨렐 억양의 딱딱한 갈라티카로 말했다.

"궤도에 진입할 때 알테라 호에서 본 지구의 모습이 기억나지 않습니다. 우주선에 대한 공격도 기억할 수 없고. 왜 이런 건지 말씀해 주실 수 있을지요?"

위험할 수도 있는 질문이었지만 그는 순수하게 답이 궁금했다. 이중 기억 속에서도 그 부분만은 여전히 공백이었다.

켄 케넥이 대답했다.

"우리가 반(反)시간이라고 부르는 상태에 있었기 때문입니다. 우주선에 재시간화 기기가 없었기 때문에 광속 상태에서 갑자기 '장벽'으로 튀어나온 것이지요. 그 순간은 물론이고 이후 몇 분 내지 몇 시간 동안 의식이 없거나 제정신이 아닌 상태였을 겁니다."

"우리가 광속으로 짧게 비행해 봤을 때에는 그런 문제가 없었는데요."

"비행이 길어질수록 '장벽'도 강해지지요."

그러자 아번디봇이 삐걱이는 소리로 평소처럼 화려하게 말했다.

"실로 용감한 일이었습니다. 실험도 몇 번 안 해본 우주선으로 125광년을 여행하다니요!"

라마렌은 아번디봇의 칭찬을 받아들이며 숫자를 바로잡지 않았다.

"자, 여러분, 우리 손님께 지구의 도시를 보여드립시다."

라마렌은 아번디봇의 말과 때를 같이하여 크라지와 켄 케넥 사이에 오가는 마음이야기를 감지했지만, 끼어들지는 않았다. 스스로를 방어하는 데 집중하느라 남의 마음을 엿듣기는커녕 많은 엠파시 흔적을 포착하기도 벅찼다.

켄 케넥이 말했다.

"웨렐로 돌아가시는 우주선에는 물론 재시간화 기기가 장착되어 있으니, 현실 공간에 재진입하면서 정신 교란을 겪으실 일은 없을 겁니다."

라마렌은 조금 어색한 자세로 일어섰지만(팔크는 의자에 익숙했지만 라마렌은 그렇지 않았고, 공중에 걸터앉는 것을 무척 불편해했다.) 잠시 우뚝 서 있다가 물었다.

"돌아갈 우주선이라면……?"

오르위는 아련한 희망을 품고 그를 쳐다보았다. 크라지는 튼튼하고 누런 이빨을 드러내며 하품을 했다. 아번디봇이 말했다.

"지구에서 보고 싶은 것을 다 보고, 알고 싶은 것을 다 익히시고 난 뒤 웨렐로 타고 갈 광속 우주선이 마련되어 있습니다. 아, 저희는 말고 아가드 님과 하르 오르위만입니다. 저희는 여행을 잘 하지 않습니다. 더 이상 전쟁도 없고, 다른 세계와 무역을 할 필요도 없지요. 게다가 우리 호기심이나 채우자고 광속 우주선을 건조하는 엄청난 비용으로 다시 가난한 지구를 파탄에 몰아넣고 싶지도 않아요. 우리들 지구인은 이제 늙은 종족입니다. 고향에 머물며 우리 정원이나 지킬 뿐, 바깥일에 끼어들고 탐험을 하지는 않지요. 하지만 당신은 여행을 끝맺고 임무를 완수하셔야지요. 우리 우주 공항에 '뉴 알테라'호가 대기하고 있고, 웨렐은 당신의 귀환을 기다리고 있습니다. 당신들의 문명이 앤서블의 원리를 재발견하지 못한 것은 유감스럽군요. 그랬더라면 지금 그쪽과 연락을 해볼 수 있을 텐데 말입니다. 물론 지금쯤은 그쪽도 동시 통신기를 보유했을지 모르지요. 하지만 좌표를 모르니 신호를 보낼 수가 없어요."

"실로 그렇습니다."

라마렌은 정중하게 말했다.

잠시 팽팽한 침묵이 이어졌다.

그는 다시 말했다.

"이해가 가질 않는군요."

"앤서블은……."

"앤서블 통신이 무엇인지는 압니다. 그 원리는 알지 못하지만, 말씀하신 대로 제가 웨렐을 떠날 때 웨렐은 동시 통신의 원리를 다시 발견하지 못한 상태였습니다. 하지만 당신들이 왜 웨렐에 신호를 보내지 못하는지를 이해하지 못하겠군요."

'위험한 부분이다.' 그는 지금 장기 말이 아니라 말을 움직이는 입장에서 상황을 통제하는 데 온 신경을 쏟고 있었다. 그리고 그는 굳어 있는 세 사람의 얼굴 뒤에서 일어나는 선명한 긴장을 감지했다.

아번디봇이 말했다.

"프레치 라마렌, 하르 오르위가 정확한 거리를 알기엔 너무 어렸던 관계로 저희는 아직 웨렐의 정확한 위치를 아는 영광을 누리지 못했습니다. 물론 대략 짐작은 합니다만. 갈라티카를 거의 배우지 못한 하르 오르위는 웨렐의 태양이 어느 별인지 말해 줄 수가 없었어요. 갈라티카 이름이라면, 연맹이 있던 시절의 유산인 이 언어를 당신들과 공유하고 있는 우리에게도 충분한 의미를 지닐 텐데 말입니다. 그래서 웨렐과 앤서블로 접촉을 하거나, 당신들을 위해 마련해 둔 배에 좌표를 입력하기 위해서는 당신의 도움을 기다려야만 했던 겁니다."

"웨렐이 공전하는 항성의 이름을 모르신다고요?"

"불행히도 그렇습니다. 말씀해 주신다면……."

"말할 수 없습니다."

싱은 놀랄 수가 없는 존재들이었다. 그들은 너무 자기 생각에만 골몰했고 너무나 자기중심적이었다. 아번디봇과 켄 케넥은 아무 표정도 보이지 않았다. 크라지는 음울하고 딱딱하고 기묘한 속삭임으로 말했다.

"당신도 모른다는 뜻입니까?"

"나는 태양의 진정한 이름을 말해 줄 수 없어요."

라마렌은 엄숙하게 말했다.

이번에는 켄 케넥이 아번디봇에게 보내는 텔레파시의 불꽃이 잡혔다. '그렇게 말했잖소.'

"프레치 라마렌, 금지된 문제에 관하여 여쭙는 제 무지에 대해 사과드립니다. 용서해 주시겠습니까? 저희는 당신의 방식을 모르고, 무지란 보잘것없는 변명입니다만 그래도 제가 드릴 수 있는 변명은 그게 전부로군요."

아번디봇이 끽끽거리며 말하고 있는데 오르위가 놀라서 정신이 든 듯 갑자기 끼어들었다.

"프레치 라마렌, 배, 배의 좌표는 설정하실 수 있는 거죠? 하, 항법사로 아시던 것들 기억하시는 거죠?"

라마렌은 오르위에게 돌아서서 조용히 물었다.

"집에 가고 싶으냐, 베스프레치나?"

"그럼요!"

"우리에게 이렇게 큰 선물을 제공해 준 이분들만 괜찮다면 2, 30일 후에 이분들의 우주선을 타고 웨렐로 돌아가기로 하자."

라마렌은 싱에게 돌아서서 말을 이었다.

"내 입과 마음이 당신의 질문에 닫혀 있는 것은 미안하게 생각합니다. 관대하고 솔직하게 대해 주셨는데 침묵밖에 돌려드릴 게 없군요."

이게 마음으로 보낸 말이었다면 훨씬 무례했을 것이다. 싱과 달리 그는 마음으로 거짓말을 하지 못했고, 따라서 '관대하고 솔직하게 대해 주셨는데' 따위의 말은 하지 못했을 것이다.

"신경 쓰지 마십시오, 아가드 님! 중요한 것은 당신의 안전한 귀환이지 저희의 호기심이 아니니까요! 우주선을 프로그램하실 수만 있다면 답을 들은 것이나 다름없지요. 저희의 기록과 항법 컴퓨터가 필요하시다면 얼마든지 이용하실 수 있습니다."

사실이 그랬다. 라마렌이 우주선에 프로그램하는 항로만 검토해 보면 그들도 웨렐의 위치를 알 수 있다. 그 후에도 여전히 라마렌을 믿을 수 없다고 여겨진다면 그의 마음을 다시 지워버리고, 오르위에게는 기억 복구 작업이 결국 정신 붕괴를 일으켰다고 둘러댈 수 있었다. 그러니 그들은 자기들의 메시지를 전하도록 오르위만 웨렐로 보낼 것이다. 라마렌이 마음 거짓말을 알아차릴 수 있다는 것을 아는 이상, 그를 믿을 리가 없었다. 아직은 이 함정에서 빠져나갈 길이 보이지 않았다.

그들은 모두 함께 몽롱한 홀을 지나 경사로와 엘리베이터를 통해 아래층으로 내려가서 궁전 밖 햇빛 속으로 나갔다. 이중의 마음 중에서 팔크를 이루는 요소는 지금 완전히 억압되어 있었고, 라마렌은 거리낌 없이 라마렌으로서만 생각하고 말하고 움직였다. 그는 싱들, 그중에서도 특히 켄 케넥이 지속적으로 날카롭게 신경을 곤두세운 채 라마렌에게 조그만 틈이라도 나면 뚫고 들어오려고 벼르고 있음을 감지했다. 그런 압력 때문에 곱절로 경계할 수밖에 없었다. 그래서 오전의 하늘을 올려다보고 지구의 노란 태양을 본 것은 외계인인 라마렌이었다.

그는 뜻밖의 기쁨에 사로잡혀 걸음을 멈췄다. 이전에 어떤 일이 있었고 이후에 어떤 일이 있을지 모른다 해도, 한 사람이 살아가는 동안 두 가지 태양 빛을 본다는 것은 엄청난 일이었다. 웨렐의 금귤색 태양과 지구의 백금색 태양. 그는 지금 두 개의 보석을 손에 쥔 사람처럼 두 개의 태양을 나란히 놓고 그 아름다움을 비교해 보고 한층 더 드높여 찬미할 수 있었다.

소년은 옆에 서 있었다. 그리고 라마렌은 켈샥 아기들과 어린아이들이 긴 겨울 폭풍 뒤에나 새벽에 태양을 보고 말하도록 배우는 인사말을 소리 내어 중얼거렸다.

"생명의 별, 시간의 중심을 환영합니다……."

오르위가 중간에 끼어들어 그와 함께 인사말을 외웠다. 두 사람의 마음이 처음으로 일치한 셈이었고, 라마렌은 이 순간을 기쁘게 받아들였다. 이 게임이 끝나기 전에 오르위가 필요할 테니까.

슬라이더 한 대를 불러 올라탄 그들은, 라마렌은 적절한 질문을 던지고 싱은 합당하다 싶은 대답을 하며 도시를 돌아보았다. 아번디봇은 어떻게 천 년 전 행성 반대편 어느 강에 있는 섬 위에 에스 토치의 모든 탑과 다리, 거리와 궁전이 하룻밤 사이 갑작스럽게 세워졌으며, 그로부터 몇 백 년이 흐르면서 마음이 내킬 때마다 지구의 지배자들이 놀라운 기계와 장치들을 이용하여 그들의 변덕에 들어맞는 새로운 장소에 도시를 통째로 옮겼는지에 대해 자세히 설명했다. 대단한 이야기였다. 오르위는 약물과 설득에 마비되어 무엇이든 믿을 상태였고, 라마렌이 믿는지 아닌지는 별로 중요하지 않았다. 아번디봇은 그저 즐거움을 위해 거짓말을 늘어놓는 것 같았다. 어쩌면 그것이 그가 아는 유일한 즐거움일지도 몰랐다. 아번디봇은 또한 지구가 어떻게 통치되고 있는지, 어떻게 대부분의 싱이 한갓 '원주민'으로 가장하고 보통 사람들 사이에 섞여 살면서 에스 토치에서 나오는 마스터플랜에 따라 일을 하는지, 싱이 평화를 지키고 짐을 지는 데 대해 대부분의 인류가 얼마나 무관심하고 태평한지, 예술과 교육은 얼마나 부드럽게 장려하고 위험하고 반역적인 요소는 얼마나 부드럽게 억누르는지에 대해서도 자세한 설명을 곁들였다. 초라하고 보잘것없는 오두막과 평화로운 부족과 마을 사람으로 이루어진, 초라한 사람들의 행성. 전쟁도, 살인도, 혼잡함도 없는. 과거의 위업과 야심은 잊혀졌다. 그들은 싱이라는 카스트의 친절하고 견실한 인도와 강력한 기술력에 보호받는, 어린아이 같은 종족이었다……

이야기는 이어지고 또 이어졌다. 늘 똑같은 내용에 세부 사항만 조금씩 다를 뿐, 듣는 이가 만족하고 안심할 수 있게 만드는 이야기들. 불쌍한 오르위가 믿는 것도 당연했다. 아주 교묘하지만 완전히 거짓된 이야기임을 알려주는, 숲과 평원에 대한 팔크의 기억이 없었다면 라마렌도 대부분 믿었을 것이다. 팔크는 지구에서 어린아이들이 아니라 싱의 무자비함에 고통당하는 정열적인 이들과 함께 살았었다.

그날 그들은 라마렌에게 에스 토치 구석구석을 보여주었다. 오래된 웨제스트 거리와 어마어마한 카스풀의 겨울 거주지에 살아본 그에게 에스 토치는 활기 없고 인공적인 엉터리 도시로밖에 보이지 않았지만, 환상적인 자연 환경만은 마음에 남았다. 그러고 나서 그들은 라마렌과 오르위를 에어카와 행성 차량에 태워 바깥 세상으로 데리고 나갔다. 아번 디봇이나 켄 케넥의 감시 아래 온종일씩 걸리는 관광이 이어졌다. 그들은 지구의 각 대륙을 돌아다니고 심지어는 오래전에 버려진 황량한 달까지 보러 갔다. 하루하루 시간이 흘렀다. 그들은 알고 싶은 지식을 얻어낼 때까지 라마렌을 졸라대며 오르위를 위한 연극을 계속했다. 라마렌은 매순간 사람이나 전자 장치를 통해 시각적으로, 텔레파시적으로 감시를 받았지만 행동은 전혀 구속받지 않았다. 아무래도 이제 그를 두려워할 이유가 없다고 생각하는 모양이었다.

그렇다면 혹시 오르위와 함께 고향으로 돌아가게 해줄지도 모른다. 아무것도 알지 못하니 해로울 게 없다고 생각하고 재조정된 마음 상태 그대로 지구를 떠나게 해줄지도 모른다.

하지만 지구에서 벗어나려면 그들이 원하는 정보, 즉 웨렐의 위치를 대가로 지불해야만 했다. 아직까지 그는 그들에게 아무 말도 하지 않았고, 그들도 더 이상 묻지 않았다.

그런데 싱이 웨렐의 위치를 아는 것이 정말로 그렇게 큰 문제였을까?

그랬다. 잠재적인 적을 바로 공격할 계획은 없다 하더라도, 뉴 알테라 호에 웨렐에서 항성 간 비행을 준비하는 낌새만 보이면 앤서블을 통해 바로 보고할 로봇 모니터를 딸려 보낼 가능성은 다분했다. 그 앤서블은 웨렐 인들보다 142년 앞선 고지를 제공할 것이고, 그들은 원정대가 테라로 출발하기도 전에 막을 수 있을 것이다. 웨렐이 싱에 대해 전략적으로 유리한 점은 오직 싱이 웨렐의 위치를 모르며, 그 위치를 알아내는 데 몇 백 년을 소모할 수도 있다는 사실뿐이었다. 라마렌은 그가 책임지고 있는 세계에 그런 위험을 안기는 대가를 지불해야만 도망칠 기회를 살 수 있었다.

그래서 그는 딜레마에서 벗어날 방법을 짜내려 애쓰면서 시간을 벌기 위해 오르위와 한두 명의 싱과 함께 지구 여기저기를 날아다녔다. 그들의 비행선 아래로 지구는 잡초투성이로 방치해 둔 크고 아름다운 정원처럼 펼쳐졌다. 그는 훈련받은 지식을 총동원하여 상황을 뒤집고, 그의 켈샥 지성이 알려주는 대로 조종받는 쪽에 있는 대신 조종하는 쪽이 될 방법을 찾아 헤맸다. 올바로 보기만 하면 어떤 상황이라도, 혼돈이나 함정조차도 명확해지며 바람직한 결과로 이어지는 법. 길게 보아서는 부조화란 존재하지 않고 오해만 있을 뿐, 운이나 불운은 없고 오직 무지한 눈만 있을 뿐이므로. 라마렌은 그렇게 생각했고, 그의 내면에 있는 두 번째 영혼 팔크는 이런 견해에 이의를 제기하지도 묘안을 짜내느라 시간을 보내지도 않았다. 패턴 틀의 선을 따라 미끄러지는 밝거나 어두운 돌들을 본 적이 있고, 폐허가 된 영토에 사는 사람들과 원래 자신들의 영지인 지구에 유배된 왕들과 함께 살아보기도 한 팔크가 보기에는 누구도 자신의 운명을 만들거나 게임을 통제할 수 없고, 그저 시간의 선에 밝은 색 보석이라는 운이 미끄러져 가기를 기다릴 뿐이었기에. 조화는 실재했지만 그게 무엇인지 이해할 수는 없었다. 갈 수 없는 '길'이었다. 그래서 라마렌이 고통스럽게 머리를 짜내는 동안 팔크는 납작 엎드려서 때를 기다렸다. 그리고 기회가 왔을 때 붙잡았다.

어쩌면 오히려 그가 기회에 붙잡힌 것인지도 몰랐다.

그 순간에 뭔가 특별한 면이 있는 것은 아니었다. 라마렌과 오르위는 켄 케넥과 함께 소형 자동 조종 에어카라는, 싱이 매우 효율적으로 세상을 통제하고 경비할 수 있게 해주는 아름답고 교묘한 장치에 타고 있었다. 서쪽 바다에 흩어진 섬들 위로 한참을 날다가 어느 촌락에 들러 몇 시간을 보낸 뒤 에스 토치로 돌아가는 길이었다. 그들이 방문한 열도의 원주민들은 항해와 수영, 그리고 푸른 바다에 둥실둥실 떠서 성행위를 하는 데 전념하는 잘생기고 욕심 없는 사람들이었다. 웨렐 인들에게 인간의 행복과 퇴보를 보여주기에는 완벽한 견본이었다. 그곳에는 걱정할 것도, 두려워할 것도 전혀 없었다.

오르위는 손가락에 파리타 관을 끼운 채 꾸벅꾸벅 졸았다. 켄 케넥은 에어카를 자동 조종 상태에 놓고 라마렌과 함께 옆면의 유리창으로 500마일에 걸쳐 주위를 둘러싼 아름다운 날씨와 푸른 바다를 내다보고 있었다. 함께라고는 해도 절대 누군가와 육체적으로 가까워지는 법이 없는 싱답게 3~4피트는 떨어져 있었지만. 라마렌은 피곤했고, 커다란 푸른빛과 금빛 하늘 한가운데 유리구를 타고 떠 있는 이 순간을 즐기며 긴장을 약간 늦추었다.

싱이 말했다.

"아름다운 세계죠."

"맞는 말씀입니다."

"모든 세계 중에 보석입니다……. 웨렐도 이렇게 아름다운가요?"

"아닙니다. 훨씬 가혹한 곳이죠."

"그래요, 긴 공전주기 때문에 그렇겠지요. 그런데 얼마나 길지요? 지구 식으로 60년인가요?"

"예."

"가을에 태어나셨다면서요. 그렇다면 떠날 때까지 당신 행성의 여름을 본 적이 없었겠군요."

"한 번, 남반구로 날아갔을 때 본 적이 있어요. 하지만 남반구의 여름은 켈시보다 서늘하지요. 겨울이 더 따뜻한 것과 마찬가지로요. 그러니까 북반구의 대(大) 여름은 본 적이 없습니다."

"아직은 그렇지요. 몇 달 안에 돌아간다면 웨렐은 무슨 계절일까요?"

라마렌은 몇 초 동안 머릿속으로 계산을 해보고 대답했다.

"늦여름이겠군요. 아마 여름의 스무 번째 월기쯤일 겁니다."

"저는 가을일 줄 알았습니다만……. 여행이 얼마나 걸리지요?"

"지구 식으로 142년 걸립니다."

그렇게 대답하면서 라마렌의 마음속에 작게 공포의 광풍이 일었다가 사그라졌다. 라마렌은 그의 마음속에 싱의 마음이 들어온 것을 알아차렸다. 켄 케넥은 대화를 나누면서 정신적으로 손을 뻗어보고, 라마렌의 방어가 늦춰진 것을 알자 재빨리 전면적인 통제권을 쥔 것이다. 상관없었다. 이 싱은 믿을 수 없는 인내심과 텔레파시 기술을 보여주었다. 라마렌이 두려워한 일이었지만, 이제 일이 일어나고 보니 아무렇지도 않았다.

켄 케넥은 이제 싱 특유의 긁는 듯한 속삭임이 아니라 명료하고 편안한 마음이야기로 말하고 있었다.

"자, 괜찮아요, 괜찮아. 좋습니다. 마침내 서로 동조하게 되니 즐겁지 않습니까?"

"아주 즐겁군요."

라마렌은 켄 케넥의 말에 동의했다.

"정말 그렇지요. 이제 우린 동조한 채로 있을 수 있고 근심걱정은 다 끝난 겁니다. 자 그러면, 142광년이라……. 그렇다면 당신의 태양은 분명 용자리에 속한 별이겠군요. 갈라티카 이름이 뭐죠? 아니, 괜찮아요. 당신은 여기에서 그 이름을 말하거나 밝힐 수 없지요. 그 이름이 엘타닌 아닙니까?"

라마렌은 어떤 종류의 응답도 하지 않았다.

"그렇군요. 용의 눈 엘타닌이군요. 아주 좋습니다. 좀 더 가까운 별들 중에서 후보지를 골랐었는데, 이것으로 많은 시간을 절약할 수 있겠군요. 우린 거의……."

흐르는 듯 유창하고 선명하며 한편으로 조롱하고 한편으로 얼러대던 마음의 소리가 갑자기 뚝 끊기더니 켄 케넥이 움찔 경련을 일으켰다. 같은 순간 라마렌도 몸을 떨었다. 싱은 조종간 쪽으로 몸을 홱 틀었다가, 다시 반대 방향으로 돌아섰다. 그는 무신경하게 조작당하는 꼭두각시 인형처럼 이상한 방식으로, 너무 심하게 몸을 꺾더니 갑자기 에어카 바닥으로 미끄러져 잘생기고 딱딱한 하얀 얼굴을 위로 향한 채 드러누워 버렸다.

약에 취해 졸던 오르위가 깨어나 이 광경을 보고 있었다.

"무슨 일이죠? 뭐가 잘못됐나요?"

대답은 없었다. 서 있는 라마렌도 누워 있는 싱과 다를 바 없이 뻣뻣했고, 아무것도 보지 않는 모호한 시선은 싱의 눈과 단단히 얽혀 있었다. 마침내 몸을 움직인 그는 오르위가 알지 못하는 말을 내뱉었다. 뒤이어 어색한 갈라티카가 흘러나왔다.

"배를 정지시켜."

소년은 입을 딱 벌리고 멍하니 그를 쳐다보았다.

"지배자 켄에게 무슨 일이 생긴 거죠, 프레치 라마렌?"

"일어나. 배를 정지시켜!"

지금 그는 웨렐 억양이 묻어나는 갈라티카가 아니라 지구 원주민들이 쓰는 저급한 갈라티카를 쓰고 있었다. 하지만 언어가 이상해도 긴박감과 권위는 강력했다. 오르위는 그의 명령에 복종했다. 작은 유리구는 태양의 동쪽에 펼쳐진 대양의 사발 한가운데에 매달려 움직이지 않았다.

"프레치나, 이건……."

"조용히!"

침묵. 켄 케넥은 가만히 누워 있었다. 아주 천천히 라마렌의 몸에 드러난 긴장과 격한 감정이 누그러들었다.

정신 차원에서 그와 켄 케넥 사이에 벌어진 일은 매복과 겹매복이라고 할 수 있었다. 육체의 언어로 표현하자면, 켄 케넥은 한 사람을 붙잡는다고 생각하고 라마렌에게 덤벼들었다가 두 번째 사람, 매복하고 있던 정신, 즉 팔크에게 기습당한 셈이었다. 팔크가 주도권을 잡은 것은 딱 한순간뿐이었고 그것도 순전히 상대방의 경악에 힘입은 것이었지만, 그것만으로도 라마렌이 싱의 지배에서 벗어나기에는 충분했다. 켄 케넥의 정신이 아직 약한 상태로 그의 마음속에 머물러 있는 사이 자유롭게 풀려난 라마렌이 주도권을 넘겨받았다. 퀜 케넥의 정신을 조금 전 자신이 그랬던 것처럼 무력하고 온순하게 동조시키는 데 라마렌이 가진 힘과 기술이 모두 필요했지만, 그는 여전히 우위에 있었다. 그는 여전히 두 개의 마음을 지녔고, 라마렌이 싱을 무력하게 붙잡고 있는 동안 팔크는 자유롭게 생각하고 행동할 수 있었다.

다시는 오지 않을 기회였다. 기다려온 순간이었다.

팔크는 소리 내어 물었다.

"비행 준비를 마친 광속 우주선은 어디에 있지?"

싱이 소곤거리는 목소리로 대답하는 것을 듣고 그게 거짓이 아니라는 사실을 알다니, 한순간이나마 전적으로 확실하게 알다니 기분이 이상했다.

"에스 토치 북서쪽에 있는 사막입니다."

"경비가 있나?"

"예."

"사람이 지키나?"

"아니요."

"우리를 그리로 안내하라."

"당신들을 그리로 안내하겠습니다."

"싱이 말하는 곳으로 차를 몰아라, 오르위."

"이해가 안 가요, 프레치 라마렌. 우리가……."

"지구를 떠나는 거다. 조종간을 잡아."

"조종간을 잡아."

퀜 케넥이 부드럽게 그 말을 되풀이했다.

오르위는 복종했고, 싱이 지시하는 대로 항로를 잡았다. 에어카는 동쪽을 향해, 등 뒤로 태양이 떨어지는 모습이 보일 정도의 속력으로 쏜살같이 날아갔지만, 보기에는 여전히 변화 없는 바다 표면의 중심에 매달려 있는 것만 같았다. 서쪽 섬들이 나타났다. 반짝이는 바다의 주름 진 곡선 위에 떠서 그들 쪽으로 밀려오는 것 같은 모습이었다. 그 뒤로 해안의 뾰족한 흰 봉우리들이 나타나고, 가까워지고, 다시 에어카 뒤로 밀려났다. 이제 그들은 메마르고 험한 산맥들이 비집고 나와 동쪽으로 길게 그림자를 드리우는 암갈색 사막 위에 있었다. 우물거리는 켄 케넥의 지시에 따라 오르위는 속도를 늦추고 이런 산맥들 중 하나를 선회하면서 조종 장치가 자동으로 착륙 신호를 잡아 그쪽으로 향하도록 설정했다. 에어카가 어두침침한 평야에 내려앉자 그들 주위로 숙은 듯한 높은 산들이 솟아올라 벽처럼 그들을 둘러쌌다.

우주 공항이나 비행장은 물론이고 길이나 건물 하나 없이, 오직 검은 산비탈 아래 모래와 산쑥들 위로 신기루처럼 흔들리는 크고 모호한 덩어리들만 보였다. 팔크는 그 덩어리들을 보면서 눈의 초점을 맞출 수가 없었고, 숨을 들이쉬며 "우주선이군요."라고 말한 것은 오르위였다.

싱의 성간 우주선들이었다. 빛을 교란시키는 그물로 위장한 함대 혹은 함대의 일부. 팔크가 처음 본 것들은 크기가 작은 편이었다. 언덕인 줄 알았던 우주선도 여러 척이었다…….

에어카가 내려앉은 옆에 작은 통나무집이 한 채 있었다. 부서지고 지붕도 없는 데다 사막의 바람에 판자까지 바래고 갈라진 오두막.

"이 집은 뭐지?"

"한쪽에 지하로 가는 입구가 있습니다."

"관제 컴퓨터가 지하에 있나?"

"예."

제10장 **247**

"작은 우주선 중에 이륙 준비가 된 배는?"

"모두 이륙 준비가 되어 있습니다. 대부분 로봇이 조종하는 수비선이 거든요."

"수동 조종이 가능한 배는?"

"있습니다. 하르 오르위가 탈 예정으로 준비한 우주선입니다."

라마렌이 싱의 마음에 대한 텔레파시 제어를 유지하는 한편 팔크는 싱에게 그 우주선까지 안내해서 내장 컴퓨터를 보여달라고 명령했다. 켄 케넥은 즉시 복종했다. 팔크 라마렌도 이 정도까지 기대하지는 않았다. 보통의 최면 암시와 마찬가지로 마음 제어에도 한계가 있었다. 자기 보존 욕구는 종종 가장 강력한 제어에도 저항했고, 때로 침해를 받으면 전체 동조를 깨뜨리기까지 했다. 그런데 켄 케넥은 배신 행위를 강요당하고도 아무런 본능적 저항을 일으키지 않는 것 같았다. 그는 그들은 우주선 안으로 데려가서 팔크 라마렌이 묻는 모든 질문에 순순히 대답했고, 그 다음에는 다시 낡은 오두막으로 안내해서 명령대로 육체적 정신적 신호를 이용, 문 근처 모래 속에 숨겨진 비밀 문을 열었다. 그들은 모습을 드러낸 터널 속으로 들어갔다. 켄 케넥은 지하에서 문과 방어물과 보호 시설에 맞닥뜨릴 때마다 적절한 신호나 응답을 내놓아 결국 그들을 자동 관제 장치와 항법 컴퓨터가 있는 까마득한 지하실까지 데리고 들어갔다. 각종 공격과 지진, 도둑에 대해 철저히 방호한 방이었다.

에어카에서 있었던 그 순간 이후 한 시간이 더 지났다. 켄 케넥은 라마렌이 뇌를 완전히 제어하는 한 아무 해도 없었고, 팔크는 순종적이고 유순하게 서 있는 그의 모습에서 가엾은 에스트렐을 떠올렸다. 라마렌의 제어가 느슨해지는 순간, 켄 케넥은 에스 토치에 마음으로 신호를 보내거나 그럴 힘이 없으면 경보를 울릴 것이고, 그러면 몇 분 안에 다른 싱과 그들의 꼭두각시들이 달려올 것이다. 그러나 라마렌은 제어를 풀어야만 했다. 라마렌의 정신이 필요했다. 팔크는 엘타닌 항성 주위를 도는 웨렐까지의 광속 항로를 컴퓨터에 입력하는 방법을 알지 못했다. 라마렌만이 그 일을 할 수 있었다.

하지만 팔크에겐 그만의 방책이 있었다.

"총을 줘."

켄 케넥은 즉시 정교한 로브 밑에 감춰놓았던 작은 무기를 그에게 건네주었다. 오르위는 공포에 질린 눈으로 이 광경을 바라보았다. 팔크는 소년의 충격을 완화시켜 주려 하지 않았다. 오히려 그 상처를 건드렸다.

"생명 존중이라?"

그는 무기를 살펴보며 차갑게 중얼거렸다. 그의 생각대로, 총이나 레이저가 아니라 살해 가능성은 없이 기절만 시킬 수 있는 낮은 수준의 무기였다. 그는 불쌍할 정도로 저항을 하지 않는 켄 케넥에게 총을 겨누고, 쏘았다. 오르위가 비명을 지르며 돌진해 왔고, 팔크는 소년에게 기절 총을 돌렸다. 그리고 나서 그는 손을 떨며 의식을 잃고 쭉 뻗은 두 명에게서 몸을 돌리고, 라마렌에게 주도권을 인계했다. 팔크는 당장은 할 몫을 다했다.

라마렌에게는 양심의 가책이나 근심을 느낄 시간이 없었다. 그는 곧장 컴퓨터로 다가가 작업에 착수했다. 그는 이미 우주선에 탑재된 조종 장치를 조사하면서 우주선 운영에 관련된 수학이 테라 인들이 지금까지 쓰고 있으며 거류지를 거쳐 웨렐의 수학에까지 파생된, 익숙하게 보던 세티 기반의 수학이 아니라는 사실을 알았다. 싱이 사용하고 컴퓨터에 짜 넣은 프로세스 중 일부는 세티 수학의 프로세스와 논리가 전혀 달랐다. 그리고 이만큼 라마렌에게 싱이 정말로 지구 밖의 외계인이요, 모든

제10장 **249**

연맹 세계 밖의 외계인이며 아주 먼 세상에서 온 정복자라는 사실을 확신시켜 주는 것은 없었다. 그는 그때까지도 지구의 옛 역사와 전설들이 옳다고 확신하지 못했으나, 이제 확실히 납득할 수 있었다. 그는 결국, 뼛속까지 수학자였다.

그가 수학자였으니 망정이지, 그렇지 않았다면 이질적인 프로세스 때문에 싱의 컴퓨터에 웨렐의 좌표를 짜 넣으려고 노력하다가 숨이 멎어 버렸을 것이다. 그래도 꼬박 다섯 시간이나 걸렸다. 그러면서 문자 그대로 마음의 반은 켄 케넥과 오르위에게 두어야 했다. 오르위는 계속 기절시켜 두는 편이 상황을 설명해 주거나 명령을 내리는 것보다 간단했고, 켄 케넥은 반드시 무의식 상태에 머물러야 했다. 다행히도 기절 총은 작지만 효과적인 도구였고, 일단 적당한 설정을 찾고 나니 팔크가 다시 한 번 쏘기만 하면 그만이었다. 그리고 팔크는 라마렌이 부지런히 계산에 매달리는 동안 자유로이 공존할 수 있었다.

라마렌이 일하는 동안 팔크는 아무것도 보지 않았지만, 귀는 바짝 곤두세우고 있었고 가까이에 무감각하게 뻗어 있는 두 사람을 계속 의식했다. 그리고 그는 생각했다. 에스트렐에 대해 생각하고, 그녀가 지금 어디에 있으며 어떻게 되었을지 궁금해했다. 놈들이 그녀를 감금했을까, 마음을 파괴했을까, 죽였을까? 아니, 죽이지는 않았을 것이다. 놈들은 죽이는 것을 두려워하고 죽는 것을 두려워했으며, 그런 두려움을 생명 존중이라고 불렀다. 싱, 적, 거짓말쟁이들……. 그들이 정말 거짓말을 한 걸까? 어쩌면 그런 게 아닐지도 몰랐다. 어쩌면 그들의 거짓말이란 본질적으로 뿌리 깊고 고칠 길 없는 이해 부족인지도 몰랐다. 그들은 인간과 접촉하지 못했다. 그들은 마음의 거짓말을 크나큰 무기로 만들었고 그 무기를 이용하고 그로 인해 득을 보았다. 하지만 결국 그들이 보낸 시간만큼의 가치가 있었던가? 먼 별에서 온 유배자인지 해적인지 제국 건설자인지는 몰라도 그들과는 마음이 전혀 통하지 않고 육체도 영원히 불모인 인종을 지배하기로 결심하고 처음 여기로 왔을 때부터 지금까지 거짓말로 이루어진 십이 세기의 세월. 환영의 세계에서 벙어리를 다스리는 외롭고 고독한 벙어리들. '망망하도다……'

라마렌은 작업을 마쳤다. 계산하는 데 다섯 시간, 컴퓨터 작업에 8초를 보내고 나자 그의 손에 우주선의 항로 관제에 프로그램해 넣을 작은 이리듐 출력기가 들어왔다.

그는 몸을 돌려 침침한 눈으로 오르위와 켄 케넥을 응시했다. 이들을 어떻게 한다? 아무래도 데려가야겠지. '컴퓨터 기록을 지워.' 마음속에서 친숙한 목소리가, 그 자신의, 팔크의 목소리가 말했다. 라마렌은 피로 때문에 현기증이 날 지경이었지만 차츰 이 요구가 의미하는 바를 깨달았고, 그대로 따랐다. 그 다음엔 무엇을 해야 할지 생각할 수가 없었다. 그래서 마침내, 처음으로 그는 지배하려는 노력을 그만두고, 포기하고, 자신이 합쳐지게 내버려두었다. 그 자신으로.

팔크 라마렌은 즉시 움직이기 시작했다. 그는 힘겹게 켄 케넥을 지상까지 끌고 가서 별이 빛나는 사막을 가로질러 보일락 말락 하게 흔들리는 우주선에 실었다. 우주선은 사막의 밤 속에서 오팔 빛으로 빛났다. 그는 마비된 몸을 인체 공학적 의자에 밀어 넣고 기절총을 한 번 더 쏜 다음, 오르위에게 돌아갔다.

오르위는 어느 정도 정신을 돌이키고 그럭저럭 제 발로 배에 올랐다. 소년은 팔크 라마렌의 팔을 꽉 잡고 쉰 목소리로 말했다.

"프레치 라마렌, 이제 어디로 가는 거죠?"

"웨렐로."

"켄 케넥도 같이 가는 건가요?"

"그래. 그는 웨렐에서 지구에 대한 자기 이야기를 할 수 있을 것이고, 너는 네 이야기를, 나는 내 이야기를 할 수 있을 게다……. 진실에 이르는 길은 언제나 여럿인 법이지. 벨트를 매라. 그렇지."

팔크 라마렌은 작은 금속 조각을 항로 관제기에 밀어 넣었다. 출력기는 받아들여졌고, 그는 우주선이 3분 안에 움직이도록 설정했다. 그는 마지막으로 사막과 별들을 본 다음 문을 닫고, 피로와 긴장으로 덜덜 떨면서 서둘러 돌아가 오르위와 싱 옆에 몸을 묶었다.

이륙은 융합 동력으로 이루어졌다. 광속 드라이브는 지구 대기권 밖에서만 작동할 수 있었다. 우주선은 너무나 부드럽게 떠올랐고 순식간에 대기권 밖으로 나갔다. 자동으로 바깥을 볼 수 있는 스크린이 열렸고, 팔크 라마렌은 멀어지는 지구를 보았다. 가장자리가 밝게 빛나는 어두운 푸른빛 곡선. 배는 곧 끝없는 햇빛 속으로 나왔다.

그는 집을 떠나는 것인가, 아니면 집으로 향하는 것인가?

스크린 아래로 새벽이 찾아오며 일순간 티끌 같은 별들을 배경으로 동쪽 바다가 금빛 초승달 모양으로 반짝였다. 거대한 패턴 틀에 놓인 보석처럼. 그리고 틀과 패턴은 산산이 부서지고, 장벽을 통과한 작은 배는 시간에서 벗어나 심연을 가로질렀다.

〈환영의 도시 · 끝〉

**옮긴이 | 이수현**

1977년 서울에서 태어나 소설가 겸 번역가로 활동 중이다. 『패러노말 마스터』로 제 4회 한국판타지문학상 우수상을 수상했다. 옮긴 책으로는 『빼앗긴 자들』, 『크립토노미콘』, 『멋진 징조들』, 『디스크월드』, 『마라코트 심해』, 『21세기 SF도서관』, 『브라운 신부의 스캔들』, 『무덤의 증언』 등이 있다.

환상문학전집 ● 7

# 환영의 도시

1판 1쇄 펴냄  2005년 6월 27일
1판 3쇄 펴냄  2023년 5월 9일

**지은이** | 어슐러 K. 르귄
**옮긴이** | 이수현
**발행인** | 박근섭
**펴낸곳** | 황금가지

**출판등록** | 2009. 10. 8 (제2009-000273호)
**주소** | 135-887 서울 강남구 신사동 506 강남출판문화센터 5층
**전화** | **영업부** 515-2000 **편집부** 3446-8374 **팩시밀리** 515-2007
**홈페이지** | www.goldenbough.co.kr

한국어판 © ㈜민음인, 2005. Printed in Seoul, Korea

ISBN  89-8273-903-3 04840
ISBN  89-8273-900-9 (세트)

㈜민음인은 민음사 출판 그룹의 자회사입니다.
황금가지는 ㈜민음인의 픽션 전문 출간 브랜드입니다.